AF166153

Huguette Clara

NEIGE DE FEVRIER

CHRONIQUES DE COURAURGUES
TOME 4

roman

En application de l'art. L.137-2.-I. du code de la propriété intellectuelle, toute reproduction et/ou divulgation de parties de l'oeuvre dépassant le volume prévu par la loi est expressément interdite.

© Huguette CLARA, 2025

Relecture et corrections : Claude Damais, Anne Damais-Cepitelli

Autres contributeurs : Serge Pesce , Sophie Reynier-Clara, Jean Louis Clara

Édition : BoD · Books on Demand, 31 avenue Saint-Rémy, 57600 Forbach, bod@bod.fr
Impression : Libri Plureos GmbH, Friedensallee 273, 22763 Hamburg (Allemagne)
ISBN : 978-2-3226-1375-5
Dépôt légal : Avril 2025

O nostra vita si' bella in vista
come perde agevolmente in un mattino
quel che'n molti anni a gran pena s'acquista!

Petrarca - Canzoniere CCLXIX

O notre vie que l'on trouve si belle
Comme nous la voyons perdre en un seul matin
Ce qu'il nous a fallu tant d'années et de peine à
acquérir !

1

Baptiste regarde le temps qu'il fait par la fenêtre : cette nuit encore la neige a été abondante. Il n'aime pas la couleur verdâtre de ces aubes paresseuses qui ont du mal à se faire un chemin vers la lumière depuis le début de l'hiver. Aujourd'hui aussi, il va devoir s'enfoncer jusqu'au genou dans la neige nouvelle, avant que ne soient redessinés ces étroits sentiers qui tournent en rond autant que les villageois depuis que la neige bloque les rues. Mais la neige ne gène pas Baptiste. Il sait que le travail l'attend, comme tous les jours de l'année. Son père y pense pour lui. Il ne lui viendrait pas à l'idée de contester ses ordres. C'est un bon fils, respectueux et travailleur, un garçon heureux : Baptiste ne se pose jamais de questions quand il s'agit de travail.

Sa mère lui tend un bol de café réchauffé au coin de l'âtre où brûlent quelques flammes encore hésitantes, et une tranche de pain et de fromage. Un oignon pour reprendre des forces au fond de sa poche, le garçon est prêt à charger le charreton de tuiles qui attendent depuis le début de l'hiver. Il faudra d'abord dégager la neige, les doigts gourds de froid. C'est ce qu'il aime le moins l'hiver, avoir les doigts gelés et boursoufflés d'engelures.

Dans son écurie, le mulet ne semble pas beaucoup plus éveillé que Baptiste. Malgré ses petits éternuements de protestation, il se laisse atteler à la charrette. Le père est fébrile. Lui non plus, comme les autres villageois, ne supporte pas cette immobilité à laquelle la neige et le gel qui lui a succédé le contraignent, ces journées de froid, blanches et grises où l'on est réduit à tuer le temps en attisant le feu. Et pendant ce temps, le chantier traine et l'argent n'est pas près de rentrer. Les tuiles auraient dû être remplacées avant l'hiver, ce qui aurait évité les nouveaux dégâts que la neige a dû faire sur cette toiture déjà mal en point. Il faut espérer seulement qu'elle ne s'écroule pas sous leur poids quand ils commenceront à travailler.

La cargaison est prête, il dit à son fils qu'il va contourner le village pour accéder au chantier de la maison Caserte, afin d'éviter les passages dangereux où la charrette pourrait verser. Baptiste montera à pied. Il a de bonnes jambes et il faut éviter de fatiguer le mulet. Le garçon s'engage donc à grandes enjambées dans les rues où les sentiers creusés dans la neige sont encore glacés. Ses gros souliers à clous l'aident à avancer à vive allure. Le jour n'est toujours pas levé. Les maisons sont fermées à double tour et seule l'odeur de feu de bois qui stagne dans les rues depuis le début de l'hiver atteste de la présence de vies humaines. Baptiste est seul. Il aime être seul dans les rues parce qu'il a l'impression que le village lui appartient. Tout autant que sa vie. Malgré son père et ses ordres rigoureux, quand il est hors de sa vue, il peut faire ce qu'il veut. Il savoure ce moment de toute puissance et de parfaite liberté en sautillant comme un passereau d'un tas de neige à l'autre pour se réchauffer. Il aime son village quand il est englouti dans la torpeur, aussi enchifrené qu'un insomniaque après une mauvaise nuit. Il ne s'éveillera qu'au premier rayon de soleil, ce soleil qui, s'il voulait bien réapparaître, ne réussirait pas à faire fondre les amas sales qui depuis des semaines paralysent avec obstination et mauvaise grâce activités et enthousiasmes.

Comme toujours, on a éteint les torches au coin des rues vers le milieu de la nuit. Aucune lumière ne brille encore dans l'obscurité qui commence tout juste à laisser place à une lueur peu encourageante. Seul signe de vie à se manifester, le raclement de la palette du boulanger qui enfourne son pain en prenant soin de tenir close la porte du fournil. Plus tard, la bonne odeur de pain chaud se mêlera à celle des feux qu'on rallume dans les maisons : elle apportera le réconfort que le village attend chaque jour. Pour l'heure, son parfum bénit est encore à l'état de promesse, enfermé dans le cocon de la pâte levée.

Depuis le dernier tournant situé sous la placette en contrebas, abrité par une haute muraille, Baptiste peut voir l'échappée de la rue où se situe la maison Caserte, au sommet du village. La charrette de son père n'est pas encore là, le garçon a été plus rapide que le mulet malgré le gel et les pentes raides des rues. Il ralentit sa marche. Au coin de la placette il s'immobilise pour reprendre son souffle. Il observe le chantier en cours : il s'agit d'une haute maison dont, avec son père, ils doivent refaire façade et toiture. Les échafaudages ont bien tenu malgré la hauteur des murs et le poids de la neige. Toutes les échelles de bois sont encore en place. Pas une planche n'a bougé d'une passerelle à l'autre. Le regard de Baptiste monte le long du bâti. Il scrute chaque nœud, chaque échelon en connaisseur. Il arrive au niveau de la génoise. Une belle génoise double et régulièrement dentelée comme il se doit. Ce sont surtout les tuiles de rive qui ont été endommagées. Il ne faut pas craindre le vertige pour aller les remplacer. Il les observe mètre par mètre sur toute la longueur de la façade latérale, faisant l'inventaire de celles qui se sont effritées depuis longtemps et qui ont fini par tomber laissant entrer l'eau comme une passoire.

Alors il le voit. Au début, il croit que c'est un chevron oublié au bord du toit quand ils ont monté l'échafaudage. Mais en observant mieux, dans la lueur blafarde du jour naissant, il se rend compte que le bout du chevron n'est pas carré. Il doit s'agir d'une branche. Mais cette branche, à mieux l'observer, est bien étrange. Elle a la forme d'une main. C'est une main. Alors il comprend que ce qu'il voit c'est un bras d'homme qui dépasse la toiture. Il ne veut pas en croire ses yeux. Il reste bouche bée devant le prodige. Il se demande si ce bras appartient à quelqu'un et que peut faire quelqu'un sur un toit par un temps pareil.

Son père arrive au bout de quelques minutes. Lui aussi voit un bras, ou plutôt un avant-bras surplomber le vide. L'homme montrant plus de curiosité que son fils grimpe sur l'échafaudage. Depuis la plus haute passerelle, il donne l'ordre à Baptiste d'aller éveiller le brigadier Marino. Le garçon a seize ans et de bonnes jambes. Il obéit toujours sans rechigner à son père. Il se met à courir de toutes ses forces.

2

Depuis son retour à Couraurgues, quelques quatre longues années auparavant, Charles Debrume souffrait d'insomnie. Ses nuits n'en finissaient pas. Après avoir lu et relu les lettres de Marthe (la dernière datait de l'année dernière, juste à la fin de la guerre) il n'avait d'autre solution que de sortir prendre l'air en plein milieu de la nuit et par tous les temps, muni d'une lanterne sourde. Il n'avait pas toutefois le cœur d'éveiller Icare qui dormait debout dans son écurie, perché sur ses jambes fines. Il voulait lui éviter la traversée dans le noir du village enneigé et glacé, de peur d'un faux pas et d'un accident. Le gaz n'était pas près d'arriver dans les rues de Couraurgues et, par mesure d'économie, on éteignait les rares torches accrochées au coin des rues aux alentours de minuit.

C'était après deux heures du matin que Debrume s'éveillait, en sueur, le cœur battant. Le même cauchemar hantait ses nuits depuis qu'il était revenu du périple en Ombrie qui l'avait mené jusqu'à la frontière des Etats Pontificaux. Une armée de jeunes soldats en haillons venait vers lui, tous blessés et implorant son aide. Ils tendaient leurs bras ensanglantés, se tenaient à peine sur leurs béquilles, soulevaient avec difficulté leur corps qui reposait sur une seule jambe, l'autre, ou plutôt ce qu'il en restait, déversant des flots de sang qui ne tarissaient pas et qui s'étalaient à ses pieds. Et dans ce sang vermeil et chaud il lui fallait patauger et se démener pour pouvoir en sortir. Les jeunes mutilés le regardaient fixement de leurs orbes vides, puis il ne sait comment, il se trouvait à traverser leurs corps d'ombre, ces corps de misère, ces âmes en souffrance qui demandaient grâce.

C'est alors qu'il s'éveillait en sursaut. Il se mettait sur son séant, tremblant, la chemise trempée, l'esprit plein de confusion. Le sentiment d'une lourde faute écrasait sa conscience d'une angoisse insoutenable. Sa responsabilité était engagée pour le reste de ses jours. C'était lui qui était la cause de tous ces maux : il n'avait pas su convaincre ces exaltés – l'avait-il seulement tenté ? – de ne pas partir ainsi démunis à l'assaut de Rome. Il avait été incapable de les mettre en garde, de leur démontrer que les français auraient leur peau équipés comme ils l'étaient, que les forces en lice étaient inégales, qu'il s'ensuivrait une boucherie sans nom, que les idéaux ne sont rien devant le trésor qu'est la vie d'un homme fût-il un ennemi, que la vie mérite respect, qu'on devrait l'adorer au lieu de la détruire et qu'ils avaient mieux à faire de leur existence que de tuer ou de se faire tuer au nom d'une patrie qui avait tant de mal à exister à cause de ses différences, de ses incompatibilités et des multiples intérêts en jeu qui n'avaient rien à voir avec les leurs. Il n'avait pas su les persuader qu'ils devaient employer leur force à des tâches humaines, que la violence est inutile, que la haine engendre la haine et qu'ils étaient victimes d'elle, cet absurde processus qui s'était engagé sans eux depuis la nuit des temps, sous les formes chaque fois renouvelées d'une guerre qu'on arrivait toujours à justifier d'une manière ou de l'autre. Il n'avait pas même essayé de toucher un mot de ses convictions à Marthe et à Corsan. Il leur avait au contraire prêté main forte. Il ne se le pardonnait pas. Il ne se le pardonnerait jamais.

Depuis, entre deux lettres qu'il recevait de Marthe, sa vie était habitée par le cauchemar de ces jeunes morts qui demandaient raison. Quand celui-ci devenait plus réel que la réalité qui l'entourait et qui lui cédait la place avec une facilité déconcertante, il ne pouvait plus se contenter de relire Pétrarque ou les lettres de Marthe. Les nuits de lune, le tourment était insupportable. Il se levait et s'habillait en hâte dans le noir, comme s'il avait le feu à ses trousses. Et encore tout brûlant de cette fièvre qui le rendait fou, il sortait et faisait de longues marches dans le village. Après quelques mois, le village était devenu trop étroit pour cette fuite en avant qu'il prétendait y accomplir. Alors, il s'aventurait hors les murs, s'éloignait des remparts par la porte d'occident et marchait sur les chemins que, dans la journée et par tous les temps il avait tant plaisir à parcourir avec Icare. Il laissait derrière lui le chemin qui va à Combeferres, prenant bien soin de l'éviter de peur d'être ramené à Marthe et à ses engagements. Il passait le pont du Can à toute allure, poursuivi par ses fantômes et courant après le nuage de buée qui sortait de sa bouche dans son essoufflement comme s'il désignait la limite d'une frontière qui, s'il la dépassait, lui permettrait de se sauver.

Ainsi arriva-t-il cette nuit-là, tout près de la maison de Rosalie. Il n'avait pas l'intention de s'y rendre, mais seulement de prendre le petit chemin qui la contournait pour se diriger, à travers un bosquet de chênes, vers la vaste forêt de Garmagne.

Rosalie était morte quelques temps auparavant. Il n'avait plus en tête la date exacte, mais il se rappelait le jour de son enterrement, où tout le village était réuni autour de la tombe ouverte et pleurait cette infatigable travailleuse qui avait rendu tant de services à nombre d'entre eux. La maison devait être vide. Mais il eut la surprise d'entendre des petits coups qui résonnaient avec régularité et se faisaient plus présents au fur et à mesure qu'il approchait, traversant aisément le bonnet de fourrure dont il s'était couvert les oreilles et qui le faisait ressembler à un grognard perdu dans les steppes de Russie. Du hangar attenant à la maison venait une lueur qui atteignait en partie la façade, montrant que les volets étaient restés ouverts. La neige couvrait les toits et toute la surface de la parcelle de terre que Rosalie avait cultivée chaque saison, à temps perdu, disait-elle, comme s'il était raisonnable, dans une vie de labeur comme la sienne, de laisser perdre son temps dans un autre labeur, tout aussi harassant que le premier. A la bonne saison, son potager, qui était pourtant sous la bonne garde d'un chien grognon, avait souvent attiré les chapardeurs tant ils étaient sûrs d'y trouver quelque chose à emporter jusqu'aux premiers froids. Aujourd'hui il était enfoui sous la neige. La lune faisait scintiller sur le sol des vagues glacées, et des filaments de dentelle pendaient aux branches du verger. Les plants de tomates desséchés par le froid étaient encore soutenus par leurs attelles, et s'en allaient en enfilade, rangées de communiantes dans leurs voiles immaculés. Un sentier, comme ceux qui avaient été tracés dans les rues du village, révélait le circuit régulièrement emprunté par le nouvel habitant de la maison, ses rites et ses habitudes, les méandres allant du clapier au poulailler, au hangar, au petit auvent de la cuisine où se trouvait la réserve de bois.

Debrume n'était pas le seul à ne pas dormir, cette nuit-là. Celui qui était revenu habiter la maison de la défunte, était au travail. Il s'agissait d'Hubert, le fils de Rosalie de retour au village après la mort de sa mère. Debrume se souvenait avoir entendu parler de ce retour. Certains, il ne savait pourquoi, ne le voyaient pas d'un bon œil. L'homme avait, semblait-il, une réputation quelque peu sulfureuse parmi les villageois. Peut-être à cause de son métier de marbrier que, durant ses années d'absence, il avait pratiqué dans une ville de la côte : un sculpteur de tombes, cela n'avait rien d'engageant semblait-il. On pouvait voir, à la lueur de la torche, qu'il était en train de sculpter la forme d'un ange. Un ange pour veiller sur la tombe de sa mère pensa Debrume, et pour se faire pardonner de n'avoir pas assisté à ses funérailles, voire de ne l'avoir pas assistée tout court dans ses derniers instants, comme le disaient des langues peu amènes, lors des obsèques. Et comme il l'avait entendu répéter, plus tard, en octobre, au moment des fortes pluies, lorsqu'il avait vu Hubert traverser le village tel un étranger : « Cette tête brûlée, il est encore là à rôder… ! A quoi ça sert, maintenant, qu'il reste au village ? Il aurait mieux fait d'y revenir depuis longtemps…, elle qui n'attendait que lui… ! On n'a pas besoin de lui ici… on a assez de malheurs ! »

Debrume aperçut l'œuvre en cours de gestation dans la lumière des quelques torches qu'Hubert avait disposées autour de lui. Une blanche forme aux allures patibulaires, dont les ailes avaient du mal à se déployer, s'élevait devant le sculpteur. Celui-ci tapait sur son burin avec une sorte de rage que rien, semblait-il, ne pouvait apaiser. Debrume la sentait vibrer dans sa chair cette rage qui semblait venir de loin, du plus profond de son être et du temps de sa vie. Cette sorte de rage qu'il faut assouvir un jour à n'importe quel prix et qui ne ferait pas de quartiers. La colère donnait toujours à réfléchir à l'inspecteur, ses motivations et ses issues relevaient parfois de la tragédie. Pour l'heure il avait donc de quoi occuper son esprit. Peut-être n'était-il plus nécessaire de s'engager, comme il voulait le faire quelque moment plus tôt, sur le chemin de Garmagne. D'autant que le froid commençait à le gagner. Il irait dans les bois avec Icare, par une journée de soleil.

Lorsqu'il rebroussa chemin, le bruit de la massette sur le burin s'était interrompu. Hubert venait à sa rencontre comme s'il voulait lui parler. Mais il s'arrêta net et resta planté dans le halo de lumière sans dire un mot :
- Quel froid, dit Debrume pour entamer la conversation !
- Le froid de la mort... elle est partout... on la sent jusqu'au fond de ses fibres...
Puis il s'en fut tête basse chez lui, comme s'il avait quelque chose à se reprocher, mettant ainsi fin au rapide entretien, tout en se tournant plusieurs fois vers Debrume qui l'observait sans comprendre.

Quand l'ex-inspecteur rentra au village, le jour commençait à poindre, si on pouvait appeler « jour » cette lueur blafarde qui colorait de verdâtre les murs des maisons. Baptiste revenait en courant de chez Marino qu'il avait éveillé à grands coups de poing dans sa porte. Puis, sur les conseils du brigadier, il était allé demander de l'aide à quelques villageois. Il s'en retournait maintenant, toujours au pas de course, vers la maison Caserte où son père l'attendait. Il dit à Debrume, avec une sorte de jubilation dans la voix : « Vous tombez à pic, Monsieur ! On a justement besoin de vous ! »

3

Quand Debrume était arrivé sur les lieux, il y avait déjà du monde autour de la maison Caserte. Les voisins avaient été éveillés par les allées et venues de Baptiste, de son père, de Marino qui, n'ayant pas trouvé l'inspecteur chez lui, s'était empressé d'aller tambouriner à la porte de Monsieur le Maire. Ce fut donc le maire, Nestor Gondrand, qui accueillit Debrume au moment où il arrivait, encore muni de sa lanterne sourde et tout haletant d'avoir grimpé le long des rues glissantes.

Nestor Gondrand était un homme au crâne déplumé, au visage triste et maigre. Il portait lorgnon et parlait bas. Son nez pointu de fouine rougi par l'abus d'un petit vin blanc qu'il affectionnait et qu'il faisait venir par barils des côteaux de St Jeannet, atténuait quelque peu l'autorité qu'il prétendait imposer à ses interlocuteurs et lui donnait un côté bonhomme qui les mettait en confiance. Il avait vu naître la moitié du village qu'il administrait depuis des temps immémoriaux. On lui octroyait une confiance absolue car on lui savait assez de malice et de savoir pour se débrouiller avec l'administration, la finance, le préfet et tous ces personnages importants auxquels personne au village n'osait se mesurer ou seulement adresser la parole. Lui, il osait, et, s'aidant de son air modeste et détaché, se tirait toujours des pas difficiles avec les honneurs. Si on lui connaissait quelques travers, on avait appris à les contourner avec la maestria ordinaire que l'expérience et une prudente hypocrisie enseignent, tant on avait besoin de ses compétences et tant on se sentait à l'abri sous sa tutelle.

Le maire insista longuement : Debrume devait prendre les choses en main. Il fallait éviter une intrusion de la police de la toute nouvelle république qui aurait amené d'inutiles complications et mis la panique dans le village. Cela devait aller vite et sans histoire. Il comptait sur la discrétion de Debrume car d'elle dépendait la tranquillité des villageois. C'est pourquoi il se proposait de déclarer le décès lorsqu'on en saurait davantage. Il avait bien conscience que cette mort était déconcertante, mais on serait toujours à temps d'en informer les autorités plus tard, quand les nombreuses pistes que l'inspecteur ne manquerait pas de soulever auraient été explorées. Le brigadier Marino lui viendrait en aide : il avait du métier et son efficacité n'était plus à prouver, même si on lui refusait encore une place dans la nouvelle police, ce qui était d'une grande injustice. Avec autant de compétences avérées dans le village, on n'aurait besoin de rien ni de personne d'autre.

A ce moment-là, Debrume n'avait pas l'esprit à s'étonner de la flagornerie ou tout au moins des compliments abusifs dont il était l'objet et qui lui tombaient dessus comme une averse de printemps avec une bienveillance inattendue de la part d'un homme qu'il connaissait à peine. Il avait d'autres sources d'étonnement : qui pouvait avoir l'idée d'aller mourir sur un toit par moins quinze degrés ? Il se désolait à l'idée que si des indices d'un méfait subsistaient, il était déjà trop tard, on ne l'avait pas attendu pour descendre le corps. La neige qui restait sur les échafaudages, avait été piétinée et ne pourrait rien livrer des secrets qui y avaient été imprimés de manière fugace. Des empreintes précieuses, recouvertes, malmenées, déformées avaient été effacées à jamais. Comme la neige qui n'était qu'un accident météorologique passager, elles avaient été présentes, impalpables, volatiles et avaient définitivement disparu. On ne pouvait donc compter que sur le mort pour apprendre pourquoi il avait fini là, sur le toit, aussi congelé que les venaisons conservées dans les resserres attenantes aux vieilles maisons et qui sont prises par la glace quand arrivent les grands froids. Il était donc à espérer que ce mort ait quelque chose à dire.

Ce n'était pas un mort ordinaire. Dans la lueur verdâtre du petit matin qui, sur les pentes du Couron, donnait de glauques reflets mauves à la neige dont la blancheur était éblouissante durant le jour, cet homme abandonné à la mort sur le toit le plus inaccessible de tout le village, était une énigme. On attendait le médecin pour constater le décès et savoir à quoi il était dû. Il s'agissait d'un homme jeune, d'une trentaine d'années ou un peu plus. Son décès devait remonter à plusieurs jours déjà. Sa rigidité était due à la glace qui l'avait recouvert et qui ne fondait pas. Personne, parmi le petit groupe qui entourait le corps maintenant à terre, ne reconnaissait ce visage à la barbe glacée qui lui donnait des airs de vieillard. La stature de l'homme était imposante, son corps musclé, de bonne facture. Ses mains se trouvaient emmitouflées dans des gants comme on n'en avait jamais vus à Couraurgues, et sa mise était faite pour affronter le froid. Mais il faudrait attendre le dégel pour le déshabiller et en apprendre davantage à son sujet.

Tandis qu'on attendait le médecin, Debrume demanda à tous de s'éloigner des échafaudages et entreprit de les escalader. De longues trainées qu'avait laissées le mort en glissant jusqu'au bord du toit y dessinaient un chemin régulier. L'homme semblait avoir séjourné derrière la cheminée. Mais rien ne disait s'il s'était rendu lui-même derrière ce refuge ou s'il y avait été déposé, voire arrimé. Cela avait pu advenir juste après la première neige, mais avant de nouvelles chutes et l'arrivée du gel. Restait à découvrir pourquoi l'inconnu se trouvait là, et pourquoi son corps déjà rigide avait glissé au bord du toit, laissant dépasser son avant-bras que Baptiste avait eu la surprise d'apercevoir.

Une fois l'homme à terre, le vieux docteur Courbet voulut le faire transporter en lieu sûr. Il proposait la mairie ou l'église. Sans doute y verrait-il plus clair quand le cadavre serait tout à fait décongelé. On utilisa une échelle comme brancard improvisé dont le défunt ne pouvait plus sentir l'inconfort. Peut-être, pensa Debrume, était-ce la même échelle que ce dernier avait empruntée pour se hisser jusque là-haut sans savoir ce qui l'y attendait.

Après un rapide examen du toit, à part les trainées laissées dans la neige par la glissade du corps, Debrume n'avait vu aucun autre indice, objet significatif ou éventuelles traces de lutte par exemple. Les indices laissés dans la neige étaient fragiles. Ils pouvaient fondre comme elle à la moindre variation de température ou être recouverts sous une fine couche de flocons. Plus que jamais la vérité, cette notion toute relative, lui semblait tenir à peu de chose. Mais la difficulté qu'il pressentait n'était pas la seule raison pour laquelle Debrume ne se sentait pas prêt à mettre ses soi-disant talents d'enquêteur au service du village qui, en la personne de Nestor Gondrand le lui demandait. Il avait d'autres projets. Il voulait désormais se consacrer à ses passions comme s'il était déjà un vieil homme désœuvré. Et ses passions se réduisaient à bien peu : attendre les lettres de Marthe, les lire et les relire, espérer son prochain retour, parcourir les lieux où il avait vu en elle Céleste, son double ou sa réincarnation, une vision qui avait transformé sa vie et dont il n'avait pas encore réussi à comprendre la signification, ni où cette signification, au cas où il y en avait une, devait mener ses pas. C'est pourquoi il avait le besoin d'errer par les sentiers. Il avait alors tout loisir de se poser les éternelles questions devant lesquelles vous met la vie, avec ses rêves qu'il faut éviter de confronter aux réalités contingentes mais que l'on doit protéger afin d'affermir leur règne de réalité parallèle, persuadé qu'eux seuls ouvraient les portes de la liberté…

Il en était là de ses pensées lorsque Marino s'approcha de lui et murmura à son oreille : « Tout cela ne m'étonne pas dit-il. Il se passe des choses bizarres depuis quelque temps et je ne voyais pas le moyen de vous en parler. Peut-être ai-je trop tardé. J'ai maintenant le devoir de le faire. Il s'agit de choses étranges qui sont le fruit d'un esprit dont la malveillance ne fait aucun doute… Cela a commencé après la mort de Rosalie… au retour de son fils Hubert plus exactement. Est-ce une coïncidence ? Il me faut vous montrer quelque chose, inspecteur… Et vous allez être étonné, parce que, comme vous pourrez le constater, j'ai des preuves de ce que j'avance, des multitudes de preuves… et je les ai soigneusement répertoriées… »

4

Paris, le 12 janvier 1870

Mon ami,

Certaines vérités ne se révèlent qu'à distance de temps. Ainsi, les années confirment-elles que votre amitié, votre fidélité, votre honnêteté envers moi sont ce que je possède de plus solide et de plus précieux. Elles suffiraient à déterminer ma présence auprès de vous à Couraurgues. Une décision et le tour serait joué. Mais cette décision m'est interdite.

Il ne me reste qu'à rêver la vie que nous aurions pu y avoir, nous occupant du temps qui passe. Je vous aurais aidé à accomplir les progrès qu'il vous reste à faire en équitation pour devenir le cavalier émérite que vous n'êtes pas encore malgré les efforts considérables que vous avez accomplis. Ne le prenez pas en mauvaise part, mais maintenant que, pour mon malheur, je suis à peu près sûre de ne jamais vous revoir, je peux bien vous le dire : vos maladresses m'ont toujours secrètement amusée et souvent attendrie car elles étaient le signe de la volonté surhumaine que vous mettiez à me suivre, ce que par ailleurs j'apprécie à sa juste valeur et aujourd'hui plus que jamais. A Couraurgues, avec vous à mes côtés, j'aurais rebâti Combeferres. Ensemble, nous aurions cultivé nos silences si précieux, si revigorants. Le drame de votre vie dont vous m'avez dit l'essentiel un jour se dévoile si bien dans vos silences qu'il n'est besoin de plus de paroles. J'aurais porté ce fardeau de chaque jour avec vous qui en avez tant portés pour moi. Aujourd'hui, je regrette de n'avoir jamais été capable de vous dire tout cela de vive voix. Je ne sais si cette impossibilité doit être imputée aux circonstances ou à moi-même.

Hélas, mon ami, le rêve de Couraurgues m'est interdit. Ma vie est coupée en deux. Je suis prisonnière, vous le savez, de mon passé et des liens que j'ai tissés malgré moi au fil des ans et qui sont devenus si puissants que nul ne pourrait les défaire. Au moment où ils se sont noués, ils m'ont retenue hors de moi-même et à jamais perdue. Sans eux je ne suis rien. Avec eux, je ne suis pas celle que je voudrais être. Mais cela vous l'avez compris depuis longtemps. Et je sais aussi que vous me l'avez pardonné. Car vous m'avez pardonné beaucoup de choses. Peut-être par pure générosité. Ou peut-être simplement parce que je ne vous suis pas assez proche pour que vous puissiez le faire. Toutefois, là n'est pas le propos.

Vous l'avez sans doute compris : ce sont les regrets qui me poussent à vous écrire puisque je vous avais laissé entendre que je reviendrais à Couraurgues et que je ne l'ai pas fait. J'ai donc manqué à notre amitié. C'est pourquoi je vous dois quelque explication sommaire des événements qui se sont déroulés depuis la terrible défaite de Mentana.

Après avoir rapatrié le corps d'Evangéline à Couraurgues, lui avoir donné la sépulture et rendu les derniers hommages qu'elle méritait, lorsque nous vous avons quitté, nous nous sommes retrouvés, mes amis et moi, sur la voie de l'exil. Encore une fois nous nous sommes réfugiés à Amsterdam où la petite maison à la sombre façade donnant sur le canal nous attendait. Etonnamment Corsan acceptait ma présence, contrairement à d'autres fois où il ne pouvait supporter l'intimité qu'Elodie et moi savons recréer dès que nous nous retrouvons et qui a pu naître grâce à ces longs voyages où nous donnions le change aux ennemis de Corsan pour l'aider dans ses entreprises. Ce furent les plus beaux moments de nos deux si jeunes vies d'alors. Nous étions inséparables autant que redoutables. Nous avions l'une pour l'autre une affection si profonde qu'elle n'acceptait l'intromission d'aucun tiers. Notre amitié, créatrice de liberté, ouvrait des champs interdits à d'autres qu'à nous. Voilà ce que Corsan n'a jamais accepté. Une part d'Elodie lui échappait. Sa jalousie à l'égard de son épouse lui a fait commettre bien des erreurs. Trahissant les idées progressistes qu'il avait à cœur de promouvoir pour une évolution plus humaine de la société, il avait fini par devenir un tyran pour elle. Il m'avait éloignée d'elle et confinée à Couraurgues parce qu'il ne voulait pas être exclu de rêves et de désirs qui, pourtant, nous permettaient d'aller de l'avant à tous. Pendant cette période, il avait tenu Elodie recluse ou bien employée à des affaires bien en-dessous de ses compétences et qui ne lui permettaient plus aucune possibilité d'évasion. Il avait fini par détruire en elle toute étincelle de vouloir, la moindre velléité d'autonomie, la moindre forme d'espoir. La liberté qu'offraient les rêves que nous avions partagés, peu à peu laminée, fut réduite à néant. A tel point que, lorsqu'à vos côtés, je retrouvais Elodie à Pérouse devant la dépouille d'Evangéline, je ne la reconnaissais guère. J'en fus atterrée. La jeune femme que j'avais connue si vivace et pétillante n'était plus qu'une morte-vivante.

Vous connaissez maintenant la raison qui m'a déterminée à suivre encore une fois le couple dans ce nouvel exil, après le désastre de Mentana : j'espérais que ma présence pourrait ramener Elodie à la vie. Je me sentais un tel devoir envers elle qui m'avait tant donné et tant appris que j'acceptais de servir de bouc émissaire à la vindicte de Corsan afin qu'il l'épargne. Comme ce n'est pas un mauvais bougre, il a fini par se rendre compte qu'il était allé trop loin. Il était malheureux, déchiré. Il s'efforçait de ne rien laisser paraître. Il se montrait encore suspicieux mais assez distant pour nous permettre de prendre quelque initiative dans notre vie si bien réglée. Alors, il arrivait que par intermittence je voie renaître un sourire sur les lèvres d'Elodie.

Cependant, Corsan n'en avait pas fini avec ses idéaux. A Londres il avait revu Mazzini. Mais il était également en contact avec les patriotes italiens installés à Paris et ralliés à Blanqui ou à Bakounine. Il savait que des projets circulaient, que des idées faisaient surface. La ville bougeait. C'est ainsi que, pour rejoindre ses amis, nous y sommes venus. Corsan avait à nouveau besoin de nous. Nous avons quitté la petite maison sur le canal, la paix des eaux dormantes, le feuillage léger des ormes qui nous régalait d'une lumière subtile à travers les hautes fenêtres de notre étroite façade. Nous avons laissé là quelques promesses de rêves nouveaux à peine ébauchés, et nous nous sommes dirigés vers l'enfer. Aujourd'hui Paris est en effervescence. La guerre se prépare et l'on ne sait ce qu'il adviendra de nous lorsqu'elle éclatera.

Nous avons fait tant bien que mal la jonction avec les nôtres, les garibaldiens, ainsi qu'avec les adhérents de l'Internationale. De réunions en conciliabules clandestins, il me semble parfois possible de retrouver l'ardeur qui avait scellé mon amitié pour les Corsan, quelques quinze ans auparavant, alors que je n'étais encore qu'une enfant. Toutefois, les élans d'enthousiasme que je vois naître sur le visage d'Elodie ne durent pas. De plus, Corsan a quelque difficulté pour l'heure à transférer son argent et nous vivons dans un bouge comme des pauvresses. Le bon Utto ne suffit pas à accomplir les tâches ménagères qui pourraient nous libérer pour d'autres partages. Epuisées par des journées de labeur, nous participons la nuit à des conciles secrets où nous tremblons pour nos vies, à cause de quelque éventuelle trahison.

Mais comme toujours Corsan commande. L'idéal est sa seule raison de vivre. Sa suspicion à mon égard, toujours latente, le rend dur et cassant. Il semble que la santé d'Elodie ne tienne plus qu'à un fil. Je me sens responsable mais je ne sais plus quoi faire. Nous vivons à nouveau dans un huis-clos infernal, fait de souffrances inexprimées et d'attaques sournoises. Nous ne connaissons jamais l'apaisement. Et il semble que la situation ne soit pas près de changer.

De plus l'hiver est rude. On vit de plus en plus mal à Paris. La misère règne dans cette ville de l'opulence. Le ravitaillement est incertain et le petit peuple a faim. L'emprise de l'Empire sur lui est toujours plus tyrannique. Artisans et ouvriers n'acceptent plus leur situation de déchéance. Ils renâclent. L'Internationale a fait des adeptes en France. Les idées font leur chemin. Des travailleurs de plus en plus nombreux se joignent à nous dans nos réunions nocturnes. Un espoir semble parfois se faire jour, qui rend quelque aménité au caractère de Corsan tenté par la légitimité de cette organisation, en dépit des critiques que Mazzini ne cesse de formuler contre les différentes tendances qui la constituent. Somme toute, l'année 1870 sera peut-être l'année d'une nouvelle renaissance, d'un changement radical, d'une révolution… Mais avant que celle-ci ne s'accomplisse, les choses pourraient tourner autrement pour nous. Nous ne sommes plus que des hors la loi dans ce pays gouverné par l'Empereur et nous savons que nos vies sont chaque jour menacées (…)

5

La rencontre à l'aube, au pied des hautes murailles de la maison Caserte, s'était prolongée par des conciliabules sans fin, et Debrume était rentré chez lui la matinée bien entamée. Il en ressortait après un moment, la tête pleine de confusion et de questions sans réponses, pressé de retrouver la compagnie d'Icare. C'était une morne journée aux lueurs blafardes qui parlait des morts et des drames dont le village n'avait jamais manqué. Aujourd'hui non plus, cette toute première impression qu'il en avait eue quand il y était arrivé pour la première fois ne trouverait pas de quoi se démentir : plus que jamais, la sévérité des murs faisait vibrer sa parole silencieuse que Debrume, pour son malheur, était le seul à percevoir.

Selon son habitude, avant de se remettre en route, il avait tourné en rond dans sa cuisine tout en faisant chauffer son café dans le toupin de cuivre sur le bord du poêle dont il avait éveillé les flammes avec patience. Ce mort dont on ne savait rien encore, venait d'entrer dans sa vie. Il y prenait déjà ses aises. Debrume venait de comprendre qu'il n'aurait de repos que lorsqu'il saurait comment et pourquoi cet inconnu avait fini sur un toit enneigé en plein mois de février et s'y était éteint à l'insu de tous, laissant derrière lui une odeur de mystère. Il devrait attendre le résultat de l'examen du docteur Courbet, pour savoir quelle avait été la cause de la mort. L'examen des lieux déjà piétinés n'ayant rien donné, d'autres investigations étaient à envisager et Debrume en dressait déjà l'inventaire. Comme chaque fois, pensait-il quelque peu désabusé…

Mais aujourd'hui, quand le café fut chaud, un sursaut de lucidité l'avait fait s'insurger contre lui-même : « Tu étais venu ici pour faire le point et pour faire des choix qui ne concernent que toi. Te voilà à nouveau embarqué dans l'histoire de la vie d'un autre… Quand t'occuperas-tu de ta propre vie, de la mener à bien – ou à mal – mais de la mener vers quelque chose ? C'est comme si elle devait toujours être le dernier de tes soucis. A force de différer, il finira bien par être trop tard… »

Tout en sirotant son café brûlant à petites lampées, pieds et mains encore gelés de sa marche dans la neige, il avait repensé à son périple nocturne. Sous un ciel fermé lui était apparue par intermittence une lune froide et quasi hostile qui avait eu l'air de le juger durement alors qu'il déambulait comme un pauvre hère abandonné de toute raison et de toute volonté, proie de ses fantômes, victime consentante et résignée. La lune cette nuit-là, lorsqu'elle lui était apparue, sournoise, entre deux lambeaux de nuages pour disparaître aussitôt, ne s'était pas montrée bienveillante. Elle voulait bien être le témoin des misères des hommes, ce qu'elle faisait depuis la nuit des temps, mais elle n'admettait pas de les voir se complaire dans leur douleur sans essayer d'en sortir. Elle aussi aimait les hommes forts. Il savait qu'il avait tort de de se laisser défaire ainsi sans raison. Cette nuit, il aurait voulu se tourner vers un ami, et lui demander que faire maintenant que Marthe… Mais il n'y avait que la lune, ses reproches et son indifférence à l'inutile tristesse des hommes.

Aujourd'hui, en ce jour insipide marqué des signes de la mort, alors qu'un timide soleil essayait de percer la couche de nuages et de marquer de rose, pour un bref instant, les plus hautes façades du village qui se tournaient vers lui, il haussait les épaules : il le savait, il n'y avait qu'une issue pour sortir du labyrinthe. Etait-il seulement prêt à vouloir le faire ? Comme il ne pouvait répondre à cette question, il finit de boire son café machinalement sans même en sentir le goût, il mit dans sa poche la dernière lettre de Marthe (il en emportait toujours une dans ses pérégrinations) et il s'en fut seller Icare qui piaffait d'impatience dans son écurie, de l'autre côté de la placette.

Le froid était piquant. On s'activait pour se réchauffer. Mais depuis quelques heures déjà, hommes et femmes, avec un courage renouvelé, avaient repris les quelques activités que la neige autorisait encore. Le dégel était proche ; les sentiers entre les strates de neige sale commençaient à s'élargir et dans la campagne, de loin en loin, arbustes et arbres perdaient au fil des heures leurs dentelles de cristal délicatement ciselé. Alors que tous s'en réjouissaient, Debrume se désolait de voir la fête mystérieuse dédiée à la blancheur se terminer et laisser place à la grisaille des mornes défaites.

Comme à l'accoutumée, c'était vers Combeferres qu'il dirigeait ses pas. La neige avait couvert les ruines du vieux tilleul et revêtu ses branches noircies d'un éclat de perles et de soie tressée qui partait peu à peu en eau. Bientôt il ne resterait rien de sa splendeur éphémère comme si, après s'être paré pour l'éternelle attente du retour de Marthe, l'arbre voulait montrer sa déception. Et pourtant, sous ses ornements, pendant quelques semaines, il avait fait renaître un certain espoir. Bien que mutilé par le feu, il semblait revenu à la vie et son étincelante parure, sa nouvelle beauté avaient fait oublier les traces de l'incendie par lequel il avait été ravagé. Il était devenu le symbole du défi contre ce qui était advenu et qui n'avait pas encore été réparé. Car il était évident que l'arbre attendait, sentinelle patiente d'un monde perdu dont il avait fait partie. Et il attendait avec confiance dans l'immobilité la plus totale, exactement comme Debrume rêvait de le faire : attendre la renaissance de ce monde afin d'y revoir paraître celle qu'il avait tant aimée et que la vie lui avait si injustement enlevée. C'était bien elle que Debrume espérait voir revivre dans la personne de Marthe, son double, son reflet, son inquiétante image, et il ne cessait de se répéter « si Marthe revenait… si Combeferres renaissait… si tout redevenait possible… »

Mais Marthe était loin. Elle avait d'autres préoccupations. Et ces préoccupations n'avaient rien à voir avec celles qu'avait eues Céleste, ni avec celles de l'inspecteur. Les lettres de Marthe étaient arrivées régulièrement depuis son dernier passage à Couraurgues, après le long voyage qui, les avait menés sur les rivages du Trasimène et de là, jusqu'à la frontière des états pontificaux, parmi les garibaldiens en attente de délivrer Rome. Au bout de quelques mois de silence, elle avait donné de ses nouvelles, racontant le départ pour Amsterdam, puis le retour précipité à Paris. Depuis, la guerre avait sévi. Et Debrume avait reçu de loin en loin des lettres emplies d'espoir et de souffrance. Aujourd'hui, le courrier était interrompu, la neige ne permettant plus à la patache de V de passer le col. Mais il ne cessait de se demander si la neige était la seule responsable de ce nouveau et long silence, même si l'hiver qui en était complice n'en finissait pas… Qu'était-il advenu de Marthe et de ses compagnons d'infortune ?

Dans le village de Couraurgues, on pleurait les nombreux jeunes gens recrutés pour se battre contre les prussiens et qui n'étaient jamais revenus. On ne voyait plus aucune grandeur dans les mots de patrie, de justice, de liberté. Ils n'étaient que des mots au goût de deuil et d'absurdité. Ici, il y avait les récoltes, le manque d'eau, la lutte ancestrale et quotidienne pour la survie sans qu'aucun événement politique ou autre changement de régime n'y puisse rien changer. La vie continuait égale à elle-même, malgré l'absence, la guerre et ses drames.

Depuis le début de la guerre, les lettres de Marthe relatant les divers événements dont elle avait été témoin, avaient franchi, pour parvenir à Couraurgues, de multiples difficultés dues à leur cheminement plus ou moins clandestin. Lorsqu'elles avaient cessé d'arriver, Debrume s'était mis à les lire et les relire avec assiduité. Il y trouvait toujours de quoi méditer. Elles posaient souvent les mêmes questions : « Vous n'avez pas idée des atrocités de cette guerre. Ici on meurt de faim et de misère. Le peuple se rebelle pour plus de justice et d'humanité. Voilà notre nouvelle bataille. Devrais-je y renoncer pour ne penser qu'à mon confort personnel ? »

Si les arguments de Marthe qui tournaient autour de ses différents engagements, ne convainquaient pas toujours Debrume, il devait reconnaître que ses déclarations relevaient des mêmes questionnements qui le torturaient. Elle avait, comme lui, le même éternel besoin de se trouver face à ses propres démons, à ses propres fantasmes, ses propres obsessions, de les cultiver avec quelque complaisance, de les laisser vivre et prospérer en toute impunité. L'un comme l'autre acceptaient que, au fil des jours, ils détruisent leur vie avec une lenteur incompréhensible, cette vie qui était la leur, qu'ils oubliaient de vivre pour eux-mêmes et qu'ils laissaient filer entre leurs doigts.

6

Depuis le début de leur collaboration obligée lors des meurtres des bergers et de la libération d'Augustin, Debrume représentait, pour le brigadier Marino, une sorte de justicier, le seul arbitre du bien et du mal dans le village, et il ne manquait jamais de se reporter à lui pour tout ce qui lui semblait y être le signe d'un désordre naissant. L'inspecteur s'était toujours étonné du profond respect que le brigadier lui témoignait. Mais à son retour d'Italie, il fut stupéfait de voir que ce respect s'était changé en une admiration sans borne. Le brigadier le couvrait de compliments pour les exploits que l'inspecteur y avait accomplis, exploits sur lesquels pourtant le héros présumé s'ingéniait à garder la plus grande discrétion. Debrume, qui était un homme modeste, ne savait plus comment échapper à ce ridicule amoncellement de louanges qui l'accablait, et il rasait les murs en espérant éviter une rencontre. Car, une fois entamée la conversation, il savait que le brigadier ne lâchait pas prise : après la récurrente entrée en matière dédiée aux congratulations, ramenant habilement le sujet sur le plan « professionnel », il passait aux affaires du jour, même quand il n'y en avait pas et que le village baignait dans un calme idyllique.

Par cette insistance malvenue, Marino manifestait son regret d'avoir perdu le rôle qu'il avait joué lors des précédentes enquêtes menées à Couraurgues. Il n'était pas sûr de le retrouver un jour et en attendant, c'était l'inspecteur qui faisait les frais de sa déconvenue. Or, le brigadier avait frôlé le désespoir quand, après la chute de l'empire, il avait dû abandonner le bicorne ainsi que son rutilant uniforme. Aujourd'hui encore, dans les temps troublés des premières années de la toute nouvelle république, il ne savait pas ce qu'il allait advenir de lui et de la carrière qu'il avait espéré faire dans le corps des gendarmes. Il ne deviendrait sans doute jamais, comme il l'avait espéré, le chef d'une brigade de Couraurgues puisqu'on avait renoncé au projet de construction de la gendarmerie à cause des difficultés qui avaient fini par mener à la guerre. En attendant que sa situation soit éclaircie et tremblant d'être considéré comme traître à la patrie, le brigadier devait pourtant continuer à gagner sa vie. Il assumait quelques fonctions à l'Hôtel de Ville, servant de secrétaire quand les tâches le commandaient. Mais peu de charges administratives incombaient au bureau de ce petit village si l'on excluait les formalités dues aux décès, aux naissances ou à quelques mariages, ce qui ne représentait pas de quoi occuper tous les jours de l'année. C'était être tombé bien bas, se désolait-il. Toutefois, dans cette situation quelque peu incongrue, il fallait faire contre mauvaise fortune bon cœur. Expert en la matière, le courageux brigadier s'employait à trouver des solutions. Toutes lui semblaient meilleures que de se laisser abattre.

Quand Monsieur le Maire eut l'idée de lui confier ses chevaux, Marino retrouva le sourire ainsi que quelque espoir. Le brigadier avait depuis longtemps donné des preuves de ses compétences dans ce domaine. En plus de savoir les panser, il savait également comprendre les chevaux, recueillir leurs confidences et soigner leur mélancolie, ce dont ils ont le plus besoin et qui est le secret de leur bonne santé morale et physique. C'est ainsi qu'il avait pris soin d'Icare quand, à son départ pour l'Italie, quelques années plus tôt, Debrume lui avait confié la garde de son précieux petit cheval noir. Seul, celui qui savait, comme Marino, ce que vaut dans une vie l'amour d'un cheval, pouvait prendre la mesure de la grande confiance que l'inspecteur mettait en lui et de l'honneur qu'il lui faisait. Si les chevaux étaient depuis toujours la seule et unique passion du brigadier, il eût pris soin d'une famille avec autant d'attention, en homme conscient de ses responsabilités. Cet éventuel bonheur ayant été tué dans l'œuf avec la chute de l'empire, il reporta plus que jamais ses affects inemployés dans l'amour des chevaux. C'est pourquoi, du jour où il avait commencé à s'occuper de ceux du maire, on ne les avait plus reconnus. Alors que, jusque là, on n'avait vu en eux rien d'autre que de vieilles carnes, bien qu'elles soient au-dessus des mulets dont on devait se contenter, on découvrait des pur-sang d'une grande beauté.

Robe brillante, sabots cirés et crinière tressée, on les eût dits, à chacune de leur sortie, parés pour les comices. Nestor Gontrand lui-même n'en revenait pas : il découvrait qu'il possédait un trésor.

Le talent de Marino permettait au maire de mieux supporter la présence oppressante de ce lourdaud au grand cœur, qui, voyait des signes de troubles partout et mettait tout son enthousiasme à lever un lièvre là où il n'y avait pas l'ombre d'un lapin de garenne. L'ordre était son idéal : pour plus de tranquillité, le brigadier eût fait établir le couvre-feu en temps de paix s'il en avait eu le pouvoir. Il avait même pensé à créer une milice villageoise. Ce projet lui tenait particulièrement à cœur. Mais le maire était un homme plein de sagesse. Il écoutait Marino d'un air détaché et sans donner suite. S'il l'avait laissé faire, sa surveillance draconienne eût empêché ses concitoyens de vivre leur vie en paix, voire de développer ces quelques petits trafics à la limite de la légalité qui leur permettaient d'arrondir leurs revenus sans être inquiétés.

Cependant, son idéal, l'ordre public, Marino le jugeait comme un devoir d'attribution quasiment divine et partie intégrante de son destin. Voilà pourquoi le mort mystérieux trouvé sur le toit le comblait de bonheur. Pour tout dire, il tombait à propos. Car l'attente de Marino à Couraurgues se prolongeait un peu trop pour qu'il ne craignît pas d'en concevoir quelque amertume, ce qui eût été un premier pas vers le découragement. C'était ce mal qu'il redoutait le plus. Il s'en était toujours préservé en s'efforçant de trouver par avance quelques parades afin de le combattre. Prévoyant, il en avait toujours en réserve. L'une d'elle, imaginée quelques années plus tôt, allait lui être d'une grande utilité en l'occurrence.

En effet, après le départ de l'inspecteur pour l'Italie, Marino avait eu la conscience aigüe d'être le seul héritier de la fonction provisoirement délaissée par Debrume. Ayant une haute opinion de ses responsabilités et ne trouvant plus d'interlocuteur à la hauteur de ses capacités, il avait dû s'organiser devant l'épreuve. Ce fut un petit calepin qui l'y aida. Il mit tous ses espoirs en lui. Au fil des jours, ce petit calepin devint son plus utile allié, une sorte de confident muet. Il s'était donné pour tâche d'y consigner toutes les observations, même anodines, (et surtout celles-là), qu'il pouvait faire, lors de ses rondes, sur les agissements des villageois. Après le retour de l'inspecteur, l'habitude lui en était restée comme une vieille manie dont on ne peut plus se passer. Et aujourd'hui, il ne se sentait pas de joie à l'idée que ses notes dues à sa seule initiative, allaient être de la plus grande utilité dans le cadre de l'enquête qui s'annonçait, il n'en doutait pas. Debrume pourrait ainsi mesurer l'ampleur de sa conscience professionnelle et de son sérieux, et pour tout dire se rendre compte de ses compétences de policier, lui qui était le seul à qui référer dans l'absence d'une hiérarchie fantôme.

Sûr de son fait, il demanda donc à l'inspecteur de le recevoir chez lui après ce qu'il n'osait plus appeler sa ronde, mais qu'il continuait d'exécuter chaque fin de journée car il ne dérogeait jamais aux rites qu'il avait mis en place une bonne fois dans sa vie, de même qu'à ses convictions qu'il ne remettait jamais en doute. Juché sur sa monture dûment harnachée, il arriva à l'heure dite. Après quelques formules d'usage, les deux hommes s'installèrent au coin du feu sur les fauteuils vénitiens que Debrume avait ramenés d'Italie : leur haut dossier, leurs boiseries chantournées dorées à l'or fin, leur assise recouverte des chatoyantes couleurs de la soie damassée fabriquée à Venise étaient le seul luxe de cette maison mais suffisaient à lui donner des airs de grande demeure. Le brigadier s'assit avec précaution, le dos droit, et visiblement impressionné. Après que Debrume lui eut servi un café de sa confection, Marino tira de la poche de sa vareuse son petit calepin de maroquin noir aux bords élimés à force d'y avoir séjourné. Ce calepin ne le quittait guère. Il contenait pour ainsi dire, toute sa vie. Il lui servait de journal intime autant que de pense-bête. Il le feuilleta un instant, puis baissant la voix comme pour des confidences que nul autre ne devait entendre : « Le mois de décembre dernier, c'est là que tout a commencé. On a trouvé quatre poules mortes dans le poulailler de Marcelle. Elles n'étaient pas mortes de vieillesse, non, mais d'une main experte ». Puis baissant encore la voix : « On ne leur avait pas tordu le cou, ce qui est pratique courante. Mais planté une aiguille dans la tête. Les pauvres bêtes mouraient l'une après l'autre, dans d'atroces souffrances, après avoir tourné en rond dans le poulailler une partie de la journée avant de rendre leur âme minuscule…, au cas où elles en ont une…»

Sans tenir compte de l'air effaré de Debrume, il continua : « Le douze décembre, dans le clapier d'Yvette, toute une famille de lapins a été égorgée. Ce fut un massacre. Du sang partout. Un sang qui rendait compte de la cruauté sans borne dont le tueur est capable. Le quatorze du même mois, après l'Angélus, on a vu un homme se diriger vers la maison Caserte. La mère Malmaure que vous connaissez bien a dit ne pas le connaître. Elle l'a vu monter du Plat. Il faisait presque nuit. C'était l'heure du repas et je me trouvais dans les parages. J'ai bien vu qu'elle l'observait et j'ai vu l'homme moi aussi. C'était la première fois que je le voyais, j'en suis sûr, j'ai la mémoire des visages. Un étranger sans doute… Prudence Malmaure me l'a confirmé quand je l'ai interrogée. J'ai continué de surveiller… mais je n'ai plus revu cet homme. Puis à nouveau, presque toutes les semaines il y a eu un événement insolite. On a trouvé des cadavres de rats suspendus aux portes des caves de Gazaire et de Baptistine et d'autres crimes plus terribles encore, des lacérations perpétrées sur de pauvres bêtes mortes qui ne demandaient rien à personne. Je peux vous donner la date, l'heure exacte et le nom de tous les habitants qui ont trouvé chez eux ce genre de macabres cadeaux… »

Mais Debrume avait interrompu le consciencieux brigadier : « Non, ce ne sera pas utile pour le moment, je vous remercie. » Puis voyant sa mine déconfite, il avait adouci sa décision : « … enfin pour les dates…, mais continuez… dit-il poliment, avec un geste de la main ». C'est à ce moment-là que Debrume se sentit pris au piège, car il ne voyait pas comment échapper à la liste exhaustive du petit calepin. Au bout d'un moment, il crut le brigadier arrivé au bout de ses annotations. Mais ce n'était qu'une pause. Il s'était tu, méditatif, pour reprendre aussitôt.

- Bref, dit Marino, cela s'est intensifié ces derniers temps. Je vous ai dit, inspecteur, que le crime des poules piquées à la tête a eu lieu le douze décembre. Or, une semaine avant, Rosalie décédait. Tout cela semble de la plus grande clarté ajouta le brigadier en guise de conclusion, refermant le calepin.

- Mais…, en quoi la mort de Rosalie… ?

- Inspecteur, voilà qui est évident ! Son fils Hubert arrivait une semaine après ses funérailles… Faites le compte. C'est au retour de cet Hubert que tout cela a commencé. Cet homme est bien étrange. Il vit à l'écart de tous dans la bicoque de sa mère. On ne sait pas de quoi il se nourrit. Il ne travaille pas. Ceux qui se sont aventurés chez lui se sont fait jeter dehors comme des malpropres. Mais… ils ont eu le temps de voir… !

- Quoi donc… ?

- Hubert fait d'étranges choses, il sculpte des monstres dans la pierre, des formes bizarres, qui font peur à tous.

- Enfin, on peut bien sculpter ce qu'on veut ! Sculpter la pierre n'est pas un délit !

- Sculpter peut-être pas… mais le reste oui, dit le brigadier d'un ton mystérieux ! Ici tout le monde le dit : il porte malheur, il décime les poulaillers et il accroche des rats morts aux portes des caves. Ce sont des pratiques de sorcier. Il porte le mauvais œil. En même temps qu'il terrorise les ménagères, il attire quelque catastrophe sur une maison. Il choisit bien ses victimes. Les familles qui ont été désignées ont eu bien des malheurs à la suite de cela. Gazaire a perdu sa belle-mère dans la semaine qui a suivi la découverte des cadavres de bêtes sur sa porte, c'est l'exemple le plus frappant.

- En même temps…, perdre sa belle-mère…, interrompit Debrume dubitatif…

- C'est un malheur quand même. Bref, les gens commencent à avoir peur. Et je ne vous ai pas tout dit !

En son for intérieur, Debrume, qui n'avait pas dormi de la nuit et qui commençait à sentir la fatigue, se désespérait, pensant que cela ne finirait jamais, certain qu'il était cloué là jusqu'à la fin des temps à écouter les divagations de cet homme plein de bonne volonté. Maintenant que cela avait commencé, cela ne pourrait plus s'arrêter : s'il sortait vivant de cette épreuve, il ne pourrait plus faire un pas dans le village sans que le brigadier ne lui tombe dessus pour relater dans le détail sa moindre nouvelle observation.

- Je ne vous ai pas dit le meilleur, insista Marino. Car cela ne peut pas se dire avec des mots. Il s'agit d'une sorte de prodige. Quelque chose d'insolite. Peut-être un envoutement… Et c'est pour cela que je voudrais que vous veniez le constater avec moi, sinon vous ne pourriez pas me croire. Une nuit… en pleine nuit… ! Car c'est au milieu de la nuit que cela se manifeste. Et je peux vous assurer que cela a commencé juste après le retour d'Hubert à Couraurgues. Pour le moment je n'en ai parlé à personne, même pas à Monsieur le Maire. J'ai remarqué qu'il est d'un scepticisme absolu. C'est un homme bon qui ne voit pas le mal. Il n'a pas l'habitude, comme nous qui sommes du métier, des grands criminels. Et de plus, j'attendais d'être sûr. Pour ces choses incompréhensibles, on doit avoir le maximum de certitudes… imaginez la panique qui s'en suivrait dans le village si je mettais à jour une sorte d'anomalie… qui pourrait être perçue comme une manifestation des forces occultes. L'ordre public en serait troublé. Et ce n'est pas ce que nous voulons. Vous et moi sommes des hommes d'ordre. Il nous faut penser à tous et pour tous… au bien de tous, dans l'ordre, la justice et la liberté de chacun…

7

Alors que Marino débitait des histoires de poules sauvagement assassinées qu'il écoutait maintenant d'une oreille plus que distraite, Debrume se disait qu'il faudrait un concours de circonstances exceptionnel pour que le drame qui venait d'être découvert en un endroit aussi incongru que le toit d'une maison soit dû à un simple accident. Pour provoquer un tel hasard, il fallait que la fatalité s'en fût mêlée. Or, il ne croyait pas à la fatalité, ni au hasard. Encore moins aux malédictions. Il croyait aux enchaînements de causes à effets, aux mauvais choix faits en toute clairvoyance et à ceux dont on se persuade en se bandant soigneusement les yeux. Et l'expérience prouvait qu'un choix est toujours lourd de conséquences.

Le mort, dont on n'aurait pas de si tôt les résultats de l'autopsie, pouvait être simplement mort de froid dans la solitude la plus extrême alors qu'il s'était imprudemment aventuré sur un toit. Cependant, se promener sur un toit n'est pas chose courante, surtout en plein hiver. L'inconnu avait eu des raisons de le faire et c'était elles qu'il fallait découvrir en même temps que son identité. Il était également utile de savoir pourquoi l'homme avait justement choisi ce jour du mois de février, alors que la neige paralysait Couraurgues comme toutes les années à cette période.

Car la neige, elle, était une fatalité. Une fatalité connue et qui n'étonnait plus personne. Inscrite au calendrier avec une récurrence infaillible et une régularité d'horloge, elle tombait à Couraurgues chaque première semaine de février sans jamais manquer. Et elle pouvait se maintenir longtemps, sous un ciel gris et bas, ou sous un azur de gentiane et un soleil de plomb, accompagnée de ses parures de glace. Malgré les règles de vie que les hommes établissaient pour marquer le passage des saisons, ils ne pouvaient pas contrer les lois de la nature qui savait les rendre tout aussi durs qu'elle. Ce coin de terre avait son lot de rudesse et de rigueur qui ajoutait à son mystère, un mystère dont le charme avait fait basculer Debrume lorsque, une quinzaine d'années auparavant, promu tout jeune inspecteur, il y était arrivé par une journée de triste grisaille. Il devait y mener des investigations à propos d'un cadavre non encore identifié découvert sur les pentes du Couron, dans le cadre de l'enquête sur la disparition de son homologue Claude Avrillé. Il se souvenait très bien de l'étrange impression de froid qu'il y avait reçue, de l'accueil peu amène que lui avait fait la montagne mais qui lui avait aussitôt semblé avoir une signification d'importance. En mettant le pied sur cette terre, il avait eu la certitude d'entrer dans un endroit qui vibrait en écho de ce qui vibrait douloureusement dans son cœur depuis la mort de Céleste, et qui ne le quittait pas. Il avait su qu'il franchissait une ligne de démarcation après laquelle il ne serait plus le même. Il ne s'était guère trompé. Ce qu'il n'avait pas appréhendé au premier abord, c'est que cela devrait durer longtemps, une vie, une éternité. Peu à peu, il avait compris pourquoi, quand il avait fini par constater que le temps à Couraurgues n'était pas le même qu'ailleurs et ne se laissait pas évaluer de la même manière. Il ne pesait pas du poids des minutes qui s'écoulent avec lenteur. Il pesait du poids des siècles. Mais s'il possédait cette inquiétante densité sous-jacente, au fil des jours il avait la délicatesse d'imposer sa loi en se faisant subtil, aussi transparent que l'air pur de la montagne. Et il se consumait sans qu'on s'en aperçoive. C'est ainsi que de longues années étaient passées, qui semblaient ne pas avoir laissé de trace dans la vie de l'inspecteur.

Mis à part sur la durée donc, Debrume ne s'était pas trompé. Depuis ce jour il n'avait quitté Couraurgues que pour quelques voyages, revenant toujours au même point fixe, comme si le lieu possédait un aimant puissant pour l'y attirer. Voilà pourquoi, lorsque, grâce à l'héritage de sa tante, il avait pu vivre de ses seules maigres rentes, il avait décidé de s'en contenter. Il avait donné sa démission, avait acheté une maison au cœur du village et s'y était installé, bien résolu à y vivre le reste de ses jours. Rien ni personne ne pourrait le faire changer d'avis, du moins le croyait-il. Il comptait sans la vie. Elle avait encore son mot à dire.

Ce fut lors son tout premier séjour à Couraurgues, qu'il avait commencé à déchanter. Avant d'y avoir pris racine, il n'avait pas subodoré que ce petit monde si beau et si tranquille, qui contenait dans la profondeur de son passé toutes les joies et les peines des humains qui l'avaient construit, et dont les vibrations répondaient si bien à celles de son cœur, était condamné à voir se perpétrer les crimes les plus ordinaires et les plus vils, à l'instar d'une quelconque ville à l'industrie naissante avec ses commerces, son agitation et la laideur de ses banlieues pauvres. Aujourd'hui encore, en se dirigeant vers la demeure du docteur Courbet, il espérait que le verdict du vieil homme serait celui qu'il attendait et non pas celui qui faisait trembler Marino d'impatience, un meurtre qui eût comblé le brigadier de bonheur en lui laissant entrevoir l'espoir de reconquérir, même provisoirement, une fonction digne de sa personne.

La maison du docteur Courbet était située à proximité de la chapelle des pénitents blancs et donnait sur la plus haute place du village où s'épanouissait un superbe tilleul qui attirait, lors de sa floraison, toutes les guêpes et les abeilles de la contrée et embaumait le village de son parfum, l'enrobant dans une douceur qui ne lui était pas coutumière. Pour y arriver, Debrume devait passer devant la maison Caserte. Comme il le pensait, malgré la neige, les travaux avaient repris depuis peu. Quelques ouvriers étaient en train de décharger la charrette du père Bonin emplie de divers matériaux, planches, cordes, étais, sacs de chaux, tuiles neuves. Campés sur les passerelles des échafaudages qui couvraient la façade jusqu'au toit, deux hommes acheminaient briques et pierres sur leurs épaules, tandis que deux autres se lançaient les tuiles d'un étage à l'autre. Ils se déplaçaient avec la plus grande prudence sur les planches branlantes encore couvertes de neige piétinée et glacée. Arrivés au dernier étage, l'un d'eux monterait sur le toit pour y traquer les tuiles défectueuses et les remplacer.

Debrume fut tenté de poser quelques questions supplémentaires à Baptiste sur des observations anodines qu'il aurait pu faire lors de la découverte du cadavre. Il s'approcha de l'échafaudage et l'appela. Baptiste était en train de grimper à l'échelle qui le menait au deuxième étage, son *parpaillon* sur les épaules. Lorsqu'il entendit son nom il s'arrêta net. Il regarda l'inspecteur qui, juste en-dessous de lui, l'appelait. Aussitôt, d'un geste rapide, il défit les lanières de cuir du *parpaillon* et le laissa tomber. Il escalada alors l'échafaudage, passant d'une échelle à une passerelle avec l'agilité d'un écureuil, sautant les obstacles qui se présentaient, s'agrippant avec dextérité quand il glissait sur la glace. Il atteignit le toit alors que Debrume avait eu tout juste le temps de faire un saut en arrière pour éviter de recevoir une pluie de briques sur la tête. Baptiste s'enfuyait à toutes jambes comme s'il avait un crime à se reprocher. Mais cette fuite par le toit laissa Debrume pantois : où comptait-il aller ? Qu'il puisse échapper à une poursuite semblait improbable.

Sans réfléchir davantage, il lui emboîta le pas en jurant, escaladant à toute vitesse les différentes échelles. Baptiste avait atteint le toit depuis seulement quelques instants avant lui lorsque Debrume y arriva. Mais le toit était désert. Seules quelques plaques de neige interrompaient la lente houle des tuiles. Il tourna autour de la cheminée sans voir personne. Arrivé au faîte du toit, il en vit l'autre versant mais Baptiste n'y était plus. Un instant plus tard, il entendit courir dans la ruelle, de l'autre côté de la maison. Baptiste n'avait eu qu'à sauter d'un toit à l'autre malgré la hauteur du passage. La plus basse des maisons avait son assise sur d'énormes rochers et, en l'occurrence, ils avaient servi d'escalier au garçon, preuve qu'il connaissait bien cet accès à la maison Caserte. Sans doute n'était-il pas le seul.

Debrume n'eut qu'à suivre le même chemin. Sur le bord du toit, il dut ralentir sa course à cause de son vertige. Il avançait avec précaution, évitant de regarder le vide. Malgré ses réticences, il dut se résigner à sauter d'une hauteur de plus de deux mètres pour passer comme un chat au toit suivant, puis encore à celui de la maison la plus basse. Par les rochers sur lesquels celle-ci était assise, empruntant le même chemin que Baptiste, il fut finalement dans la rue. Le garçon s'était volatilisé.

Baptiste, visiblement mort de terreur, s'était enfui tel un malfaiteur ayant toute la maréchaussée à ses trousses. A moins qu'il ne quitte définitivement le village, il ne pouvait aller bien loin et on n'aurait aucun mal à le retrouver. L'inspecteur abandonna la poursuite sans regret. Le rapport de Marino lui revenait à l'esprit ainsi que le petit calepin de maroquin noir contenant la liste exhaustive des déprédations de poulailler que ce dernier était prêt à imputer à Hubert. Certes, cet homme si étrange et vivant à l'écart de tous comme un sauvage était tout indiqué pour servir de bouc émissaire, mais, au vu de ce qui venait de se passer, il allait falloir se poser des questions sur la non moins étrange attitude de Baptiste. Les petits larcins et autres farces macabres qui terrorisaient les ménagères et poussaient les vieilles femmes du village à inventer des histoires de magie noire, de sorcellerie et de malédiction, pouvaient lui être attribués autant qu'à Hubert. Baptiste ne perdait rien pour attendre. On s'occuperait de lui en temps utile. Pour le moment, l'ex-inspecteur avait d'autres chats à fouetter.

Il n'avait eu que quelques pas à faire, après avoir tourné le coin de la rue, pour se retrouver devant la maison du docteur Courbet. Elle était sise place de l'Hôtel de Ville, où trônait l'élégante silhouette du tilleul en cette période démuni de ses feuilles. Ce n'était pas le droit chemin pour se rendre chez le médecin, mais, par un heureux hasard, il était arrivé là où il avait l'intention d'aller.

8

Paris, 2 avril 1870

Mon ami,

Il règne ici une étrange atmosphère. La vie est loin d'être facile pour tous dans cette ville du luxe et des plaisirs. L'hiver a été long et froid. Mais nous avons survécu tant bien que mal au gel et aux crises domestiques. Nous retrouvons quelque bien-être avec le retour du printemps. Non sans peine, Corsan a finalement réussi à transférer de l'argent. Notre condition matérielle s'est nettement améliorée. Nous avons emménagé dans un vaste appartement confortable et aéré et avons cessé de vivre comme des misérables. Il nous arrive d'organiser quelque promenade à la campagne, d'aller parfois canoter sur la Seine, de fréquenter l'opéra et les salles de concert.

Notre séjour à Paris me paraîtrait relever de la plus grande aberration si un événement que j'avais attendu longtemps autrefois puis cessé d'espérer, n'était survenu dans mon existence si bancale. Mon ami, celle-ci reprend un sens et c'est le hasard qui le lui donne. Peut-être est-il trop tôt pour parler de bonheur, mais je me dois de partager cette joie avec vous, parce que vous seul pouvez la comprendre. Comme vous pouvez le constater, il m'est plus facile de vous écrire que de vous parler. Je vais vous dévoiler un secret de ma vie que je n'oserais sans doute pas formuler devant vous en vous regardant droit dans les yeux.

Dans l'une des réunions clandestines auxquelles nous continuons de participer, où se mêlent patriotes italiens, amis de Bakounine aussi bien que de Marx et de Blanqui, je rencontrai, il y a peu, un homme que j'avais connu autrefois et malheureusement pour moi, que j'avais aimé. Passionnément aimé. Pour lui j'aurais donné ma vie. Il n'en fut pas besoin, car il me quitta, retirant devant l'autel sa promesse de mariage, me laissant dans le désespoir. J'étais alors très jeune et mon existence entière fut affligée par cet événement. Non seulement je perdais l'amour de ma vie mais je perdais également un ami précieux qui avait le don d'illuminer les existences qui gravitaient autour de lui. C'était un merveilleux poète. Il croyait que seule la poésie peut sauver les hommes du malheur de vivre. Mais pour mon malheur à moi, il s'était rendu compte que c'était à elle, la poésie, sa tyrannique maîtresse, qu'il devait dédier sa vie et qu'une famille lui serait une charge inutile dans sa mission.

J'ai eu des années de longue tristesse. Avais-je seulement pardonné ? Encore aujourd'hui je ne peux le dire. Néanmoins, je ne l'avais pas oublié. Tout resta caché au fond de mon cœur, en grand secret, comme une marque indélébile. Cependant, toute douleur, toute offense furent effacées lorsque je le revis. Comme si ces années de souffrance n'avaient pas été vécues. Comme si rien n'avait été perdu. Notre rencontre fortuite fut un moment inoubliable. Un rayon de soleil dans ces moments noirs que nous traversons et où les convictions qui nous guident semblent elles-mêmes évoluer sur des sables mouvants : parfois nous nous y enfonçons et ne sommes pas loin d'être engloutis. Il me semble aujourd'hui que j'ai retrouvé mes quinze ans, que tout peut recommencer, que nos idées elles-mêmes échappent à l'usure et à l'erreur et qu'elles méritent qu'on les défende.

Rodolfo, c'est son nom, est engagé comme nous sur le long chemin qui doit mener à l'Unité de l'Italie. Il est ardemment républicain. Les hymnes à la liberté qu'il a écrits devraient être mis en chanson tant ils comportent d'enthousiasme et d'espoir apte à rendre au peuple la foi en lui-même. Car il met dans le peuple tout son amour. A l'heure qu'il est, j'espère ardemment que nous pourrons joindre nos actions et mener ensemble les mêmes combats, ces combats auxquels j'ai dédié mon existence et qu'il est bien difficile de mener seul. Tout me semble plus facile aujourd'hui… Avoir auprès de soi une épaule solide sur laquelle s'appuyer me paraît un bonheur inestimable. Après tant d'années de solitude, c'est le plus précieux des cadeaux que la vie puisse me faire(…)

9

En sortant de chez le Docteur Courbet, la première certitude qui sauta aux yeux de Debrume fut que sa tranquillité était encore une fois perdue. Il ne pourrait éviter d'être impliqué dans une chasse à l'homme, chose qu'il détestait. Même s'il le haïssait, le crime avait quelque chose d'équivoque qui le désorientait. Il avait en horreur d'être confronté à la folie de celui qui le commettait, persuadé qu'un enquêteur se doit d'appréhender la souffrance qui pousse un criminel à l'action en s'immergeant dans les méandres de son esprit tortueux pour en démêler le mystère. L'expérience lui montrait qu'il s'agissait souvent d'aborder les dérangeants secrets d'un passé douloureux dont les victimes faisaient les frais mais dont le coupable avait été la première proie. Poussé à s'enfoncer plus avant dans son intolérable douleur et sous l'emprise de ses pulsions morbides, le criminel ne se contentait généralement pas d'un seul forfait. Sans l'excuser pour autant, il eût fallu avoir un cœur de pierre pour rester indifférent aux tortures qui l'aiguillonnaient sur ce funeste chemin, et en même temps pour ne pas trembler sur les conséquences d'une telle folie meurtrière vaquant en liberté dans les rues d'un village. L'assassin mettait les villageois face à la promesse du mal qui était devenu sa seule raison de vivre et qu'il dispersait partout et avec méthode comme on épand le fumier. Le Docteur Courbet, qui avait une tendresse particulière pour les humains au point d'avoir dédié sa vie à leurs malheurs petits ou grands, se désolait.

- Quelle misère, ne cessait-il de répéter… !

- Quoi qu'il en soit, l'assassin risque de recommencer à tout moment tant qu'on ne l'aura pas arrêté. Et on ne pourra l'arrêter que lorsqu'on saura pourquoi il s'en est pris à celui-ci, dit Debrume en désignant le cadavre.

- Si cela peut vous être utile, je puis ajouter que cet homme a été supprimé par quelqu'un dont il ne se méfiait pas. Il y a de fortes chances que sa mort soit due à un empoisonnement. J'envoie illico un piéton au laboratoire de Nice pour faire analyser le contenu de son estomac. Mais cela prendra quelques jours, surtout par ce temps. Je peux dire toutefois qu'il avait bu de l'alcool un peu avant sa mort. L'homme a été foudroyé par l'ami ou la connaissance qui lui a tendu le verre de l'hospitalité. Si celui qui a tué l'a fait parce qu'il y était acculé, il pourrait encore sévir. Mais par bonheur, la loi est la même pour tous !

- Certes, s'entendit moduler Debrume… pour presque tous…

- Il vous faut découvrir le coupable. Il n'y a que vous à Couraurgues qui puissiez le faire. Marino vous aidera mais ne le laissez jamais décider pour vous. Car il aurait tôt fait de faire mettre en prison la moitié du village ! Pour lui tout le monde est un suspect potentiel. Un a priori qui, si on y pense, serait la meilleure façon de simplifier outrageusement la gestion d'une société et la rédaction du code civil… ! Quant au maire, il aurait tendance à faire accuser ses ennemis personnels de préférence, ceux qui le gênent… comme ses créanciers par exemple…

- Il en a beaucoup ?

- C'est une longue histoire. Mais là n'est pas la question. Il vous faut d'abord identifier le mort. Et surtout, qu'une enquête officielle soit mise en route et que le Juge Jobelin prenne les choses en main. Il y a grande urgence. Sans le juge, malgré vos compétences, je doute que vous arriviez à quelque chose…

- Pour quand est prévue l'inhumation ?

- Demain je pense. C'est le maire qui insiste. Il veut enterrer au plus tôt cette histoire pour la tranquillité des habitants. Pour le moment, le curé accepte qu'on le garde au frais dans la crypte de l'église. Par ce temps, ce n'est pas difficile !

- Pensez-vous que quelqu'un dans le village ait pu à un moment ou un autre connaître cet homme ? Ou simplement le rencontrer ? Il semble venu de nulle part… tombé du ciel pour ainsi dire !

- Oui, c'est le cas… ! Personne ne peut passer inaperçu dans un tel village. On pourrait organiser un petit défilé d'identification si le maire et le curé… Si les gens ne sont pas contraints par une autorité supérieure, ils s'abstiendront de parler. Le maire a dit qu'il préviendrait Monsieur le Juge, qu'il irait le faire chercher au plus tôt. Monsieur le Maire parle beaucoup lui, contrairement à ses administrés ! Je crois savoir que vous connaissez le Juge Jobelin personnellement. Il serait peut-être préférable que vous l'avertissiez vous-même, pour que nous soyons sûrs que cela soit fait avant l'inhumation…

- Merci Docteur… je vais m'occuper de tout cela.

En quittant le médecin, Debrume maugréait contre les criminels et le mal qui emportent le monde. De plus, il avait la désagréable impression que le bon docteur lui cachait quelque chose. Ses réponses évasives, son insistance à vouloir appeler le juge de toute urgence et le fait de n'avoir pas révélé l'identité du cadavre lui rendaient son attitude suspecte. Visiblement, il tournait autour du pot, arguant qu'il ne pouvait connaître tous les habitants de la contrée et que celui-ci n'était pas l'un de ses patients. Bref, tout cela donnait à Debrume le sentiment d'avoir quelque peu été roulé dans la farine. Comment le médecin pouvait-il ignorer la présence d'un étranger dans le village ? Lui fallait-il la présence d'une autorité supérieure pour le faire parler comme il l'avait suggéré des autres habitants ? Debrume avait toujours eu de la sympathie pour le vieil homme mais aujourd'hui il devait reconnaître que son attitude manquait de clarté. Le contact permanent avec la misère humaine pouvait-il troubler l'esprit au point de faire d'un honnête médecin le complice d'un meurtrier ?

Tout à ses pensées moroses, comme il passait devant la dernière maison grâce à laquelle, par son assise sur les falaises rocheuses, il était descendu des hauteurs où l'avait entrainé Baptiste, Debrume faillit ne pas voir une chose insolite. Mais elle l'avait interpellé sans qu'il y prît garde. Il revint en arrière un peu comme un automate. Quelque chose le choquait et il ne savait quoi. Il finit par constater qu'au pied de la façade de cette maison qui donnait facilement accès à la maison Caserte par la succession de toitures montant en dégradé vers elle, une « bigue » avait été scellée. C'est le nom que donnent les maçons aux piliers de bois qu'ils vont chercher dans les forêts de pins situées à une altitude moins élevée que Couraurgues, du côté de Grasse, dans les belles forêts d'Escragnolles, et qu'ils taillent à bonne hauteur pour la construction des échafaudages. Ici, on en avait scellé une contre le mur, bien vigoureuse et droite. Elle y était tout à fait incongrue et y semblait inutile puisqu'il n'y avait là aucune ouverture donnant sur un grenier où engranger de la marchandise. Seule, elle s'élevait au beau milieu d'une façade nue. Elle avait assez de rigidité pour soutenir un palan comme celui qui était installé sur la façade de la maison Caserte où les maçons étaient à l'ouvrage. A l'aide de ce palan, on pouvait facilement hisser un poids sur cette toiture, puis avec des cordes accrochées à quelques pitons scellés aux cheminées des maisons, le traîner d'un toit à l'autre jusqu'à celui de la maison Caserte où on l'avait coincé derrière la cheminée en attente du dégel. Ce poids, bien entendu, pouvait être un corps inerte. On l'avait laissé là, peut-être dans l'idée de le récupérer de la même manière et par la même voie un peu plus tard, quand l'assassin aurait trouvé un autre moyen de le faire disparaître... après le dégel, quand il pourrait creuser la terre pour l'enterrer... ou le brûler... loin, très loin du village... Mais il fallait que l'assassin ait eu une bonne raison de faire toutes ces manipulations. Quand on les aurait découvertes, l'enquête pourrait sans doute être close. Par En revanche, cette stratégie semblait impossible à réaliser par un homme seul. Il fallait également envisager que l'assassin ait eu un complice pour l'aider.

Néanmoins, ce scénario pouvait être confirmé par les marques que le mort avait sur le torse et autour des hanches : des marques de traumatismes qui apparaissent post-mortem, avait affirmé le docteur Courbet. Si ce scénario était bien celui qui s'était déroulé, on pouvait penser que le meurtre avait été perpétré dans l'une des maisons du village, par l'un de ces bons villageois travailleurs et pères de famille à qui l'on eût donné le bon dieu sans confession. Mais restait à savoir pourquoi on s'était acharné sur ce cadavre que personne ne semblait avoir jamais vu de son vivant. Qui était-il ? D'où venait-il ? Si le médecin le connaissait, il n'avait pas voulu révéler son identité. De plus, son insistance à vouloir appeler le juge de toute urgence dénotait une certaine méfiance à propos du maire qui parlait beaucoup, avait-il souligné peut-être pour sous-entendre qu'il agissait peu. Debrume connaissait assez le docteur Courbet pour sentir que cette insistance n'était pas fortuite. Si en priorité on en cherchait la raison précise, on découvrirait sans doute quelque chose pour éclairer l'affaire.

Il y avait cependant des incohérences dans le semblant de reconstitution que Debrume avait imaginé. Traîner un corps sur un toit, même s'il est couvert d'une épaisse couche de neige qui amortit les sons, doit faire un certain bruit. Monter et démonter un palan aussi. De même que sceller des pitons dans un mur. Un tel remue-ménage ne pouvait passer inaperçu. Les travaux de préparation qui avaient eu lieu avant le crime avaient certainement eu quelque témoin : les habitants de ces maisons n'avaient pas manqué d'entendre quelque chose et de se poser des questions. En fait, le village entier avait pu voir le criminel à l'œuvre. Si c'était le cas, personne n'avait jugé nécessaire d'en parler. Il fallait donc interroger tout le monde. Poser des questions, mais aussi fouiner, observer sans se faire remarquer, voilà ce qu'était l'essentiel du métier d'enquêteur. Et Marino n'avait pas tort : ne faire confiance à personne et soupçonner tout le monde, même le docteur Courbet qui n'avait pas hésité à taire l'identité de la victime qu'il connaissait probablement aussi bien que tout le monde.

Il était donc d'une extrême urgence de savoir à qui appartenaient les maisons proches de la maison Caserte et qui y logeait : une tâche à confier à Marino qui, en tant que secrétaire de mairie avait facilement accès au cadastre et était en mesure de le consulter en toute discrétion, même si la discrétion n'était pas la qualité la plus marquante de sa personnalité.

C'était grâce à Baptiste Bonin que Debrume avait découvert ce chemin inédit. Ce n'était peut-être pas un hasard si le garçon l'avait emprunté. Peut-être avait-il voulu le lui indiquer sans avoir l'air de le faire devant les autres ouvriers. On pouvait en déduire que tous savaient quelque chose et qu'ils ne voulaient ou ne pouvaient parler. Mais aussi bien c'était seulement la peur du gendarme qui lui avait fait lâcher sa cargaison de briques sur la tête de Debrume. Dans ce cas par contre, cela signifiait bien que Marino pouvait se tromper de coupable : si ce n'était pas Hubert qui s'en prenait aux poules des ménagères, Baptiste avait peut-être à se reprocher les larcins qui questionnaient tant le brigadier et contre lesquels ce dernier avait mobilisé toute sa perspicacité et son énergie pour en découvrir l'auteur. Mais Debrume n'était pas pressé. S'il ne s'agissait que de cela, il y mettrait bon ordre en temps utile. Et il répétait pour passer sa colère : « Ce petit crétin ne perd rien pour attendre… ! »

Pour l'heure, Debrume se reprochait de ne pas avoir exploré les toitures avoisinantes l'avant-veille, le jour même où l'on avait trouvé le corps. A ce moment-là, la neige était encore assez fraiche pour y lire des traces : quelques traînées laissées par le corps auraient pu confirmer son hypothèse. Il était temps de rattraper rapidement cette erreur. Même si l'observation minutieuse des toits lui permettait d'obtenir quelque réponse aux premières questions qu'il se posait, il n'était pas dit qu'il réussirait à découvrir quelque chose de précis. Il pressentait de lourds mystères derrière ce meurtre. Des secrets anciens qui rendaient le village muet. Il faudrait compter avec le silence des habitants, leur capacité à garder pour eux les raisons du passé le plus trouble et probablement non dépourvu de drames. Ces raisons qui avaient touché les esprits s'étaient également inscrites dans les murs, gardiens infatigables qui dispensaient au fil du temps leur troublant mystère et en imprégnaient le village entier.

Une enquête allait être ouverte. Pour l'heure elle n'avait rien d'officiel et en était à ses balbutiements. Elle était comme une flânerie sur les pentes du Couron, quand le brouillard vous fait perdre tous vos repères. Alors on peut voir ce que l'imagination seule n'aurait pas la capacité d'inventer : par exemple la silhouette d'une femme qui s'enfonce dans le brouillard et y est engloutie, comme tant de fois cela était arrivé lorsque Debrume suivait Marthe le long des sentiers. Mais en cette situation, où la vie d'une ou de plusieurs personnes était menacée, l'inspecteur n'avait pas le droit de se laisser aller à des élucubrations qui pouvaient le faire dévier sur des conclusions erronées. C'était une histoire grave, il avait charge d'âmes, même s'il devait avancer à tâtons, comme dans le brouillard, au hasard des réflexions et des observations qu'il serait capable de rassembler avec minutie au long des jours. Il était temps d'oublier tout ce qui le tenait à l'écart des réalités. Et donc, de laisser de côté, encore une fois, son propre passé. Contrairement à l'impression qu'il avait depuis qu'il habitait le village, il sentait qu'aujourd'hui le temps retrouvait sa dimension humaine, celle qui se décomptait en secondes, en minutes et en heures. Le son des cloches qui accompagnait chaque moment de la vie de Couraurgues ne manquait pas de le rappeler. Le temps était un élément de l'enquête : chaque minute comptait. Quelqu'un quelque part était en danger de mort.

10

L'après-midi avait été bref. Il avait laissé place à un crépuscule morose. La lumière tombait en nappes grises sur le village et promettait quelque nouveau caprice du temps : l'air sentait la neige à plein nez. Durant la journée, Debrume avait accompli les diverses tâches auxquelles il se soumettait avec une régularité d'horloge et une précision dont sa vie semblait dépendre, il ne savait pourquoi (la question le taraudait et il faudrait bien qu'il y trouve une réponse un jour ou l'autre). Puis, après une brève escapade dans la campagne, il était rentré à son logis si sombre qu'on y tenait les lampes allumées depuis le matin. Il avait froid et il n'avait pas mangé de la journée. Assis à sa table devant une assiette de soupe au lard préparée par sa servante Cendrine, il déplorait de voir se prolonger, à cause du mauvais temps, l'immobilité où se tenait le village. Toutes les conditions étaient réunies pour aider le meurtrier à accomplir ses forfaits en toute impunité ; les communications étaient rendues difficiles et les habitants, paralysés par le froid, s'en restaient tapis chez eux.

La neige jusque là se faisait la complice d'un malfaiteur. Elle était un élément avec lequel il fallait compter. Cette pensée l'attristait car il préférait ne voir d'elle que sa fragile beauté, sa faculté de déployer sur le pays son royaume de lumière, de blancheur et de pureté. Avec ses fééries de glaces elle rendait le monde plus beau, ciselant finement pour lui des bijoux éphémères plus raffinés que des rivières de diamants. Comptant sur son innocente complicité, le meurtrier avait profité d'elle une première fois pour dissimuler son crime en attendant de pouvoir en faire disparaître les preuves. Si besoin était, il l'utiliserait encore. Jusqu'au moment où elle le trahirait à nouveau aussi inopinément qu'elle l'avait aidé. C'est cette trahison que l'enquêteur devait guetter.

Avant de voir le jour se précipiter dans la lueur blafarde qui précédait le moment où ciel et terre disparaissaient dans la noirceur de la nuit, Debrume avait exploré les toitures qui jouxtaient celle de la maison Caserte. Si la neige, qui avait en partie fondu ces deux derniers jours, ne permettait plus de lire les traces du passage d'un corps, il put développer l'hypothèse émise à son retour de la visite au Docteur Courbet. Quelques analyses en laboratoire de différents objets trouvés auprès de l'une des cheminées le confortaient dans cette idée. Il s'agissait d'une poulie et d'une massette. Quelqu'un les avait oubliées par négligence ou par insouciance. Ou peut-être les avait-il abandonnées là pour les utiliser plus tard, durant l'opération programmée qui permettrait au meurtrier de descendre le corps par le même chemin emprunté pour le hisser sur le toit. Ces objets examinés en laboratoire au microscope révèleraient sans doute des traces significatives. Il vérifia également d'autres éléments qui allaient dans le sens de son hypothèse, comme la présence de nombreux crochets scellés dans les différentes cheminées et dont le diamètre permettait de passer une corde de chanvre assez solide pour hisser le corps d'un toit à l'autre. L'homme s'était donné bien du mal pour pas grand-chose et sa plus grossière erreur l'avait trahi : l'arrimage contre la cheminée n'avait pas tenu, sans doute le nœud n'avait-il pas été assez serré. De ce fait, la stratégie présumée de l'assassin avait échoué. On avait trouvé le cadavre avant qu'il ne réussisse à le faire disparaître de la surface de la terre. Ces éventualités qui semblaient pour le moins farfelues (pourquoi cette idée de mettre un cadavre sur le toit ?) devaient être démontrées. En passant au peigne fin le passé du village, quelque chose finirait bien par venir à jour.

Lorsqu'il était en train d'explorer le toit, les suppositions qui étaient venues à l'esprit de Debrume lui avaient paru d'une évidence incontestable. Redescendu à terre, elles lui semblaient n'être qu'élucubrations farfelues. Il n'avait pas l'ombre d'une preuve de ce qu'il avançait. Les marques découvertes post-mortem sur le cadavre ? Leur forme longitudinale pouvait être due au frottement des cordes. Les objets ? Il n'était pas sûr qu'ils révèlent quelque chose. Et la motivation ? Voilà ce qui le questionnait davantage : savoir pourquoi l'assassin s'était donné la peine de hisser ce cadavre sur le toit, et sur ce toit précisément. Tout cela était sordide et saugrenu ! Ses suppositions avaient beau lui sembler ridicules et sans fondement, elles ne cessaient de tourner dans sa tête. Et à force de tourner, elles l'obsédaient jusqu'à l'exaspération. Il était temps qu'elles cessent de le harceler et qu'il puisse regarder les choses avec plus de discernement.

Quitter les soucis de cette enquête non encore officielle pour revenir à ses préoccupations personnelles, rentrer dans son monde et s'y restaurer était sa seule échappatoire. Il tenta donc de relire les lettres que Marthe lui avait envoyées depuis qu'ils s'étaient quittés. Mais aujourd'hui, cela s'avérait impossible. Non seulement il ne comprenait rien à sa lecture mais il se désespérait de ne pas réussir à entendre résonner en lui-même la voix de celle qui avait écrit. A nouveau il venait d'être arraché à ce qui lui était le plus cher, la seule chose qui comptât vraiment dans sa vie, cette vie qu'il vivait en secret, loin des autres, loin des tracas qui les emportaient on ne savait où. Ces instants réservés à lui-même, il le savait d'expérience, lui permettaient de se sentir bien vivant et non privé d'âme comme une marionnette manipulée par les événements, par la présence de ceux qui l'entouraient, par la course effrénée du temps. C'était en ces instants privilégiés qu'à l'aide de Marthe il retrouvait Céleste, plus présente qu'elle n'avait été dans la brève période qu'ils avaient vécue ensemble. Son souvenir ne cessait de le hanter. C'était pourtant lui, ce douloureux souvenir qui lui avait permis de survivre. C'était pour lui qu'il continuait de vivre. Céleste lui avait révélé l'autre face des choses sans laquelle la vie ne serait que ce qu'elle est, une banale fuite en avant, un carcan inutile, et le monde une coquille vide. L'enquête qui commençait allait à nouveau l'éloigner de ce qui représentait son seul réconfort. A moins qu'elle n'ouvre quelque échappée car il arrive parfois que des événements fortuits, étrangers à soi, révèlent quelque chose de soi-même. Si cela arrivait, il franchirait une étape, il découvrirait peut-être un moyen de vivre mieux ou plus intensément. Voilà ce qu'il attendait depuis toujours et qu'il avait quelquefois entrevu auprès de Marthe, en particulier lors de leur voyage en Italie.

C'est avec ce faible espoir que, lorsque, comme convenu, le brigadier Marino frappa à sa porte au beau milieu de la nuit pour qu'ils aillent ensemble vérifier l'étrange phénomène dont il avait été témoin, il l'accueillit sans cet agacement qu'une rencontre avec lui ne manquait jamais de susciter. Marino, quand ils avaient fixé le rendez-vous, avait déclaré avec quelque mystère dans la voix qu'il leur fallait être en place à minuit précises. La nuit était sombre et froide lorsqu'ils se dirigèrent vers la maison Caserte. Ils se tapirent dans une encoignure.

- Ici, vous allez parfaitement voir ou plutôt entendre. Nous sommes aux premières loges, dit Marino.
- Si nous montions plutôt sur le toit ?
- Le toit ? C'est un peu risqué…
- Pensez-vous que nous y trouverions un nouveau cadavre ? Le meurtrier ne serait pas si bête, dit Debrume que la situation commençait à amuser… ! Ou alors quelque fantôme qui viendrait pour venger le mort ? Je ne sais pas si vous avez remarqué, Marino, mais il y a autant de fantômes à Couraurgues

qu'en Ecosse… Et il se pourrait que quelques-uns ne manquent pas de se manifester ces temps-ci…

- Il ne faut pas plaisanter avec ces choses, inspecteur ! D'ailleurs, que pourrions-nous contre un fantôme ?

Puis il se tut et s'appuya un peu plus fort contre le mur, se fermant dans une attitude d'extrême concentration. Il murmura :

- Maintenant, inspecteur, sauf votre respect, il faut se taire et ne plus bouger. Il ne faudrait pas effaroucher le sortilège…

- Un sortilège ? Vous y allez fort, brigadier !

Ils attendirent près de deux heures, immobiles dans le froid et muets comme des carpes. Leurs membres devenaient de glace et ils ne sentaient plus leurs pieds. Seule la cloche qui sonnait les heures rompait par intermittence le silence de la nuit. Tout à coup Marino se dressa :

- Ca va venir de là-bas… voilà… ça va commencer : regardez !

Au bout de la rue qu'ils ne pouvaient voir dans son entier, une maison faisait l'angle dont on ne voyait que les fenêtres de l'étage. En fixant le regard sur la façade de cette maison que l'ombre avalait, on pouvait voir une petite lumière percer à travers les interstices des volets. Les deux hommes n'avaient cependant vu arriver personne. La noirceur de la nuit avait sans doute masqué la silhouette qui s'était introduite dans la maison. Marino avait omis de se renseigner sur le propriétaire de cette maison. Il savait seulement qu'elle n'avait plus été habitée depuis très longtemps.

- C'est par là que l'enquête doit commencer Marino ! Vous auriez dû le faire en priorité… vous avez le cadastre à votre disposition… ! N'hésitez pas… mais surtout que personne ne le sache… personne, pas même Monsieur le Maire ! Nous devons travailler dans la plus grande discrétion et n'effaroucher personne.

La lumière passait d'un volet à l'autre, très lentement. On prenait son temps pour explorer les pièces comme si on y cherchait quelque chose. Puis ils entendirent un bruit léger, un tintement raffiné comme on n'en entendait jamais à Couraurgues, à part le chant des oiseaux au printemps.

- Voilà le prodige. Ce bruit ne ressemble à rien que l'on connaisse… ni à une clochette, ni à un tintement de verre... Cela vous fait-il penser à quelque chose, demanda Marino ?

- Un piano… un simple piano. Quelqu'un s'est donné du mal pour venir jouer en cachette du piano, en pleine nuit, dans un village perdu de la montagne alors que la neige menace, qu'il fait un froid de canard et que les habitants essaient de dormir ! Pourquoi ? Tout le monde se donne beaucoup de mal dans cette affaire. Est-ce celui qui pianote qui a hissé le mort sur le toit ? Quand nous saurons tout cela, nous aurons démêlé l'affaire. C'est bien Marino, vous avez soulevé un lièvre !

- Un piano à Couraurgues répétait Marino hébété ? Mais que fait un piano à Couraurgues ? Depuis que j'y suis, je n'ai jamais entendu personne jouer du piano… Et d'ailleurs j'ai toujours vu cette maison fermée et non habitée.

- Les gens qui habitent les maisons voisines n'ont certainement pas manqué de l'entendre. Peut-être quelqu'un se souvient-il de celui qui l'a joué autrefois. Vous dites que la maison est fermée depuis longtemps ?

- Un peu plus de dix ans d'après le voisinage.

- Et évidemment on ne vous a rien dit d'autre… Pourquoi aurait-on pris la peine de vous dire quoi que ce soit d'ailleurs ?...

Pendant qu'ils se parlaient à mi-voix, ils dévalaient la ruelle. Ils atteignirent l'entrée de la maison. La porte était fermée à double tour. Aucune lumière ne brillait plus entre les interstices des volets. Le pianiste nocturne s'était déjà évaporé. Ils s'étonnèrent de son habileté.

Cette nuit-là non plus Debrume ne put fermer l'œil. Il ne repartit pas arpenter les routes cependant, le froid et la fatigue étant trop intenses. Il ralluma son poêle, et tout en se réchauffant, repensa à ce qu'il venait de voir et d'entendre. Il aimait se convaincre qu'une maison fermée depuis un certain nombre d'années était sur le point de révéler quelque chose de son passé et de ses habitants d'autrefois. Marino et lui-même n'avaient pas réussi à savoir qui s'amusait à jouer du piano la nuit, ni pourquoi. Mais Debrume avait la conscience en paix. Il savait que le manège continuerait et qu'il allait se passer quelque chose. Il n'y avait qu'à attendre. Il replongea donc dans la lecture des lettres de Marthe dont rien maintenant ne pourrait le distraire, tout au moins dans les heures qui suivraient.

11

Il n'en restait pas moins que le médecin avait raison : une véritable enquête ne pouvait être mise en place qu'avec l'accord des autorités. Monsieur le Maire affirmait que le juge Jobelin avait été contacté par télégraphe et qu'il ne tarderait pas à se manifester. Il préconisait de différer l'enquête jusqu'à son arrivée. Debrume était de l'avis contraire : on avait déjà trop attendu et perdu pas mal d'indices par simple négligence. De plus, rien ne disait que l'affaire qui avait abouti à la mort de cet homme ne pouvait avoir une suite. Tenir à l'œil l'individu qui s'introduisait clandestinement dans une maison inhabitée depuis plus de dix ans d'après les dire, ou tout au moins découvrir qui il était et s'il avait quelque chose à voir avec le cadavre du toit, semblait une précaution élémentaire. Cependant, Debrume ne voulait contrer personne et surtout pas celui qui représentait l'autorité dans le village, Nestor Gondrand, Monsieur le Maire.

C'est pour cette raison que, connaissant son homme, il ne cessait de recommander à Marino la plus grande prudence : « Nous devons être transparents et aussi invisibles que des fantômes lui répétait-il ». Marino devait consulter le cadastre autant de fois qu'il était nécessaire, mais personne ne devait le savoir. Le brigadier aimait cette connivence avec Debrume qui lui faisait mettre de côté sa loyauté envers Monsieur le Maire sous les ordres duquel sa déchéance l'avait malencontreusement placé. Il écoutait les recommandations de l'inspecteur sans broncher, de jour en jour plus flatté d'avoir soulevé un lièvre. Par le cadastre, répétait Debrume, on aurait à sa disposition le premier élément, qui semblait corollaire mais qui avait une importance fondamentale. On saurait enfin à qui appartenaient les maisons dont les toits donnaient accès à celui de la maison Caserte, par qui elles étaient habitées aujourd'hui, qui était le propriétaire de la maison où se trouvait le piano, qui l'avait habitée autrefois. On saurait donc autour de qui tournait cette affaire.

Le jour était en train de se lever. La nuit avait été aussi froide que les précédentes mais la neige n'avait pas tenu sa promesse. Elle se faisait attendre. Debrume allait se remettre en route pour ses sempiternelles promenades matinales avec Icare qui lui permettaient d'écourter ses nuits déjà trop courtes si les lettres de Marthe et la lecture de ses auteurs favoris ne suffisaient pas à les remplir. Il décida d'aller surprendre Hubert chez lui, laissant le soin à Marino de s'occuper des diverses questions évoquées ensemble et de surveiller Baptiste.

Après l'incident qui aurait pu coûter la vie à l'inspecteur, Marino n'en démordait plus : l'agression de Baptiste contre Debrume était une preuve irréfutable. Le garçon avait quelque chose à cacher pour avoir fui de cette manière devant lui. Et il était clair comme de l'eau de roche qu'il n'avait pas laissé tomber sa charge de briques sur l'inspecteur par inadvertance. Pour Marino, il s'agissait bel et bien d'une tentative de meurtre. Il est vrai que l'inspecteur n'avait dû qu'à l'attention bienvenue d'un des ouvriers d'éviter de recevoir une brique sur la tête. Toutefois, si le brigadier ne pouvait s'empêcher de voir des assassins potentiels dans chacun de ses congénères, il était gêné de voir Debrume persister dans le doute. Ainsi s'employait-il à lui expliquer avec brio et forces gestes pourquoi les voleurs de poules le tracassaient, essayant de démontrer que la cruauté qui faisait agir les hommes contre les animaux était la même que celle qui les faisait agir contre leurs semblables.

Comme toujours, Debrume écoutait le brigadier d'une oreille distraite, les petits larcins qui terrorisaient les ménagères lui paraissant quelque peu secondaires. Il n'y avait pour le moment aucune preuve d'un lien quelconque avec la mort de l'inconnu. Ils pouvaient être le fait d'Hubert aussi bien que de Baptiste, entre lesquels ses soupçons continuaient d'osciller. Mais même si on arrivait à savoir lequel des deux se repaissait ainsi de cruauté gratuite à la barbe de Marino, cela ne signifiait pas forcément qu'il était l'assassin qui avait ligoté un cadavre sur le toit. On était encore loin d'y voir clair à ce sujet. Il connaissait trop bien le village et son art consommé du mystère. Et il savait qu'il n'était pas au bout de ses peines.

Cependant une voie à ne pas négliger s'ouvrait devant lui. Il devait fouiller dans la vie d'Hubert, cet homme que les villageois méprisaient pour avoir délaissé la pauvre Rosalie, sa mère, et qui les inquiétait au point qu'ils s'appliquaient à le bannir du mieux qu'ils pouvaient. Il avait eu le loisir d'observer les villageois quand ils persécutaient Marthe afin d'exorciser leurs propres peurs. Cet Hubert qui avait une vie moins lisse que la leur était leur victime toute désignée. Enquêter de son côté permettrait de le protéger au cas où il n'était pour rien dans le meurtre, ou de l'inculper s'il avait quelque chose à voir avec lui. Les évidences trop faciles pour être honnêtes ne devaient être négligées à aucun prix. Car d'évidence en évidence, cauteleusement, l'enquête pouvait atteindre le cœur des choses et révéler une complexité insoupçonnée.

Debrume se souvenait de sa première affaire à Couraurgues une dizaine d'années auparavant, lorsqu'il était arrivé, tout jeune inspecteur, dans ce pays étrange qui avait fini par révéler un peu de ses mystères dont à la fin il avait découvert que certains n'en étaient pas. Il s'agissait seulement de divagations, de rêves et de peurs de pauvres gens « qui n'avaient que leur misère quotidienne et leur labeur » comme le lui avait dit si justement le Docteur Courbet lors de l'une de leurs rares entrevues. Il n'avait jamais oublié ses paroles : « Ils vivent de sentiments, bien que rustres. Et de passions de même type. Mais malgré leur rusticité, la nature humaine est partout la même, je ne vous apprends rien. Les passions ont la même puissance destructrice ici qu'ailleurs hélas et ce, depuis toujours ! »

Dès lors, Debrume n'avait jamais cessé d'observer ces rustres passions et sentiments qu'il avait sous les yeux toujours à l'œuvre, et de chercher à les comprendre. Ici, quand ils existaient, ils avaient une particularité. Ils agitaient le cœur de personnes qui se connaissaient bien pour avoir toujours vécu côte à côte et cohabité dans l'étroite enceinte des remparts. Comment cacher un secret dans tant de promiscuité ? Comment le défendre ? On pouvait même ajouter que ces gens se connaissaient, à travers leurs familles, de génération en génération. De rustres sentiments menaient à des passions qui pouvaient avoir leur racine dans la nuit des temps sans que leur vigueur ne se démente. Car, une fois qu'ils avaient vu le jour, leur présence était éternelle. On les transmettait à sa descendance à l'instar des terres et des biens en héritage. Passions et sentiments vivotaient sournoisement au fond des cœurs et la moindre étincelle les enflammait et leur rendait vie. Alors ils se mettaient en acte inexorablement pour atteindre enfin leur extrême accomplissement.

Tandis que Debrume chevauchait, le jour se levait lentement. Le cavalier parcourait ces sentiers qu'il connaissait par cœur et qui cheminaient entre les touffes de buis encore encapuchonnées de neige mais roussies par le froid. Dans la colline, la neige persistait. Le froid n'y avait pas desserré sa morsure. Icare s'ébrouait de temps à autre pour se réchauffer.

Le cavalier voulut emprunter la muletière qui le conduirait à la maison d'Hubert. Sans doute le trouverait-il en train de peaufiner sa tête d'ange sculptée dans un bloc de la pierre calcaire du pays qu'il avait choisie dans les collines avec le même soin que Michel-Ange avait mis à choisir le bloc de marbre d'où il avait tiré la figure du David, dans les carrières de Carrare. Mais aujourd'hui, aucune torche ne brûlait sous le hangar. Volets et portes de la maison étaient fermés et aucune fumée ne sortait de la cheminée. La maison dormait sous la couverture de neige qui effaçait autour d'elle chaque bruit, chaque signe de vie. Rien ne bougeait. Les artistes, on le sait, travaillent la nuit, se dit Debrume…

Il s'éloigna donc et prit le chemin qui menait à la forêt de Garmagne où il n'était plus allé depuis les premiers flocons. La neige, bien que présente au sol, avait abandonné la cime des arbres dès les premières secousses du vent qui les avait dépouillés de leur parure. Icare jouait selon son habitude sans ménager son cavalier, ne cessant de le surprendre par quelques courbettes ou ruades intempestives, sautillant sur place avec une joie retrouvée et très communicative. Son énergie juvénile mettait Debrume de bonne humeur et il décida de lui rendre la bride, le laissant faire à sa guise pour pouvoir réfléchir. Le jeune hongre allait selon son bon vouloir, s'arrêtant, tel un chaton curieux, pour fourrer son nez dans un paquet de neige, virevoltant autour d'un arbuste, cherchant désespérément un peu d'herbe à mâchouiller. C'était à lui que revenait le choix de la direction à prendre et son cavalier profitait du dépaysement que lui donnait un nouveau trajet jamais emprunté. On cheminait loin de la muletière, entre les arbres clairsemés.

C'est alors qu'il les vit, juste sous ses yeux : des empreintes bien marquées dans cette partie de la forêt que Debrume traversait pour la première fois et qui, loin du village, semblait déserte. Des empreintes de sabots allant dans les deux sens. La présence de crottin frais indiquait que le dernier passage était récent. Un cavalier était allé dans un sens puis revenu et ceci très récemment.

Debrume reprit alors les rênes au mécontentement d'Icare qui avait plaisir à batifoler, ne faisant que tolérer sa présence sur son dos. Ses virevoltes les avaient mis par hasard sur une piste. Il fallait la suivre ne serait-ce que pour savoir où elle menait. Cette simple curiosité se révéla fructueuse.

Serpentant dans un petit bois, entre touffes de buis, chênes et pins épars, l'étroit sentier aboutissait à une maisonnette. On la devinait à peine, encastrée comme elle était dans une avancée de rochers et figée dans le silence. Aucun signe de vie autour d'elle, seulement des restes d'une vie oubliée : une charrette déglinguée et divers éléments d'attelage abandonnés depuis longtemps et dont les intempéries avaient eu raison. Quelqu'un avait habité ici, isolé du monde, à plusieurs lieues du village et d'un point d'eau, on ne savait quand.

Il approcha de la maisonnette. Le soubassement de l'étroite façade était de pierre sèche, la toiture grossièrement faite de planches recouvertes de branchages séchés s'enfonçait profondément entre les deux parois rocheuses qui lui servaient de support. Pas de volet à l'unique fenêtre dont les vitres avaient été brisées et remplacées par un papier journal encore intact, ce qui signifiait que quelqu'un l'y avait mis depuis peu. Au pied d'un escalier de bois rudimentaire que commandait une porte mal en point, des bûches fraîchement coupées étaient empilées en un tas désordonné que la dernière neige avait recouvert. Après avoir attaché Icare à une branche, Debrume franchit le seuil. A l'intérieur, tout était sens dessus dessous. La maisonnette au fond des bois avait été soigneusement fouillée et mise à sac. L'examen du foyer et des papiers collés aux fenêtres confirma qu'elle avait été habitée peu de temps auparavant. Quelques restes de repas jonchaient le sol près de la table renversée elle aussi. Pour une raison inconnue, il y avait eu ici un grand chambardement. Peut-être s'y était-on battu. Rien n'avait été épargné dans cet espace exigu.

Cela rendait encore plus étonnante une chose insolite en ce lieu rustique : le seul objet resté entier était un violon posé, étui ouvert, sur une chaise auprès de l'âtre. C'était un beau violon de facture ancienne, qui n'avait certainement pas été joué par un violoneux des rues. Les cordes avaient tenu l'accord. Après avoir entendu les sons fantômes d'un piano qui hantaient les nuits de Couraurgues, Debrume trouvait aujourd'hui un violon délaissé au moment d'être joué, le seul objet encore entier dans ce cabanon dévasté et qui prenait l'eau de toute part. En caressant doucement le vernis, il se demandait pourquoi un tel bijou était arrivé là, et y avait été abandonné. Un musicien ne se sépare pas ainsi de son instrument à moins qu'il n'y soit contraint. Il referma soigneusement le couvercle de l'étui en pensant aux sons qui étaient sortis un jour de ce bel objet sous les doigts expérimentés de son possesseur, aux passions, sentiments rustres ou raffinés dont il avait été la voix. Plus que le reste de la maison, le malheureux instrument était condamné au silence. A moins qu'un jour son propriétaire, se souvenant de lui, ne revienne le chercher.

12

Paris, 20 juillet 1870

(…) *car la vie procède, mon cher ami, de déception en déception. Ici le climat politique et social se durcit. Cela agit sans doute sur le caractère d'Elodie qui ne va guère mieux. Les luttes domestiques font écho au climat délétère qui règne dans la ville. Comme vous le savez, les relations de l'empire avec la Prusse n'étaient pas au mieux jusque là, et se sont détériorées, de jour en jour nous conduisant à l'irréparable. Qu'adviendra-t-il de nous maintenant que la guerre a éclaté ? D'après Corsan, on susurre en milieux autorisés que l'armée française manque de tout face à celle des prussiens et qu'elle est loin d'être prête à les affronter. Le gouvernement affirme le contraire bien sûr : « Il ne manque pas un bouton de guêtres à nos soldats clame-t-il ». Va pour les guêtres… Mais il ne dit pas si les armes et la poudre qui seront allouées à nos soldats le seront en quantité suffisante…*

Quant à mes espoirs que j'avais évoqués dans mes précédentes lettres avec un peu trop de hâte, aveuglée que j'étais par le charme toujours aussi vif et envoûtant d'un homme qui m'avait autrefois trompée et que j'avais eu tant de mal à pardonner, mes espoirs se sont dissipés avec la mise à l'épreuve de la vie quotidienne, et devant les terribles difficultés que nous traversons.

Il m'a fallu quelques mois pour comprendre que Rodolfo était criblé de dettes de jeu, et qu'il était acculé. Malgré ses dénégations, le doute me restera toujours au cœur de savoir s'il ne m'a retrouvée que pour cette simple raison : que je l'aide dans ses difficultés financières. Il est vrai que dans les milieux interdits que nous fréquentons, les Corsan et moi sommes sans conteste facilement repérables. Il nous a crus plus riches que nous ne sommes. Or, j'ai pu le dépanner quelquefois, mais aujourd'hui, ses exigences sont d'une telle énormité que toute ma rente ne pourrait suffire. Sa dette croît plus les jours passent car, malgré les efforts qu'il prétend faire, il ne peut se détacher de sa funeste habitude. Par ailleurs, actuellement Corsan a trop besoin de son argent pour le disperser aux quatre vents des folies d'un poète, si doué soit-il. Il n'a voulu en aucun cas subvenir aux extravagantes nécessités de celui qu'il considère comme un traître et qui a échappé autrefois de justesse, (je viens seulement de l'apprendre) à la vindicte de notre organisation.

Mais cela ne m'étonne guère. Rodolfo a l'art de laisser planer le doute sur lui-même. Il est capable de donner d'une main et de reprendre de l'autre, sans aucun scrupule. Bien que se sachant condamné par notre organisation, il a donc fait preuve de la plus grande inconscience en me contactant. Mais sans doute m'a-t-il jugée assez malléable pour le faire. Il a encore une fois joué le tout pour le tout, selon son habitude.

Ce sont justement ces étranges manières qui, en créant une trouble atmosphère autour de lui, me rendent son charme irrésistible au point qu'encore aujourd'hui, s'il me le demandait, je serais prête à tout quitter pour le suivre... Mais il se garde bien de me le demander, pour mon bonheur ou pour mon malheur, personne ne peut le dire.

Néanmoins, malgré les réticences que suscitent en moi cette situation, sa passion pour le jeu, ses extravagances et ses attitudes qui s'apparentent à l'art du comédien, mon cœur s'est déchiré une fois encore lorsqu'il m'a annoncé que nous ne nous reverrions plus. Il s'est engagé dans l'armée et va partir au service militaire pour remplacer son créancier dont le nom vient d'être tiré au sort. Cela lui permettra de s'acquitter de son actuelle dette jusqu'à ce qu'il en contracte une autre comme il sait si bien le faire. Il va au sacrifice comme un martyre de ses propres vices et sa faiblesse me le rend encore plus attachant. Comment puis-je sortir de cet envoûtement ? Si vous étiez là mon ami, je ne doute pas que vos conseils pourraient m'être de la plus grande utilité car vous avez toujours sur les choses ce regard pragmatique qui me manque cruellement.

Encore aujourd'hui où pourtant nous avons des préoccupations qui relèvent de la simple survie, je ne m'explique pas comment j'ai pu céder à nouveau à son charme, ni pourquoi je souffre autant par lui. S'il est tué à la guerre, je sais que je resterai à jamais inconsolable. J'errerai sur la terre, comme vous le faites vous-même, l'âme en charpie, à la recherche de je ne sais quoi, un bonheur qui n'a jamais existé, une illusion, jusqu'à la fin de mes jours.

Toutefois, dans mon désarroi, je ne vous dirai jamais assez combien votre amitié m'est précieuse, vous qui êtes la seule personne au monde à qui je peux confier mon secret, celui du lamentable échec d'une femme bafouée et trompée et qui cependant, ne peut s'empêcher d'aimer (...)

13

Personne ici ne connaissait mieux les tourments de l'âme humaine que le Docteur Courbet. Debrume se souvenait de chaque moment qu'ils avaient passé ensemble autrefois, de l'aide qu'il avait tenté de lui apporter en lui faisant passer des messages discrets en présence de témoins gênants, tout en respectant le secret de sa patiente, Marthe Regardini que tout le monde soupçonnait de sorcellerie, et qui depuis avait pris tant de place dans la vie de l'inspecteur. Il avait aimé les dialogues à mi-mots devant l'hôte qui les espionnait et dont Debrume s'était méfié à la minute où il avait franchi le seuil de son auberge. Il se souvenait des conseils donnés par ce vieux praticien plein de sagesse, le seul qui ne lui avait pas été hostile d'emblée lors de sa première enquête, quand tout le village le traitait en étranger, en envahisseur. Mais aujourd'hui, malgré la sympathie qu'il lui avait toujours montrée, le médecin n'était pas disposé à l'aider. Lors de leur précédente rencontre, Debrume avait eu la conviction qu'il savait quelque chose qu'il ne voulait pas révéler au sujet du mort ; il semblait tout à coup être atteint de la même manie du secret que le reste des villageois. Certes, il était un homme comme les autres et ses raisons lui étaient personnelles : quelque épisode de sa propre existence le rattachait peut-être au souvenir de cette victime, épisode qu'il préférait garder pour lui ou effacer de sa mémoire.

Debrume rentrait au village. Le soleil d'hiver avait déjà établi sa lumière limpide sur les toits des maisons et fouillait chaque ruelle sous le bleu dur d'un ciel d'airain balayé par un mistral endiablé qui apportait un surcroît de froid. Avant de rentrer chez lui, il voulait voir le médecin. Il dut attendre son retour : malgré son âge, le vieil homme avait passé la nuit à essayer d'endiguer les souffrances d'un agonisant dans une ferme lointaine située à l'autre bout de la plaine du Can. Bien que fourbu, il ne désarmait pas. Il avait l'intention de mener sa mission jusqu'à l'épuisement de ses forces. Son dévouement laissait Debrume admiratif. C'est pourquoi il ne comprenait pas la raison pour laquelle il lui refusait des réponses qui l'eussent peut-être aidé à sauver des vies humaines.

Le docteur Courbet le fit entrer dans son cabinet où l'attendait son vin chaud préparé par sa servante pour réchauffer ses vieux os, et il en proposa courtoisement à son visiteur. La conversation s'établit avec lenteur, comme s'ils avaient tout leur temps, et selon le même ton qu'elle avait eu entre eux dès le jour de leur première rencontre, prenant des chemins détournés et révélant une connivence et une compréhension mutuelles que Debrume avait toujours appréciées :

- Lors de l'une de nos premières entrevues, commença Debrume, vous m'aviez parlé des « sentiments et des passions bien que rustres » qui animent les gens de ces montagnes. Vous avez eu l'occasion de les étudier de près tout au long de votre carrière, je suppose…

- Oui…, et malgré les apparences, elles sont les mêmes que partout ailleurs. Je me souviens de cette conversation. Vous aviez l'air de ne pas y croire. J'avais trouvé votre scepticisme bien triste, je dois le confesser, pour le jeune homme que vous étiez alors.

- Le temps passe pour tous. J'ai pu revenir maintes fois sur mon jugement depuis. C'est en fait de sentiments et de passions que je voudrais vous entretenir, tout autant que de doutes.

- Sujet délicat autant que grave. Mon métier me contraint à entrer dans des secrets dont je ne peux vous parler sous peine de trahir…

- Oui, je sais : Hippocrate. Mais il me faut savoir absolument qui est ce mort et qui l'a tué.

- Vous ne feriez justement qu'éveiller ces vieilles passions en cherchant à les mettre à jour et vous provoqueriez d'autres crimes si vous rendiez publique son identité…

- Vous avez donc une idée de qui il s'agit ?

- Il y a ici des gens dangereux qui ont déjà fait assez de mal… ça remonte à loin…

- Mais aujourd'hui, quelqu'un a tué. Il est aberrant de protéger un assassin.

- Je veux seulement protéger les vivants.

- Justement… il y a un seul moyen : démasquer et arrêter le coupable.

- Bien sûr…, mais en attendant… Et d'ailleurs, que pourrais-je vous dire… ? Je ne serais pas sûr de vous mettre sur la bonne voie. Voyez plutôt avec ces femmes qui n'ont que cela à faire : parler au lavoir, raconter par le menu les détails de la vie des gens que leur imagination leur souffle… vous en feriez un tri judicieux, j'en suis convaincu.

Debrume n'insista pas. Il n'y arriverait pas de cette façon. Il y fallait sans doute plus de doigté, mais il était confiant, il connaissait le personnage : cela viendrait à son heure. Passant à autre chose, il demanda à examiner le cadavre pour diriger le médecin sur un autre terrain. Ils allèrent ensemble dans la crypte où la dépouille gisait toujours dans l'attente de la réponse de la préfecture et bien que le médecin eût déjà délivré le permis d'inhumer.

- Il semble que nous n'attendrons pas la réponse de la préfecture, dit-il. Le maire désire inhumer le corps au plus tôt. C'est peut-être la dernière fois que vous pouvez le voir et je ne veux surtout pas vous en empêcher. Bien que votre enquête ne soit pas officielle...

Debrume se le tint pour dit. Cette réflexion venait lui rappeler qu'il n'avait désormais plus aucune autorité pour mener une enquête. Il se souvint de l'insistance du docteur Courbet à ce propos, lors de leur dernière entrevue. Aujourd'hui, c'était une sorte de reproche ou de défi, teinté d'une nuance d'hostilité qu'il entendait dans ces mots. Mais il ne répondit rien. Ils avaient descendu des marches, traversé la ruelle et étaient entrés dans la crypte glacée. Il faisait un froid de loup sous les voûtes basses où aucune lumière ne pénétrait. Lorsque le médecin découvrit le corps, Debrume s'étonna de voir que le mort était habillé. Rien ne manquait à sa tenue initiale.

- Vous ne lui avez même pas ôté ses gants ?

- Je les lui ai remis, avec tout le reste... Il fait si froid dans cette crypte, dit le médecin avec un sourire narquois. Je n'allais pas le laisser nu ! A dire vrai, j'ai préféré qu'il soit présentable au cas où tout le village devrait défiler devant sa dépouille pour l'identification comme il en a été question. Un cadavre après autopsie, même si on ne voit que son visage, manque quelque peu d'humanité...

Debrume soupçonna le médecin de craindre de passer pour un boucher sans respect pour le corps des hommes. Il connaissait les villageois et leurs obsessions. Le respect et les hommages dus aux morts en était une et pas des moindres.

- On apprend toujours beaucoup de choses des mains des gens. Il va falloir les ôter à nouveau ces gants...

Des mains blanches et fines apparurent.

- Des mains qui n'ont jamais accompli de travail de force dit le médecin.

- C'est bien ce que je pensais. Et la main gauche porte les stigmates…

- Les stigmates… ?

- Oui… qui incombent à tous les instrumentistes à cordes. D'ailleurs sur le cou aussi… voyez cette marque. Y-a-t-il jamais eu au village un violoniste ? Non pas un violoneux, mais un violoniste qui joue du Bach et du Beethoven, ou les quatuors de Mozart ? N'y-a-t-il pas eu également un pianiste ?

- Je savais que vous trouveriez tout seul ! Hélas ! Cela remonte à une douzaine d'années ou plus. Une histoire bien triste… ! Laissons les morts dormir en paix Debrume, je vous en supplie, et également les mortes, celles qui n'ont pas trouvé la paix dans la vie, laissons-leur la paix de la mort… nous leur devons bien ça…

- Et cette histoire si triste, vous pensez qu'elle serait à même de déclencher d'autres passions après cette mort plus que suspecte ? Dans ce cas docteur, ne tardez pas à me révéler des noms… ! Il y a quelque urgence, vous ne pensez pas ?

- Je crois que cette histoire n'est pas encore finie. Oui, je vais vous donner les noms qui vous intéressent, cela je peux le faire. Pour le reste, vous interrogerez les villageois autour de vous… Ils en savent sans doute plus que moi. Je parlais tout à l'heure d'une morte, une toute jeune morte, et vous aurez vite compris qu'il s'agit de passions, les mêmes qui agitent les hommes depuis la nuit des temps, qui alimentent les guerres, qui poussent les humains à tuer sans pitié leurs semblables. C'est un pouvoir maléfique qu'ont les hommes et ils continuent de s'en servir : tuer… Non, cette histoire n'est certainement pas finie, vous avez raison, je le crains.

Comme cela lui arrivait souvent de le faire, le médecin s'abîma dans une de ces longues réflexions qui le poussaient au silence. Tout à coup son esprit partait ailleurs, loin dans le passé, ou devant lui, dans un avenir qu'il entrevoyait, comme si, connaissant si bien les hommes, il avait le pouvoir de lire leur avenir tel un visionnaire éclairé. Debrume interrompit ce silence qu'il jugeait mal venu tout à coup :

- Cet homme a environ trente cinq ans. Il jouait du violon et quelqu'un dans le village possédait un piano. Un piano, un vrai, pas un piano de bastringue. N'ont-ils pas pu se rencontrer ?

- Evangéline jouait du clavecin, dit le docteur en sortant tout à coup de sa réflexion et souriant avec un certain attendrissement à son souvenir...

- Il ne s'agit pas d'elle... et d'ailleurs vous n'êtes pas sans savoir qu'elle a fait une terrible fin...

- Elle aurait mieux fait de rester avec ses palefreniers et ses chevaux au lieu de faire l'espionne. Elle qui avait un don certain pour les jubilations du corps – un don rare et un corps magnifique -, elle qui connaissait tous les secrets de l'alcôve et qui faisait tant d'heureux... quel gâchis ! Mais vous savez que personne n'est raisonnable. Des forces inexplicables nous poussent toujours ailleurs, ou à ce pour quoi nous sommes le moins doués... comme si nous prenions plaisir à ajouter des difficultés à la vie qui est déjà assez compliquée comme ça, pourtant !

- Oui... et ces forces finissent par déclencher des passions terribles...

- Mais vous avez raison, inspecteur. Il vous faut savoir. La jeune morte dont je vous ai parlé n'avait rien à voir avec Evangéline de Bourdaine bien sûr. Elle s'appelait Sidonie Gondrand et elle jouait merveilleusement du piano. Lui, c'était un violoniste qui avait entamé une belle carrière et dont le nom commençait à être connu. Il s'appelait Constant. Il avait décidé de quitter Paris après le coup d'état qui avait mis Napoléon III au pouvoir en 1852. Car, bien que très jeune, il avait eu le malheur de se faire remarquer comme républicain convaincu, résolument hostile au régime en place, ce qui mit rapidement un terme à sa carrière. On ne sait pourquoi, un jour il passa par Couraurgues. Peut-être n'avait-il aucune intention d'y rester lorsqu'il entendit le piano de Sidonie qui, comme chaque jour depuis son plus jeune âge, mettait de la gaieté ou de la mélancolie dans les rues du village. Sidonie était la fille de Juste Gondrand, le frère ainé du maire, Nestor Gondrand. Je ne sais comment Constant et Sidonie se connurent. Peut-être, attiré par le son, vint-il frapper à sa porte. Ils se retrouvèrent vite pour jouer ensemble les sonates de Beethoven et de Mozart. Le village était émerveillé de ces sons lumineux dont personne n'avait jamais soupçonné qu'ils pussent exister. Une idylle naquit entre les deux jeunes gens que tous les villageois considérèrent tout à fait légitime tellement ils les sentaient faits l'un pour l'autre. Mais la famille ne l'entendait pas de cette oreille. Je ne sais pas exactement ce qui s'est passé, qui a décidé que le mariage n'aurait pas lieu. Toujours est-il que le violoniste fut éconduit et qu'il quitta le village qui retomba dans une austérité lugubre, celle d'avant sa venue. Sidonie, vous l'apprendrez tôt ou tard, mit un enfant au monde. On voulut la marier. Le futur n'était pas regardant vu la consistance de la dot. Mais elle mourut quelques jours avant ses noces. Prudence Malmaure l'a bien connue. Elle s'est occupée de Sidonie comme une mère.

- Vous pensez que Constant a pu revenir pour se venger et que quelqu'un l'a tué ? Vous devez bien avoir une petite idée de qui il s'agit ?

- Chacun son métier inspecteur. Je ne suis pas médecin des âmes. Si une âme noire habite un assassin ici, c'est à vous de le découvrir, pas à moi qui me contente de panser les plaies des corps.

- Je ne voudrais pas me monter insultant, docteur, mais je suis sûr que vous êtes au courant de bien des choses. Les connaître me permettrait de faire avancer l'enquête. Mais vous tenez à vous taire. Ce qui me pousse à penser qu'il se pourrait que vous ayez été impliqué dans une affaire peu claire. Car ce mort a certainement eu à voir avec vous tous, il y a peu encore. Et pourquoi pas avec vous que le silence rend suspect ? Bien qu'il m'en coûte, je me vois dans l'obligation de revoir mon jugement sur vous. Et je vous demande de ne vous éloigner du village sous aucun prétexte.

- Vous plaisantez mon ami j'espère, dit le médecin en riant ? Et avez-vous seulement l'autorité requise pour m'obliger à quoi que ce soit ? Aucune, n'est-ce pas ?

- Vous avez raison, docteur. Je n'ai aucune autorité légale. Mais je ne plaisante pas. Et je saurai dans tous les cas interpréter une éventuelle absence de votre part.

Le médecin ne riait plus. Il ne desserra plus les dents et Debrume le quitta sans le saluer, plein d'une colère qui ne cessait de grandir, tempêtant contre tous les habitants de Couraurgues et leur sempiternel laconisme qui les rendait tous complices du meurtrier.

C'est en sortant de la crypte que Debrume rencontra Marino. Avec ses airs de conspirateur et en baissant la voix, ce dernier lui dit qu'il avait pu consulter le cadastre en toute discrétion. Il n'avait vu personne à l'hôtel de ville aujourd'hui, même pas Monsieur le Maire.

- Je crois que l'affaire est grave, inspecteur. Les deux maisons qui font suite à la maison Caserte et par où vous pensez que le corps a pu être hissé appartiennent à Monsieur le Maire : Nestor Gontrand. Elles ne sont pas habitées.

Marino attendait de voir sur le visage de Debrume l'effet de la nouvelle qu'il apportait. Mais celui-ci, après son entrevue décevante avec le Docteur Courbet lui coupa l'herbe sous les pieds. Il n'était pas d'humeur à supporter que sur sa lancée, le brigadier se remît à faire l'inventaire des poules décédées dans d'horribles souffrances.

- Marino, lui déclara-t-il avec quelque solennité dans la voix et jouant de son autorité, ce qui eut pour effet immédiat de lui faire gonfler le buste, vous avez été parfait. Maintenant nous allons nous intéresser à la musique ! Aimez-vous la musique Marino ?

Le brigadier resta sans voix.

- A ce propos, avez-vous pensé à regarder sur le cadastre à qui appartient la maison d'où sortent les sons délicats de ce piano désaccordé ?

- Oui, bien sûr, inspecteur. Elle appartient au fils du maire, le jeune Isidore.

- Que ne le disiez-vous plus tôt Marino ! Allons… ! Nous devons faire nos gammes… Nous n'avons que trop tardé !

14

Le nom de Gontrand était revenu bien trop souvent dans les dernières conversations en l'espace d'un quart d'heure pour que Debrume ne s'y intéressât pas de plus près. Depuis que ce nom était apparu, des liens entre des personnes s'étaient révélés avec une évidence étonnante. Il y avait d'abord, Sidonie Gontrand au sujet de laquelle le docteur Courbet avait refusé de donner de plus amples renseignements. Puis ce nom était réapparu à propos des maisons par les toits desquelles le corps avait sans doute été hissé et qui appartenaient à Nestor Gondrand, l'oncle de la défunte Sidonie et maire du village. Et pour finir, ce même nom concernait la maison d'où provenaient les sons étiques d'un piano : Isidore, le fils de Nestor, l'avait héritée de Sidonie sa cousine et la laissait inhabitée. Par ailleurs, le corps trouvé sur le toit était celui d'un violoniste dont on reconnaissait la pratique de son instrument aux cals qui couronnaient les doigts de sa main gauche, et qui avait été lié à Sidonie. Les instruments de musique étant une rareté à Couraurgues, il y avait fort à parier que le violon abandonné dans la maisonnette au fond des bois lui appartenait. Sans doute avait-il pensé le mettre en sécurité à cet endroit où lui-même avait pu quelquefois trouver un refuge temporaire, ce qui donnait à penser que l'homme avait des raisons de se faire discret à Couraurgues.

Tout semblait simple et évident, pourtant rien ne l'était. Si des liens unissaient, autour du tragique destin des jeunes musiciens, Nestor Gondrand, Isidore, et peut-être même Hubert et Baptiste, ils étaient encore à révéler. Il fallait également tenir compte du fait qu'ici, non seulement tout le monde vivait dans la promiscuité, mais tout le monde était plus ou moins « parent et allié ». Or, les liens familiaux étaient tels qu'un refus de parler des villageois pouvait avoir une signification plus grande encore que des paroles explicites. Mais cette signification, il fallait la découvrir. Debrume s'était mis aussitôt en quête, partant de ce minimum de piste qui se présentait à lui. Toutefois, malgré son adresse et son tact, il ne devait rien tirer des divers interrogatoires. Personne n'avait entendu le son d'un piano : « La nuit ? Un piano ? Vous dites qu'il y a un piano à Couraurgues ? Nous, la nuit, on dort, mon bon Monsieur, nos journées sont si dures, hélas ! La musique n'en fait pas partie… nous n'avons que les cantiques de Monsieur le Curé… » Et tous semblaient le déplorer avec sincérité.

Debrume connaissait assez les villageois pour avoir la certitude que rien ne pourrait entamer leur silence. Montrer de l'insistance ne ferait pas avancer les choses. Il ne restait donc qu'à passer des heures en pleine nuit à essayer de surprendre le pianiste maladroit qui s'amusait à troubler le sommeil du village, malgré le déni de ses habitants. Le toit de la maison Caserte n'était pas l'endroit le plus confortable par cette froidure, mais Debrume s'était rendu compte que de là on pouvait avoir une vue imprenable sur la ruelle qui descendait vers la maison de Sidonie, sur sa porte d'entrée et ses fenêtres. On pouvait également voir tous les mouvements qui avaient lieu dans les rues aboutissant à cette maison. En conséquence, il suffisait que Marino restât caché dans l'encoignure d'une porte et que du haut du toit Debrume déclenchât un signal convenu. L'alerte brigadier se précipiterait, surprendrait en flagrant délit celui qui s'était introduit dans la maison et serait assez habile pour le maîtriser. On saurait alors qui était ce visiteur nocturne, ce qu'il était venu faire là, et en vue de quoi il pianotait en pleine nuit, au risque de porter le trouble dans le village et de se rendre suspect à tous par des agissements relevant de la facétie.

Marino était aux anges quand Debrume lui demanda de l'aider pour mettre au point ce plan. Confondre celui qui le narguait depuis des mois avec des vols de poules et autres farces macabres, comme celle d'accrocher des carcasses de corbeaux ou de lapins faisandées aux portes des maisons, lui tenait à cœur. Car pour lui, cela ne faisait aucun doute. Il s'agissait du même homme qui, pour on ne savait encore quelle raison, avait fini par pousser ses tendances perverses jusqu'à l'homicide. Un événement qui avait eu lieu autrefois à Couraurgues le confortait dans cette idée : Marino avait lu dans les archives de la mairie le récit de la première enquête menée par Debrume douze ans auparavant. Mademoiselle Marthe Regardini avait été victime de funestes cadeaux laissés par celui qui avait finalement tenté de la tuer en mettant le feu à sa demeure, avant que Debrume n'arrive à lui mettre la main dessus. Marino était persuadé que quelqu'un s'était souvenu de cette vieille histoire et avait envoyé au village les mêmes signaux, les mêmes avertissements et contrairement au précédent malfaiteur, avait réussi son coup : il avait tué un homme.

Quoi qu'il en soit, continuait Marino, même s'il ne s'agissait pas de l'assassin, on ne pouvait pas laisser en liberté un voleur de poules qui mettait ainsi à mal la loi de la république. Car, de même qu'il s'était appliqué à faire respecter la loi de l'Empire, le brigadier se serait damné pour faire respecter celle de la république, arguant que la loi était la loi. Et que la raison d'être de la loi, c'était qu'elle fût respectée. Il était fier de s'en faire le héraut. Sans elle, un village perdu dans les montagnes, si petit fût-il, ne pouvait survivre. « Depuis que cette tête brûlée d'Hubert est revenu… sans compter que ce sournois de Baptiste a essayé de vous tuer, répétait-il à l'inspecteur, comme se complaisant à démontrer que le mal était partout... Et il se pourrait même qu'ils soient complices, ajoutait-il avec un frisson dans la voix ». Puis, avec la faconde que Debrume redoutait, le brigadier faisait déferler sur lui, en cataracte, une longue description des raisons de cette complicité et de ses conséquences que l'inspecteur, qui s'en méfiait pourtant, n'avait pas réussi à endiguer, une fois de plus.

Mais le plan ourdi pour la nuit ne porta pas ses fruits. Personne ne vint visiter la maison de Sidonie, personne ne joua du piano cette nuit-là. On n'enregistra aucun mouvement dans les petites rues adjacentes. Durant toute la nuit, le calme le plus absolu avait régné dans le village, accompagné d'un froid intense qui se déployait avec ténacité sous un ciel étoilé, rendant l'air pur et fragile comme du cristal et durcissant un peu plus les amas de neige qui recouvraient les rues. Le gel à nouveau avait enveloppé chaque chose : au matin, des stalactites de glace pendaient des toits et l'eau ne coulait plus aux fontaines.

Descendant du toit juste avant le lever du jour, Debrume ordonna à Marino de rentrer chez lui : « Il ne viendra plus maintenant. Attraper une pneumonie ne ferait pas avancer l'enquête ! ». Chez Debrume, Cendrine, la servante, avait déjà allumé le feu et préparé un café qui fut le bienvenu. Installé auprès du poêle, il pouvait retourner en toute tranquillité à ses chères lettres, celles que Marthe lui avait envoyées de Paris, deux ans auparavant, en cette période particulièrement troublée qu'elle avait vécue avec courage et abnégation, se dévouant corps et âme à ceux qui souffraient, aux côtés de son amie Elodie. Il relisait ce condensé de malheur qui avait emporté tant de gens comme on lit un roman épique. Mais s'il admirait Marthe sans retenue, c'était avec prudence qu'il approchait de son monde héroïque, se tenant sur sa lisière, l'observant d'assez loin pour ne pas être à son tour happé par lui. Et quand il se hasardait quelquefois à y entrer, c'était sur la pointe des pieds, en prenant mille précautions, comme s'il pouvait y brûler son âme. Il savait bien que l'héroïsme ne ferait jamais partie de sa propre vie et il espérait qu'il en serait toujours ainsi.

Quand le jour se leva enfin sur le village, il avait oublié l'enquête et les malheurs des villageois. Comme à chaque nouvelle lecture des lettres de Marthe, il avait du mal à ressortir de ce monde de terreur, où l'horreur régnait en maître et que son imagination peinait à reconstituer dans son ampleur. Il s'étirait longuement devant le feu qu'il avait laissé s'éteindre, puis, reprenant ses esprits, constatait qu'il était à Couraurgues, en plein cœur de l'hiver, et que, malgré le froid intense il allait sortir pour sa promenade matinale. Il aurait du plaisir à arpenter ce paysage de neige et de glace qui sublimait toute chose de ses créations factices autant qu'éphémères, même si, après cette nouvelle nuit d'insomnie, il lui fallait se faire quelque violence pour s'arracher à la douceur de son foyer et se rendre auprès d'Icare.

Il en était là de ses lents efforts lorsqu'on frappa à la porte. C'était Marino qui avait passé son uniforme d'employé municipal aux boutons dorés, - et sans doute à contrecœur - , comme s'il était prêt à affronter un événement ou une action d'importance. Debrume n'eut pas le temps de s'en étonner :
- Monsieurr, dit-il gravement, nous avons du nouveau… C'est Hubert… Vous voyez, c'est lui, je vous l'avais bien dit… !
- Comment donc ? Vous l'avez pris en flagrant délit ?
- En quelque sorte… Il a été retrouvé mort dans un four à chaux. Enfin… son corps calciné, comme un poulet rôti, à peine reconnaissable, un bloc de charbon, dit-on… et donc c'est la raison pour laquelle il n'a pas pu venir jouer du piano cette nuit ! C'est bien la preuve que c'était lui, les autres nuits, quand il était encore vivant ! Simple déduction…
- Ne nous emballons pas, Marino ! Prenons les choses par le commencement. D'abord il faut savoir qui a trouvé le corps et où est ce four à chaux, à qui il appartient, à quand remonte le décès…, bref, enquêter, Marino, il faut enquêter avant de déduire ! Calmez-vous donc brigadier, insistait Debrume en enfilant fébrilement un vêtement ! Soyons circonspects. Il nous faut d'abord poser des tas de questions, voyez-vous, avant

d'affirmer quoi que ce soit ! Parce qu'il faut des preuves Marino, des preuves… ! Pour le moment, Hubert ne nous intéresse que parce qu'il est mort de façon… inhabituelle. Calciné, vous dites ? En premier lieu, il nous faut savoir comment il a pu finir dans un four à chaux. Il n'a pas pu vraisemblablement s'y enfermer lui-même, mais il ne faut jamais exclure l'accident. Allons-y, brigadier ! »

Ils se précipitèrent, animés de la même ardente soif de résoudre cette nouvelle énigme. Debrume se dit qu'ils finiraient par devenir des partenaires inséparables. Et il ne savait pas s'il en éprouvait de la satisfaction ou une sorte de déception masquée qui, peu à peu, du profond de lui-même, faisait sournoisement monter un vague sentiment d'horreur, doublé d'une angoisse tout à fait irrépressible.

15

Hubert avait donc été surpris en flagrant délit de mort soudaine, ce qui, pour Marino, suffisait à prouver qu'il était bien le responsable des notes dispersées aux quatre coins du village pendant les nuits qui avaient précédé celle de son décès. De ce qu'il ait accompli d'autres méfaits, il n'y avait qu'un pas, et le brigadier savait d'expérience combien les pas de ce genre d'hommes sont courts et vifs. Toutefois, on avait constaté au petit matin l'absence définitive d'Hubert qui s'en était allé sans crier gare. Et pendant cette nuit de surveillance, rien n'avait pu échapper à Marino, sa conscience professionnelle étant sans faille : aucune note de piano n'avait été jouée, il en était sûr. Or, si c'était bien Hubert qui s'était improvisé pianiste virtuose, et cela n'était pas encore prouvé, il restait à savoir pourquoi on s'en était pris à lui.

Il fallait emprunter une muletière étroite pour descendre jusqu'au four à chaux distant des pâturages mais proche de la petite rivière du Can, l'eau étant indispensable autant que les roches calcaires, pour la fabrication de ce matériau qui servait à la construction des maisons du village. Si les cailloux ne manquaient pas à Couraurgues, l'eau était une denrée rare. Ainsi ne pouvait-on assurer la fabrication de la chaux qu'à certaines époques de l'année, au moment où les pluies avaient alimenté la rivière qui le reste du temps ne laissait couler qu'un filet d'eau. La neige de février avait été un élément décisif pour stopper cette activité comme elle avait stoppé toutes les autres. Ainsi, la muletière n'était pas fréquentée en cette saison, et Debrume comptait encore une fois sur la complicité de la neige. Il y trouverait certainement quelques empreintes à analyser. Mais il se trompait. La neige avait été abondamment piétinée par les curieux qui, privés par les intempéries de leurs travaux habituels, s'étaient précipités au four à chaux dès que la nouvelle de ce nouveau malheur s'était répandue dans le village. Car la neige avait non seulement transformé le paysage, mais elle avait fait entrer les esprits dans une forme de logique due à l'inactivité et à la léthargie qu'elle avait mises en place pendant des semaines et pour lesquelles ces esprits n'étaient pas faits. En ces temps de froidure, on s'ennuyait ferme à Couraurgues. L'aubaine d'une nouvelle intrigue était donc accueillie comme une fête. On se réjouissait d'avoir de quoi occuper cet hiver sans fin : avec un nouveau sujet pour alimenter palabres et élucubrations, les veillées, autour de la cheminée, se promettaient d'être animées.

En se dirigeant vers le lieu de ce nouveau crime, Debrume, selon son habitude, ne voulait pas se contenter de penser que ce deuxième mort était le simple fait du hasard. Mais hélas, s'il avait quelque chose en commun avec le précédent, on n'avait en main aucun élément pour le prouver. Il ne fallait pas écarter d'autres hypothèses auxquelles il ne croyait que mollement mais dont sa conscience professionnelle le poussait à tenir compte. Ce mort pouvait très bien n'avoir rien à voir avec le premier : quelqu'un avait profité de l'émoi provoqué par le cadavre trouvé sur le toit qui mobilisait l'attention générale pour régler des comptes anciens, tout en détournant les soupçons de sa propre personne. Debrume avait tant de fois vu la contagion gagner les criminels et le crime se répandre comme la peste ou le choléra, qu'il ne devait pas négliger cette éventualité.

Toutefois, aujourd'hui, on pouvait seulement constater que ce deuxième mort succédait au premier trouvé à quelques jours d'intervalle, sur le chantier en cours du maçon Bonin. Son tragique destin s'était accompli dans le four à chaux appartenant au même Bonin, lequel était également chaufournier, les deux activités et professions se complétant en toute logique. Bonin étant le dénominateur commun des deux affaires, la première question qui venait à l'esprit était de savoir s'il y était impliqué. Debrume n'était pas le seul à se le demander. Car Bonin était connu. Qui, vivant à Couraurgues, ne pouvait-il pas l'être ? C'est pourquoi tout le village s'était précipité : voir la tête que faisait le Maître maçon et chaufournier Bonin pris dans les rets d'un drame dont il semblait faire partie et qui risquait de nuire grandement à ses affaires était un spectacle savoureux en même temps qu'une énigme passionnante.

Se détachant du groupe, l'homme était là, hébété, agitant ses gros bras musclés devant *l'ébrasier* grand ouvert qui laissait voir le corps. Plutôt que d'un corps, il s'agissait d'une forme charbonneuse qui n'avait plus rien d'humain. Le médecin était en train de l'examiner. Chacun avait tout de suite reconnu Hubert car, on ne sait comment, peut-être simple caprice des flammes, une partie de son visage avait été épargnée par le feu. Le reste du corps était calciné à souhait et rabougri, dans un tel état qu'il était sans doute impossible de trouver un indice ou une marque quelconque laissée par le tueur : le feu avait tout nettoyé. L'odeur était insoutenable et le spectacle saisissant. L'inspecteur, qu'une goutte de sang faisait défaillir, n'avait jamais appris à supporter, malgré ses années de métier, la vue des corps déchiquetés. Il fut sur le point d'avoir un malaise. Mais, stimulé par la pensée qu'il avait autour de lui des témoins à interroger sans plus tarder, il respira avec opiniâtreté dans son mouchoir immaculé parfumé à l'eau de lavande et retrouva vite ses esprits.

Autour de Bonin qui occupait le centre du demi-cercle, les villageois étaient plantés comme devant une bête curieuse, tandis qu'il continuait de se lamenter et de se désespérer, montrant son incompréhension autant que son indignation devant un tel mystère qui risquait de lui coûter cher. Car, il connaissait ses semblables : le soupçon faisait déjà son chemin. Certains s'essayaient maladroitement à la compassion, mais ne faisaient que souligner le silence de ceux qui le considéraient déjà comme coupable et qui profitaient de l'occasion pour marquer leur tacite mécontentement au sujet d'un angle de mur non parfaitement d'équerre, d'un crépi qui se décrochait, d'une subreptice fissure ou d'une autre malfaçon pour laquelle ils avaient payé le prix fort. Bonin se tournait vers chacun d'eux qu'il connaissait depuis l'enfance et sentait déjà leur répulsion à son égard qui, si la preuve de son innocence n'était pas faite rapidement, allait peu à peu le mettre à l'écart comme un pestiféré. Et il tremblait de cela plus que d'avoir à faire avec le juge. Dès qu'il avait vu paraître Debrume, Bonin s'était précipité vers lui et depuis ne cessait de répéter, pitoyable : « Je suis un honnête travailleur, je n'y suis pour rien dans cette histoire, je le jure !!! »

Tout à fait revenu à lui, Debrume, se campa devant l'assemblée et se mit en devoir d'haranguer la foule silencieuse comme il ne l'avait jamais fait. D'une voix autoritaire qu'on ne lui connaissait pas, il dit à la cantonade : « Soyez tranquilles, nous retrouverons le salopard qui a fait ça. Les deux crimes sont probablement liés, reste à savoir de quelle manière. Vous savez certainement des choses que j'ignore au sujet de ces deux hommes qui viennent de mourir assassinés. C'est pourquoi je vous interrogerai tous, vous, vos femmes, vos enfants et même vos animaux domestiques. J'attends de vous que vous me parliez d'un lointain passé dont vous avez fait partie. Vous devrez tout me dire. Et si vous continuez de vous taire comme vous l'avez fait jusqu'à maintenant, je vous tiendrai tous pour responsables de ces meurtres. Si vous aviez parlé avant, Hubert serait encore probablement en vie. Ce n'est pas parce que vous ne l'aimiez pas qu'il n'avait pas le droit de vivre. Rentrez chez vous maintenant et apprêtez-vous à subir mes questions. Je ne vous lâcherai pas ! »

Le discours de Debrume ayant été assez clair, tout le monde se retira lentement, tête baissée, dans le plus grand silence. On redoutait la loi et les juges, et on connaissait les capacités de l'ex-inspecteur. Peut-être même les surestimait-on un peu à cause de ses exploits dont on avait tant parlé, qui avaient eu lieu en Italie et autour desquels on avait pu broder en toute liberté, autant qu'autour de ses amours avec la belle Evangéline de Bourdaine, d'autant plus que le brigadier Marino s'en était fait le héraut. On savait par ailleurs que, même si l'ex-inspecteur ne faisait plus partie de la police, c'était chez lui que le juge Jobelin descendait lors de ses passages à Couraurgues. Le village se sentait donc plus ou moins sous sa haute surveillance. Cependant, tout en le craignant, on respectait Debrume pour son intégrité, sa loyauté et sa clairvoyance. On n'avait pas oublié qu'il avait sauvé le vieil Augustin de la geôle. Il avait prouvé qu'il connaissait son métier et qu'il savait faire le tri entre coupables et innocents. Et de plus, il n'était pas aussi facile à duper que Marino qu'on prenait un royal plaisir à rouler dans la farine. On se le tint donc pour dit.

Il ne restait plus grand monde sur le terre-plein quand Debrume entreprit enfin d'interroger le chaufournier qu'il avait toujours sous la main. Après les quelques questions d'usage, il voulut savoir si la porte du four était munie d'un verrou, si d'autres personnes que lui en possédaient la clé, si l'assassin avait pu utiliser une réserve de bois, et où elle se trouvait, comment fonctionnait le four, combien de temps il fallait pour arriver à la température maximum seule capable de faire de tels dégâts sur un corps humain. Après ses quelques succinctes explications, il le laissa partir en lui demandant de se tenir à sa disposition ainsi que sa famille pour d'autres questions, et non sans avoir ajouté : « Je ne sais pas encore qui est le coupable. Mais l'assassin rôde. Si vous n'êtes pas l'assassin, il se peut qu'il vous considère comme un témoin gênant. Faites attention. Tout le monde doit être prudent d'ailleurs : vous êtes tous en danger de mort tant que je n'aurai pas arrêté le responsable de ce massacre indigne d'un homme. Cela risque de prendre du temps. Et par conséquence, il est évident qu'en l'absence de nouveaux éléments, je vous considère tous comme suspects ».

Il ne restait plus sur place que les volontaires qui s'étaient proposés comme brancardiers. Debrume les éloigna pour avoir une conversation discrète avec le médecin. Celui-ci avait mis en évidence une blessure au dos du crâne d'Hubert : « Voilà sans doute ce qui l'a tué. Si, avant cela, il y a eu une bagarre, je ne peux en voir les traces sur son corps trop dégradé par les flammes. Il a peut-être simplement été attaqué et assommé par derrière. En tous cas, aucun doute : il a bien été assassiné, et il était mort quand on l'a mis dans le feu. Et puis, il y a ceci… qui pourrait vous intéresser… »

Le docteur Courbet tenait dans sa main une minuscule clé très finement ciselée qui était comme un petit bijou. « Il la portait autour du cou, attachée à une chaînette, expliqua-t-il. Le feu l'a juste effleurée, pas même déformée. Elle est à peine noircie d'un côté et elle peut encore servir sans problème. Sans doute l'assassin ne l'a-t-il pas trouvée, ou s'il l'a vue, ne l'a-t-elle pas intéressé. C'était peut-être autre chose qu'il cherchait… mais tout aussi bien, ce pourrait être cette petite clé. Peut-être Hubert n'a-t-il été tué que pour cette toute petite clé…, à vous de le dire… »

Puis le docteur Courbet déclara qu'on pouvait enlever le corps. Marino, qui s'était jusque là tenu à distance, avait recruté des hommes et le matériel nécessaire. « Maintenant dit-il, on sait comment s'y prendre, on commence à avoir l'habitude. J'ai fait amener l'échelle pour servir de brancard. Et nous le mettrons dans la crypte, au frais comme le précédent. Ils se tiendront compagnie, dit-il avec son habituelle désinvolture et cet indifférent pragmatisme qu'il employait toujours dans les circonstances les plus dramatiques et qui ne cessaient de choquer Debrume. »

Après le départ de la macabre troupe, Debrume ne se décidait pas à quitter les lieux. La neige avait été piétinée tout autour du four à chaux sur une plateforme bien dégagée que commandait le sentier venant du village et sur laquelle on travaillait lors de la fabrication. Elle s'y était transformée en une bouillie infâme. Tout autour en revanche, sur les rochers et les buis qui entouraient cette zone, elle était immaculée. Si des traces y étaient repérables, il fallait se mettre à leur recherche et les interroger tout de suite. Cette fois la neige ne le trahirait pas et lui donnerait à lire des signes qui l'aideraient, ces signes qu'il attendait depuis la découverte du cadavre du toit et dont, sur le moment, il n'avait pas eu la présence d'esprit de tirer quelque chose. Cette fois, la neige étant plus abondante, il lui semblait improbable qu'elle n'en ait pas gardé quelque souvenir. « Mais pourquoi suis-je persuadé que la neige pourrait m'aider se questionnait-il ? Peu importe... Ai-je vraiment besoin d'elle, la neige ? Je tiens dans ma main ce petit joyau qui ne peut être que le garant d'un secret. Un secret pour lequel il est probable que deux personnes sont mortes. A moi de le faire parler. Il sera sans doute plus bavard que les habitants. Lorsque cet objet aura avoué sa fonction et sa provenance, alors je saurai, car je saurai tout du secret qu'il cache. »

Or, pour comprendre, il n'y avait qu'une solution : briser le silence, celui-là même de la mort, reconstituer ces vies interrompues par la violence et l'iniquité en mettant à jour les « sentiments rustiques et les passions désespérées » qui les avaient provoquées. Poser les bonnes questions et faire les bonnes déductions était le lot de tous les enquêteurs. Mais Debrume avait dans l'idée que la neige pouvait lui apporter une autre sorte d'informations. S'en remettant à elle, il s'adonnerait avec passion à un jeu qu'il aimait et qui n'était pas enseigné dans les écoles de police. Il le pratiquait depuis son arrivée dans le pays : c'était lui, ce pays, qui le lui avait pour ainsi dire dicté. Ce petit jeu était simple ; il suffisait de laisser apparaître, sur l'irréalité de cet immense écran que la neige constituait, les ombres qui avaient peuplé le passé, à l'aide de l'empathie naturelle qu'il éprouvait pour les humains, et en ressentant profondément le vide laissé par leur absence au monde. La page immaculée qui recouvrait au loin forêts et collines d'une blancheur apaisante s'animerait sous ses yeux des drames qu'ils avaient vécus. Il pourrait les lire comme celle d'un livre.

Se fier au silence que la neige portait en elle, aussi mensonger que celui de la mort, aussi mystérieux et secret qu'elle, était peine perdue sans ce talent qu'il avait développé à Couraurgues. Il avait vu apparaître tant de fois, au détour d'un sentier, la silhouette de Céleste se confondant ou se superposant, il ne savait le dire, à celle de Marthe, qu'il avait fini par admettre que, s'il n'avait pas d'autres dons légués par la nature, il avait au moins ce pouvoir qui n'est pas donné à tous, de voir revivre les morts, de reconstruire leur vie pas à pas et de leur rendre la possibilité de réclamer justice. Etait-ce une illusion, déambulant par tous les temps sur les chemins rocailleux des montagnes, il était devenu une sorte d'intercesseur, comme Marthe, sans le savoir, l'était entre Céleste et lui. C'était même peut-être la seule fonction qu'il avait sur la terre et qui pouvait donner un sens à sa fade existence. Couraurgues la lui avait donnée. Et il lui fallait bien l'accepter ou peut-être simplement s'en contenter.

16

28 septembre 1870

(…) *Lorsque la guerre a été déclarée, nous n'avons plus vécu que d'angoisse car il nous a fallu peu de temps pour comprendre que la défaite arriverait vite. Que de sacrifices inutiles par l'inconséquence des grands de ce monde pour qui le désir de puissance est la seule réalité possible et les hommes de la chair à canon ! Ce sont toujours les plus faibles et démunis qui paient le prix fort et y laissent leur vie. Vous avez sans doute eu connaissance du désastre de Sedan par les journaux. A Paris nous avons l'impression de vivre en vase clos et que rien ne transparaît de ce qui se passe mais vous avez certainement su que Napoléon III a été déchu. C'est la seule bonne nouvelle, bien qu'elle nous ait coûté trop de morts. Toutefois, elle a des conséquences qui intéressent nos patriotes. Ils pourront annexer Rome sans aucune difficulté maintenant que le défenseur de la papauté a rendu les armes. Il est évident que ce fait rend encore plus dérisoires les morts inutiles de Mentana… Car somme toute, en raison d'un idéal qui nous dépasse, nous avons agi comme des tyrans : nous avons sacrifié des vies humaines pour la gloire de l'Italie naissante.*

L'Empire si plein de prétention et de superbe a basculé du jour au lendemain. Les républicains ont rétabli la république et espèrent sauver le pays. Aujourd'hui, on réorganise ce qui reste de l'armée française et de nombreux volontaires se portent à la rescousse de la France républicaine. Evidemment, Garibaldi n'est jamais loin lorsqu'il s'agit de défendre une juste cause. Il a appelé Corsan auprès de lui, ce qui a exacerbé chez notre ami le sérieux problème de conscience qui le taraude depuis plusieurs années. En effet, l'échec répété de nombreuses actions de nos patriotes lui ont fait perdre le désir fébrile de la lutte et l'enthousiasme primaire qui le poussaient à agir. Il s'est peu à peu éloigné des idées de Mazzini qu'il respecte pourtant mais qu'il juge désormais inadaptées et trop abstraites. Il penche de plus en plus pour les théories de Marx qui lui semblent plus aptes à mettre en œuvre le combat contre l'actuelle misère du peuple et à lui rendre sa dignité. Mais, bien qu'ayant perdu ce besoin d'action militaire qui anime encore Garibaldi, en cette occurrence Corsan ne pouvait lui refuser sa présence à ses côtés. Ils avaient partagé tant de luttes, de batailles, d'échecs et de vaines souffrances que ne pas le rejoindre à Dijon pour défendre le peuple de France lui eût semblé une trahison. Des maints tourments qui l'agitèrent avant de prendre sa décision, il résulta donc qu'il se devait à ses vieux amis. Elodie l'a encouragé dans ce sens. Cependant, il me vient parfois un doute quant à son choix. Peut-être n'est-ce que pour expier ses quelques infidélités à ses idées anciennes qu'il a décidé de rejoindre le général.

En vérité, la décision pour lui n'était pas facile à prendre. Car nous sommes tous en danger de mort ici. Les prussiens menacent Paris. Corsan en avait conscience avant son départ et s'apprêtait à trouver un abri pour nous loin de la capitale. Mais quitter la place au sein des comités de femmes dont nous participons activement à la création n'est pas pensable. Elodie y retrouve un rôle digne d'elle et une raison d'exister où Corsan n'a que peu de part. Elle a refusé tout net de quitter Paris pour le suivre. Pour la première fois de sa vie et sans doute parce que le désespoir qui l'assaille par moments provoque en elle des sursauts de la dernière chance autant imprévisibles que violents, elle, autrefois si docile, refuse à Corsan de lui obéir. Elle lui a fait valoir qu'elle ne veut pas être reléguée dans l'inaction des dernières années qui l'avaient fait plonger dans la dépression. Ces années passées en Ombrie ou à Amsterdam, elle en parle encore comme des plus noires de sa vie. Ces années perdues, où notre amitié avait injustement était jugée perverse, où nous avions été cruellement séparées l'une de l'autre…

Corsan est donc parti sans nous. Ce n'est pas la première fois qu'Elodie et Adalberto acceptent de se séparer. Ils l'ont déjà fait maintes fois pour les besoins de la cause. J'ose penser que les années leur ont apporté quelque sagesse. Le moment était sans doute enfin arrivé de comprendre que chacun doit s'accomplir dans ce qui lui tient le plus à cœur. Et en fait, dans cette situation d'émergence, je constate que le couple semble retrouver un certain équilibre. Et j'irai jusqu'à dire, sa légitimité. Les dernières journées avant le départ de Corsan, ont été très calmes, contre toute attente ! Elles avaient le gout délicieux de l'amour dans la paix retrouvée.

Livrée à ses nouvelles activités auxquelles elle s'adonne sans retenue, je sens encore une fois Elodie revivre. Mais elle revient de loin. Elle est très faible et sujette à des crises de désespoir que j'ai de plus en plus de mal à juguler lorsqu'elles éclatent, tant leur soudaineté et leur violence me subjuguent. Utto m'y aide du mieux qu'il peut mais lorsqu'il s'ouvre à moi, il me dit d'un air désespéré : « Mademoiselle, je suis là pour vous seconder, pour vous protéger. Mais je préfèrerais être à la guerre et affronter le tir des canons plutôt que de voir se dérouler cette guerre sournoise qui ravage l'esprit de Madame et qui parfois me la fait paraître pour folle. »

Car le bon Utto a du mal à suivre les méandres de cet esprit torturé qui passe du rire aux larmes en quelques secondes, qui ne peut contraindre ses colères, ne ménage personne, s'abandonne à la méchanceté la plus stupide mêlée d'agressivité à l'encontre de ses proches, et qui a le pouvoir de mettre, sans aucune raison apparente, la révolution dans la maison. Il faudrait fouiller bien profond pour trouver les causes du désarroi d'Elodie. Même si nous en avions le loisir, cela changerait-il les choses ? Car il nous faut continuer de vivre et d'agir. Certes, le faisant avec le sentiment d'être installé, comme nous le sommes aujourd'hui, sur une poudrière, tout devient d'une immense complexité. Notre vie n'est plus qu'un lacis de difficultés à surmonter à chaque minute et qui s'entrecroisent et se multiplient à l'envi. Je ne cesse de lutter pour reprendre le cours de mon existence en main. Je ne veux à aucun prix cesser d'espérer que nous sortirons indemnes de ce piège, même si je dois y laisser mes dernières illusions. Car je sais où est le seul refuge : j'ai toujours au cœur cette vision de Couraurgues dans le soleil couchant et elle suffit à me convaincre que je ne suis pas perdue. (…)

17

Les villageois avaient beau avoir coutume de s'en prendre à un bouc émissaire, il n'était pas dans les traditions d'aller jusqu'au lynchage collectif. On préférait la torture psychologique, les messes basses, faire courir des rumeurs. On aimait les longues histoires et si elles finissaient mal ce n'était pas pour autant qu'on se sentait concerné : on accusait le destin, la volonté de Dieu. Or, le cas d'Hubert semblait relever d'une tout autre démarche. La raison qui avait poussé quelqu'un à tuer cet homme insipide, absent du village depuis tant d'années, devait être de taille et venir de loin. L'idée la plus simple qui venait à l'esprit de l'inspecteur était que, malgré son insignifiance, Hubert faisait de l'ombre à quelqu'un. Il avait été un témoin gênant : le pouvoir qu'il détenait, la menace qu'il représentait avait été la cause de sa mort. C'est pourquoi il était permis de penser que son meurtre avait quelque chose à voir avec celui du violoniste. Mais il fallait trouver le moyen de s'en assurer et en donner la preuve.

Tourmenté par ces questions qui, dans le noir, prenaient une ampleur démesurée ne faisant qu'alimenter ses cauchemars et son insomnie, Debrume finit par se lever. Il commença par raviver son feu pour pouvoir se délecter des restes du café de la veille que Cendrine tenait toujours prêt à cet usage dans un petit toupin posé au coin de l'âtre. Se réchauffant le bout des doigts en tenant serré son bol de ses deux mains, il but à petites gorgées, lentement, en savourant la profondeur du silence venu du milieu de la nuit. Le silence, ami de ses méditations nocturnes, l'aiderait à voir clair dans un passé enfoui dont il savait encore peu de choses, mais seulement qu'il contenait en lui-même toutes les raisons et les explications de ces crimes. Or, de la vie du violoniste, il savait peu, de celle d'Hubert, le sculpteur d'anges, il ne savait rien. Il était donc inutile de s'attarder à des questions auxquelles il ne pouvait trouver de réponses à moins de laisser vaquer son esprit dans ces visions fantasmagoriques qu'il affectionnait et que le pays lui inspirait. Même si ces dernières, il ne savait comment, l'aidaient souvent à le mettre sur la bonne voie, elles n'en étaient pas moins de dangereuses élucubrations susceptibles de le détourner de la réalité. Revenir à la réalité éphémère de ces deux existences, s'y colleter, découvrir leur vérité, voilà quel était son devoir. Le tout était de savoir par où commencer.

Selon son habitude, il espéra éloigner ces pensées énervantes en parcourant du bout des yeux quelques lettres anciennes de Marthe datant de l'année dernière. Puis il prit des notes qu'il consigna dans son journal, réflexions amères ou amusées à propos de tout et de rien, ces choses qui font la vie de tous les jours, comme si tout cela relevait d'une importance capitale. Cette manie quelque peu dérisoire mais devenue indispensable était une manière de fixer des instants sans importance pour qu'il restât quelque chose de leur labilité, de leur inutilité, de leur futilité. Sentir frémir, en se relisant, une sensation ou un sentiment autrefois éprouvés, ne relevait pas seulement d'une complaisance illusoire. Cette sorte de témoignage envers lui-même qu'il inscrivait minutieusement, prouvait que sa vie avait quelque consistance, ou tout au moins, qu'elle en avait eu en certains instants. Comme pendant longtemps, après la mort de Céleste, il en avait douté, il n'était pas mécontent d'avoir aujourd'hui quelque preuve de sa renaissance qu'il analysait avec plaisir et dont il notait l'évolution au jour le jour.

Le journal qu'il avait tenu en Italie par exemple, « sa campagne d'Italie » comme il l'aimait à l'appeler en souriant[1], lui tenait particulièrement à cœur. Ce voyage avait fait suite à une période étrange passée à Couraurgues, où, à peine arrivé, il avait connu Marthe et où elle lui était apparue dans la vision trompeuse d'images troubles, donnant lieu à une confusion entre elle et Céleste qu'il avait plus d'une fois cru voir en elle. Chevaucher aux côtés de Marthe dans des circonstances aussi particulières qu'un long voyage à travers des paysages enchantés mais hérissés de dangers de toute sorte lui avait permis de mettre fin à la duplicité douloureuse qu'il voyait en elle mais qui s'était avérée un passage obligé sur le chemin du deuil. Découvrant enfin Marthe, il l'avait vue dans toute la richesse de sa personnalité, si différente de celle de Céleste dont le souvenir ne cessait de s'amenuiser avec le temps, sans qu'il pût faire quelque chose pour garder la vivacité, l'immédiateté de sa présence qu'il avait crue éternelle. Le jeu de miroirs entre les deux femmes avait failli le rendre fou. Aujourd'hui, s'il restait dans sa mémoire comme une sorte d'épreuve, il avait cessé d'être difficile à vivre. Il gardait encore sa fonction de point de repère, une référence à laquelle s'accrocher lorsqu'un vide inquiétant envahissait son être, et paradoxalement, il constituait sa façon à lui de ne pas perdre tout à fait Céleste.

Il pouvait maintenant laisser de côté ses souvenirs sans en éprouver la douleur lancinante qui ne l'avait pas quitté pendant des années. Il constatait qu'il avait retrouvé la capacité de sauter à pieds joints dans les évènements qui se manifestaient autour de lui, cette faculté que tout le monde possède et qu'il avait perdue après la disparition de son épouse. Lorsque le

---

[1] Cf *Paluds*

premier crime avait eu lieu, bien qu'ayant éprouvé comme toujours quelque réticence à reprendre le collier, il s'était très vite surpris à le faire avec ardeur et passion. La monotonie de son existence à Couraurgues en était interrompue pour un temps et, même si elle lui était indispensable pour vivre, il en éprouvait une certaine jubilation. La présence de deux cadavres à deux endroits différents sur le territoire de la commune, et découverts à quelques jours d'intervalle, était une occasion de choix. Ces meurtres s'avéraient plus alléchants que les précédentes énigmes déjà élucidées à Couraurgues et où Debrume avait fait preuve de ses capacités, mais comme par inadvertance, sans beaucoup d'implication de sa propre personne, ni de satisfaction à le faire. Aujourd'hui, le violoniste inconnu des villageois et l'insipide Hubert, sculpteur d'anges à ses heures, suscitaient toute sa curiosité et même une certaine sympathie. Le drame de leur mort leur procurait une présence lancinante. S'il avait vraiment ce pouvoir de faire revivre les défunts, c'était le moment de le mettre en pratique. Leur compagnie ne le rebutait pas. De leur fréquentation, il avait développé pour eux une sorte de tendresse qu'il n'avait pas pour les vivants. Il entreprit donc un dialogue insolite avec les deux victimes, comme si les deux hommes étaient assis auprès de lui, un bol de café à la main et quémandant son aide. Durant cette nuit qui n'en finissait pas, il leur promit de laisser de côté les aléas de sa propre vie, de faire sortir la vérité de l'ombre, d'étaler au grand jour les turpitudes du malfaiteur qui avait écourté leurs pauvres existences, de les venger, comme s'ils avaient été ses amis. Il mit dans cet échange muet la solennité nécessaire à un engagement où son honneur était en jeu.

Il tenait dans sa main la petite clé ouvragée qui avait échappé aux flammes. Elle était noircie par le feu. Peut-être un jour avait-elle été dorée. Elle était le premier message que lui envoyait Hubert de l'au-delà, mais un message incomplet, en forme de défi fait à son intelligence. Elle lui signifiait que ce n'était pas sans raison qu'il l'avait attachée à une chaînette comme un objet précieux, un bijou, souvenir ou amulette, l'un de ces objets que l'on porte tout près de son cœur. S'il ne s'agissait pas d'un médaillon contenant une mèche de cheveux ou un portrait, cet objet représentait pour Hubert le trésor le plus précieux du monde. Un trésor pour lequel il se serait damné. Mais quel trésor pouvait receler la vie de ce petit homme ?

Debrume savait peu de chose de lui. Hubert avait vécu en sculptant des figures de pierre pour ornementer les tombes. Il s'était tenu dans la proximité des cimetières et à l'ombre des défunts. Il avait eu avec eux une certaine familiarité. Pour eux, il avait aimé faire naître des anges sous son scalpel. Il les fréquentait comme lui-même fréquentait les morts et peut-être parce qu'un ange avait hanté sa vie. Sous des dehors si rustres, Debrume voyait un homme capable de sentiments raffinés, capable d'aimer à la façon de tous les amoureux qui collectionnent souvenirs et amulettes. La petite clé pouvait n'être que cela : le symbole d'un grand amour éteint. Mais elle pouvait avoir une tout autre signification. Si d'autres passions plus rudes avaient habité Hubert, des passions arides, terribles, qui poussent à ne reculer devant rien, elle perdait sa valeur de souvenir pour en acquérir une autre, encore plus mystérieuse. Debrume se rappelait le visage chafouin de cet homme, son regard sournois et apeuré, sa façon de se défiler comme s'il voulait cacher quelque chose, ou comme s'il avait peur. Oui, comme s'il était terrorisé. Dans sa maison située assez loin du village, il semblait se cloîtrer, être à l'affût et attendre. Qu'attendait-il, si solitaire et abandonné de tous comme un paria ? Quelle réponse à quelle question ? La petite clé connaissait la réponse, raison de sa présence autour de son cou. Et si elle la connaissait, Hubert ne pouvait pas manquer de la connaître également. Toutefois, il n'avait peut-être pas soupçonné l'extrême danger qu'elle représentait. Mais s'il avait mesuré la cruauté de l'adversaire auquel il s'affrontait sans aucune prudence, il savait que la mort allait venir et qu'elle ne le manquerait pas. Voilà sans doute pourquoi il avait peur et se terrait comme un coupable.

L'enquête auprès des villageois devait avoir lieu au plus vite. Il fallait décider par qui commencer les interrogatoires. C'était Prudence Malmaure que Debrume avait interrogée la première à propos des poudriers dans l'une de ses précédentes enquêtes. Mais cette fois, mis à part les dires du médecin certifiant qu'elle avait été très proche de Sidonie, et donc que quelque lien pouvait exister entre elle et le violoniste, rien ne semblait la rattacher à Hubert. Et pourtant, un lien devait bien exister, et peut-être était-il seulement géographique. En effet, la porte d'entrée de la maison de Prudence ouvrait dans *l'andrône* qui débouchait en surplomb de la placette où se trouvait la maison de Debrume. Mais, par le jeu multiple des imbrications et enchevêtrements de l'architecture particulière de Couraurgues, sur sa façade nord, elle se trouvait être la première maison face à la maison Caserte et en contrebas de cette dernière. Par ailleurs, deux de ses fenêtres regardaient également la rue où se trouvait la maison d'où venaient les sons du piano qu'on entendait seulement la nuit. Prudence, par le jeu du hasard, était à un carrefour, un lieu stratégique d'une histoire qui s'était terminée par deux meurtres.

Or, il savait que la vieille femme souffrait d'insomnie autant que lui : il avait souvent remarqué une lueur à sa fenêtre alors qu'il était le seul à arpenter les rues endormies. Elle pouvait avoir vu ou entendu quelque chose qui aiderait à la compréhension des événements. Par ailleurs, proche de Sidonie, elle était détentrice de multiples renseignements au sujet de son passé qui semblait être au cœur de l'histoire. C'était donc bien par Prudence Malmaure que Debrume devait commencer son interrogatoire.

Il quitta son fauteuil et fit quelques mouvements de gymnastique pour désengourdir ses membres. Il se sentait l'esprit clair et tout à fait d'attaque. Le jour n'était pas encore levé. Il était temps d'aller faire un tour dans le village avant le réveil des villageois, histoire de se rafraîchir les idées. Et quoi de plus facile par moins cinq degrés ?

18

Le froid n'avait pas desserré son emprise. Le village était tapi dans une lueur blafarde de fin de tempête qui n'était pas encore l'aube et qui promettait de durer. Un tel accablement était tombé sur les vieux murs pourtant aguerris depuis des siècles aux variations du temps qu'on pouvait se demander si le jour aurait la force de se lever. Gel et grisaille s'étaient mis à l'unisson du parfum de mort qui rôdait dans le pays depuis la trouvaille de Baptiste. La neige qui menaçait à nouveau, ralentirait le cours des activités quotidiennes, rendant la vie plus difficile, de même que la poursuite de l'enquête, alors que le tueur en ferait une fois de plus son alliée. Dans Couraurgues, le cauchemar n'était pas près de prendre fin.

Debrume ne voulait pas s'éloigner du village en ce petit matin sinistre qui avait tant de mal à poindre, parce qu'il voulait interroger Prudence Malmaure au plus tôt. Les fantômes qui avaient hanté son insomnie l'avaient revigoré. Ils lui avaient donné cette ardeur nouvelle après laquelle il courait chaque jour dès son réveil et qui n'était pas si souvent au rendez-vous. C'est donc avec une détermination croissante que, pour attiser sa réflexion, il était à nouveau en train de tourner autour de la maison d'où s'étaient échappées les notes du piano invisible jusqu'à la veille de la mort d'Hubert et que depuis on n'avait plus entendu.

D'après Marino, cette maison avait appartenu au frère du maire du village, Juste Gondrand. Comme tous les gens ordinaires, il y avait vécu avec sa famille des années qui n'avaient pas laissé de traces. De lui et de son épouse Clarisse, on savait qu'ils avaient eu une fille, Sidonie. Contre l'attente de ses parents, celle-ci, encore enfant, avait révélé une passion pour la musique. Elle avait appris à jouer du piano et semblait avoir enchanté le village de son art subtil. Si le piano de Sidonie avait sonné dans cette rue, Prudence Malmaure n'en avait pas manqué une note, depuis ses premières gammes jusqu'aux duos pleins de brio avec le violoniste, ce républicain arrivé par hasard dans les parages. Elle avait été aux premières loges. C'était une femme avisée. Elle lui donnerait tous les détails de cette histoire d'amour qui avait fini si mal.

Mais il fallait attendre le jour et que les habitants reprennent leurs occupations pour pouvoir lui rendre visite. L'attente paraissait longue. La nuit ne voulait décidément pas finir. La pénombre qui persistait en devenait quelque peu inquiétante. Aucune torche ne brûlait plus depuis longtemps à l'angle des rues ni sur la place de la Combe. On les éteignait vers le milieu de la nuit par mesure d'économie, au moment où l'auberge fermait et où les habitués rentraient chez eux quelque peu éméchés et rasant les murs. Ce reste de nuit lugubre, identique à celui qui avait plané longtemps sur le cadavre du violoniste inconnu, déployait ses ailes noires comme un oiseau de mal augure. Son atmosphère funeste s'obstinait. Elle avait odeur de crime. Debrume s'attendait à buter contre un cadavre à chaque coin de rue.

Il s'ébroua pour faire disparaître l'étrange impression de malheur imminent qui le poursuivait. Avec quelque raillerie envers lui-même, il se sentait devenir aussi suspicieux que ce bon vieux Marino qui voyait des criminels partout. Or il n'était pas temps de se laisser impressionner mais de réfléchir à partir de choses concrètes, de faits advenus, certifiés, des faits sans équivoque. Et pourtant, il n'en avait guère à se mettre sous la dent. Il se remémorait les différents éléments à sa disposition tout en arpentant les rues du village encore engoncées dans le silence du sommeil. Portes et volets étaient clos, les jardins devaient l'être également.

Il était étonnant de voir à quel point la neige avait transformé le village. Dans la journée, il était déserté de tous, même des animaux qui encombraient les rues en temps normal et qui ne pouvaient plus y vaquer depuis qu'elles étaient devenues le royaume de la neige et de la boue glacée. Les poules ne trouvaient même plus de quoi picorer. La pensée lui revint alors des voleurs de poules. A n'en pas douter, ils n'avaient pas la vie belle en cette période. Néanmoins, d'après Marino, ils continuaient de prospérer, de faire leurs affaires. Si ce n'était pas une bonne nouvelle pour les villageois, Debrume venait de se rendre compte que cela en était une pour l'enquête : celui qui rôdait la nuit en vue d'une farce macabre pouvait avoir observé quelque chose. Marino avait raison, c'était par les voleurs de poules qu'il fallait commencer.

Il chargerait donc le brigadier d'approfondir son enquête, de trouver et d'interroger le ou les coupables des déprédations de poulaillers. Il lui donnerait carte blanche. Cette nouvelle mission confiée avec solennité à Marino lui ferait oublier un moment l'ingratitude de l'administration qui le laissait dans une situation bancale, proie des nantis se permettant d'exploiter à leur profit ses multiples capacités et son solide bon sens. Car, paradoxalement, Debrume tenait à Marino. Malgré ses travers, il apprenait chaque jour à évaluer avec justesse ses qualités. L'enthousiasme du brigadier alimentait le sien, comme, naguère celui de Marthe dédié à sa perpétuelle volonté d'engagement politique, même s'il avait toujours jugé toute forme d'engagement étrangère à lui-même. En encourageant Marino, il accomplirait surtout une bonne action, ce qu'il aimait avant tout. Ses propres bonnes actions le rassuraient sur lui-même et sur la nature humaine en général. Elles lui redonnaient le goût de vivre parmi les hommes, si prompt à disparaître à la moindre occasion. Penser que les humains étaient capables de quelque bonté, même si celle-ci n'était pas toujours gratuite, rendait le monde plus respirable. Cette lénifiante conviction était le meilleur moyen qu'il avait trouvé pour éloigner d'autant la redoutable réalité.

Quant à Prudence Malmaure, il l'interrogerait dès que, depuis la fenêtre du salon où il aimait se tenir après ses promenades nocturnes, il verrait la fenêtre de sa cuisine illuminée et le volet intérieur ouvert. Cette minuscule fenêtre était la seule de la maison de Prudence qui regardait la placette sur laquelle s'ouvrait celle de Debrume. Les autres étaient dirigées vers l'ouest et la rue où se trouvait la maison de Juste Gondrand, cette maison vide où un piano resté muet pendant de nombreuses années, venait de rendre des sons discordants autant qu'inattendus. L'heure viendrait bientôt où il faudrait situer exactement dans le temps certains événements, prendre les repères indispensables. Il était certain que les sons du piano surgis de la nuit évoquaient un lointain passé et ravivaient son souvenir. Et pour quelqu'un en particulier, d'une manière douloureuse. Ils avaient agi sur l'assassin comme un avertissement, une dangereuse menace, et celui-ci n'avait plus eu aucune hésitation pour passer à nouveau à l'acte. Mais l'hypothèse ne pourrait être vérifiée que si l'on trouvait la preuve du lien entre Hubert, deuxième victime, et le piano. Or, on n'en avait aucun puisqu'on n'avait pas pris Hubert sur le fait durant la nuit de surveillance. On n'avait pu que constater sa mort le matin qui avait suivi la nuit suivante où l'on n'avait pas entendu le piano. Tant qu'on ne trouvait pas de corrélation entre les deux morts, on pouvait penser qu'un autre assassin en avait profité pour régler ses comptes dans la foulée.

Après ce tour du village accompli au pas de course, l'esprit clairvoyant, Debrume rentra chez lui pour attendre le jour et se réchauffer auprès de son poêle. Fidèle aux rites qu'il avait mis en place et qui lui rendaient la vie agréable, il avait ravivé le feu et confectionné un café dont les effluves le ramenèrent à la vie, bien décidé à revenir à sa lecture inépuisable du Canzoniere. Les vicissitudes du poète lui parlaient des siennes. Comme lui, il n'avait jamais accepté la mort de sa bien-aimée Laura dont il avait chanté les mérites jusqu'à la fin de sa vie, la sublimant comme l'avait fait Dante de Béatrice avant lui, et recherchant la compagnie de son souvenir qui illuminait ses jours et accompagnait ses trop longues nuits. Ses poèmes avaient ainsi posé les questions les plus essentielles de l'existence et l'avaient aidé à traverser la vie sans fléchir. Debrume n'était pas doué pour les poèmes, mais ceux du Canzoniere résonnaient en lui comme si c'était lui qui les avait écrits. Il sentait confusément que ce dont lui parlait le souvenir de Céleste devenu si fragile, c'était moins de la défaillance de sa propre mémoire que du caractère fugace et éphémère du souvenir, lié au mystère de la fuite du temps, à celui de la vie et de la mort. Désormais ce savoir interdit aux vivants, Céleste le détenait. Marthe possédait celui de le ramener au souvenir de Céleste. Marthe, l'intercesseur, lui manquait cruellement pendant ces temps troublés, tout imprégnés d'une promesse de mort autant que de l'impossibilité d'accéder au passé malgré le paradoxe de sa persistante présence.

Le jour était levé depuis longtemps lorsque Debrume s'éveilla, le nez collé à son livre, le corps tout replié dans son fauteuil qu'il avait approché du feu. Ses membres engourdis étaient endoloris, paralysés de froid, le feu en ayant profité pour s'éteindre. Les précédentes nuits d'insomnie avaient eu raison de sa vigilance. Il sauta de son fauteuil avec le sentiment d'avoir manqué à son devoir en raison de cette subite absence au monde qu'est le sommeil. Sa première pensée fut pour la fenêtre de la cuisine de Prudence. Le volet intérieur était toujours rabattu. Bien que la matinée fût avancée, le jour qui avait fini par se lever ne suffisait pas à éclairer les intérieurs et pour pouvoir y vaquer, une lampe était indispensable. Or aucune lumière ne perçait à la petite fenêtre.

L'inquiétude le prit. Ce n'était pas l'habitude de Prudence de déserter le foyer où elle vivait maintenant depuis plusieurs années aux côtés d'Augustin, après leur mariage tardif qu'avait salué tout le village[2]. Elle était toujours très affairée malgré son âge et tôt levée pour accomplir les tâches ménagères. Il se hâta de traverser la placette et d'aller taper à sa porte.

---

[2] Cf *Pierres vives*

Personne ne lui répondit. Il comprit alors la signification de l'angoisse qu'il avait ressentie en arpentant les rues vers la fin de cette nuit avec son étrange lumière si hésitante, son silence lugubre qui imprégnait toute chose, sa froidure qui avait encore une fois gelé l'eau des fontaines. C'était la même nuit que celle du crime. Et comme elle, elle avait peut-être été le théâtre d'un nouvel assassinat. Il devait se mettre rapidement en quête de Prudence et d'Augustin. S'ils étaient toujours en vie, il devait découvrir ce que signifiait leur absence incongrue, où ils étaient allés et pour quoi y faire. Il devait le savoir pour les protéger. Mais peut-être était-il déjà trop tard.

19

Puisqu'il n'avait aucune preuve de ce qui n'était que pressentiment de sa part, avant de donner l'alerte et de se ridiculiser aux yeux de tous, Debrume décida de chercher Prudence par ses propres moyens. Il gardait de la défiance envers sa sensibilité qui le faisait ressembler parfois à une vieille cartomancienne inspirée. Il avait cependant quelque idée de l'endroit où Prudence se trouvait dans le cas où elle ne s'était pas sentie particulièrement menacée, situation avec laquelle il fallait compter, la possibilité d'une menace, se répétait-il prudemment, étant pure hypothèse.

Dans tous les cas, elle ne pouvait être qu'en compagnie d'Augustin. Ils allaient chaque jour à la bergerie pour nourrir les bêtes, faisant l'aller-retour dans la matinée et ce, par tous les temps et malgré leur âge. Il leur arrivait, quand le temps était clément d'y passer quelques nuits. Mais avec la neige toujours menaçante, une absence à leur logis durant la nuit semblait suspecte. Or, le sommeil impromptu de Debrume l'avait empêché de voir Prudence ouvrir le volet de sa cuisine, ce qui aurait prouvé qu'elle et Augustin avaient bien passé la nuit chez eux. S'ils devaient rentrer, ils ne rentreraient que plus tard, juste avant le repas de midi. Dans le cas où ils avaient dormi à la bergerie, il fallait savoir pour quelle raison. Par ailleurs, un accident était toujours envisageable. En se mettant en chemin, Debrume tremblait d'avoir à découvrir deux cadavres tout aussi congelés que celui du premier mort trouvé sur le toit.

Il était temps d'emmener Icare se dégourdir les jambes. En effet, oublié depuis la veille dans l'étroitesse de son écurie, le jeune hongre piaffait d'impatience. Son cavalier eut quelque difficulté à le seller mais réussit tant bien que mal à le maintenir au pas dans la traversée du village. Ils atteignirent dignement le chemin des bergeries sans blesser personne malgré les ruades et les sauts de côté que, dans son allégresse, le petit cheval ne manquait pas de faire à chaque rencontre.

La muletière se laissait à peine deviner sous la couche de neige glacée qui la recouvrait. On y constatait pourtant des traces anciennes, nombreuses mais impossibles à décrypter, le chemin, à l'orée du village, ayant été souvent piétiné. Il ne présentait qu'un passage étroit où Icare avait plaisir à poser le sabot. Mais Debrume devait être très attentif pour ne pas se voir précipité dans un trou car, excité par l'air frais et la promesse de liberté, ce cheval plein de fantaisie et tout à sa joie montrait un mépris certain pour le danger. Lorsque le chemin s'enfonça parmi les *restanques*, le cavalier put relâcher son attention et penser aux derniers événements qui avaient eu lieu.

L'absence de Prudence et d'Augustin de leur logis ne cessait de le questionner ainsi que le silence de Marino qu'il n'avait plus revu depuis la veille et qui, contrairement à ses habitudes, n'était pas venu le matin à l'aube faire le compte-rendu de ses observations nocturnes et prendre les ordres pour la journée. Il constata également, en comptant les jours qui s'étaient écoulés depuis la découverte du premier corps, que son ami le juge Jobelin ne s'était toujours pas manifesté et n'avait pas répondu à l'appel du maire qui pourtant avait juré lui avoir télégraphié, aussitôt le premier cadavre découvert. Certes, cela pouvait avoir une explication simple : les échanges, même par télégraphe, étaient perturbés, le courrier n'arrivait plus avec régularité, la patache était empêchée de passer par les quantités extravagantes de neige que les cochers avaient du mal à dégager. Il n'en restait pas moins que rien ne pouvait se faire sans le juge et en dehors d'une enquête officielle. Plus on tardait, plus celle-ci risquait de devenir infructueuse, voire impossible. Le vide qui s'était installé pendant l'attente du juge laissait les mains libres à l'assassin. Le juge Jobelin était un ami de longue date et ce chef-lieu de canton n'était pas si éloigné de la sous-préfecture où il résidait. Si la neige continuait de bloquer la route des voitures de poste, Debrume lui enverrait dès le lendemain un messager qui traverserait à cheval ou à pied montagnes et collines, comme les piétons de la poste qui font parfois plusieurs lieues dans la montagne pour atteindre une ferme isolée. Parmi les montagnards qu'étaient les villageois il n'aurait pas de mal à trouver un volontaire.

Il fallait compter à tout moment avec les malices du temps et on ne savait pour combien de temps encore. Le ciel noircissait au lieu de s'éclaircir et la lumière du jour était méconnaissable d'heure en heure : il neigerait avant la fin de la journée. Retrouver Prudence et Augustin avant qu'il ne soit trop tard était une priorité. Il s'en voulait de ne pas avoir prêté davantage attention à Prudence. Il aurait dû la tenir sous surveillance dès qu'il avait appris par le docteur Courbet qu'elle avait eu une part dans la vie de Sidonie. S'il avait pris au moins le soin de l'observer, il saurait maintenant depuis quand elle avait quitté sa maison. L'absence étonnante de traces à partir de la fourche qu'il venait d'emprunter en direction de la bergerie d'Augustin signifiait peut-être qu'elle était partie depuis deux jours. En effet, ici, contrairement à la première partie du trajet, la neige était vierge, uniformément lisse et blanche, et ne laissait paraître que quelques squelettes de buissons frileusement encapuchonnés. Des amas de neige soufflés par le vent s'étaient accumulés, mais on ne pouvait savoir si c'était avant ou après le passage de Prudence et d'Augustin.

Il ne savait à quand remontait la dernière neige dans cette partie de la montagne, plus exposée que le village. Autour des herbes sèches et des bâtons de bois qui avaient porté une légère frondaison l'été passé, de petites corolles creuses laissaient penser que la neige avait fondu sans disparaître avant d'être recouverte par une nouvelle chute. Certes, il n'avait pas neigé la nuit dernière. Mais plus Debrume montait vers le haut de la montagne, plus l'accumulation de neige se faisait dense et vierge de toute trace. La neige était immaculée autant que muette. Il semblait de plus en plus évident que Prudence et Augustin n'étaient pas passés par là.

Maintenant, Icare s'enfonçait parfois jusqu'au ventre et ses efforts pour faire un pas étaient considérables. Ne voulant pas faire subir davantage de fatigues inutiles à cet animal de bonne volonté, Debrume mit pied à terre pour marcher à ses côtés. Ils atteignirent ainsi le vallon Pigouret lui aussi enseveli sous son manteau blanc et ils empruntèrent enfin le dernier tronçon de la muletière qui menait à la bergerie d'Augustin. Là, les traces étaient à nouveau très nombreuses et se superposaient dans le désordre. Il y en avait de très différentes mais il ne put les dénombrer. Il s'inquiétait de ce qu'il allait trouver en arrivant là-haut. L'assassin avait pu avoir la même idée que lui. Il connaissait sans doute tout de Prudence. S'il se sentait menacé par elle, il n'aurait aucune hésitation à monter par les chemins et à l'atteindre dans le seul refuge où on pouvait imaginer la trouver.

Icare ayant besoin de souffler, le cavalier fit une halte. Alors que le jeune cheval sautillait de plaisir sur place, Debrume observait la vallée de Couraurgues et la plaine du Can qui s'étalaient sous ses yeux. Au-dessus de lui, le ciel de feutre ne présageait rien de bon. On ne voyait du village que la pointe de son clocher. De l'autre côté de la plaine, posé sur la colline à l'orée de la forêt de Garmagne, on distinguait un petit cube grisâtre émergeant de l'étendue immaculée : la maison d'Hubert, sculpteur d'anges, cette maison autrefois habitée par sa mère, Rosalie qui avait été la bonne de Clarisse Gondrand, mère de Sidonie. De là où il était, Debrume ne pouvait voir, situé juste un peu plus bas et non loin du modeste cours d'eau, le four à chaux des Bonin qui se perdait derrière la grisaille des halliers. En revanche, il avait pleine vue sur la passe du Diable, bien au-dessous de lui sur le même versant du Couron.

Il comprit alors ce qui avait pu se passer. Dans un contre-jour brumeux venait de lui apparaître la silhouette d'une énorme sauterelle, haute sur patte et toute de guingois : c'était la jardinière quelque peu bancale du docteur Courbet. Elle était là, abandonnée ou en attente, la vieille carne qui la tractait retenue par le licol à une branche, immobile. Interloqué, Debrume se demanda d'abord ce que faisait le médecin dans ces parages, et qui il était allé soigner en ces lieux déserts privés d'habitations. Puis, se remémorant la topographie des lieux, il se souvint qu'on arrivait à la Passe du Diable en contournant les terres de Combeferres, et que de là, on atteignait assez facilement la bergerie d'Augustin. Cette voie plus longue mais plus accessible pour Prudence et Augustin que la muletière empruntée par Debrume, lui avait été préférée en raison de la trop forte épaisseur de neige. Cela expliquait l'absence de traces sur une partie du chemin qu'avait suivi Debrume. Si les deux vieillards étaient venus seuls, comme ils avaient coutume de le faire, il avait fallu au docteur Courbet une raison d'importance pour les rattraper en ces lieux, ou pour faire à pied avec eux le trajet jusqu'à la bergerie où il avait dû se diriger après avoir abandonné sa jardinière. Si c'était à lui que les deux vieux amoureux avaient voulu échapper, ils avaient trop présumé de leur stratégie simplette.

Icare ne tenant plus en place, Debrume se remit en selle. Le chemin était maintenant assez dégagé : après le premier tournant, il aperçut la toiture de la bergerie d'Augustin. Une fumée légère s'échappait de la petite cheminée. Le vieux couple s'était bien réfugié là, se croyant naïvement à l'abri dans cet endroit si familier qu'il leur semblait impossible que le mal pût l'atteindre. Mais quelqu'un les avait suivis et était venu leur rendre visite, quelqu'un qui leur voulait peut-être du mal, et qui pouvait être l'auteur des deux précédents meurtres. Ce malfaiteur qui rôdait à l'affût de sa proie pouvait-il être le médecin qui sous des propos sibyllins avait tenté de détourner le sens des investigations de Debrume ? Debrume maudissait ce métier qui lui faisait soupçonner les personnes les plus méritantes et finirait par le rendre aussi désabusé que Marino dont le monde était hanté de chapardeurs, de voleurs de grand chemin et d'assassins potentiels, quand il ne s'agissait pas de criminels avérés.

Un peu plus tard, arrivé à la bâtisse tout engourdie sous le poids de la neige et d'où s'élevaient les bêlements des bêtes qui y étaient restées enfermées, Debrume appela. Il tambourina à la porte de la chambrette où le berger avait son logis. Il appela longtemps mais seul un silence obstiné lui répondit.

20

Paris, 25 janvier 1871

Très cher ami,

la guerre s'acharne sur nous et sur nos soldats avec une véhémence et une cruauté dont les journaux ne suffisent certes pas à rendre compte. En ces quelques mois où la république a repris le pouvoir, (chose dont il faut se réjouir malgré les limites que le nouveau gouvernement à montrées dès son instauration), nous avons espéré venir à bout de l'ennemi. Les républicains voulaient « la guerre à outrance ». Mais malgré les sacrifices humains, l'espoir de la victoire a été aussi évanescente qu'un songe. Aujourd'hui le peuple espère survivre en inventant une nouvelle manière de société. Il le clame haut et fort. Dans la capitale, la révolte gronde, elle rôde comme une bête à l'affût mais n'ose encore se montrer au grand jour.

Nous vivons dans un certain isolement, bien que nous participions le plus possible à ce qui se trame autour de nous. Les lettres venant de l'extérieur de Paris se font rares car souvent interceptées. La surveillance est rigide. Je n'en ai pas reçu de vous depuis des lustres. Et d'ailleurs il n'est pas dit que ma missive puisse vous parvenir, bien que je place mon espoir dans un réseau clandestin qui s'organise parmi nous pour la distribution de messages qui le sont tout autant. J'ai entière confiance dans mon messager. Si les choses vont comme elles doivent aller, sans doute aurez-vous cette lettre sous quelques semaines.

Il nous arrive cependant de recevoir des nouvelles de nos jeunes soldats engagés volontaires au front. J'ai mis de côté ma peine et je suis restée en contact, autant que j'ai pu le faire, avec Rodolfo. Il a été affecté en place de son ami et créancier dont le nom a été tiré au sort, dans le Camp de Conlie, non loin du Mans, ce camp devenu désormais funestement célèbre. Les conditions dans lesquelles vivent les soldats sont inhumaines. Ils croupissent dans la boue, sans abri ni hygiène. Il y a peu, des pluies diluviennes se sont abattues sur le camp et quelques soldats ont même été trouvés noyés dans leur lit. Rodolfo dit qu'il est entouré de malades et que sa santé n'est pas des plus florissantes. Dans la neige qui vient d'ensevelir ce qu'on n'ose même plus appeler un camp, les maladies se propagent vite, fièvres typhoïdes, variole, phtisie… la variété est grande. De plus, par manque de ravitaillement, les soldats meurent de faim. Rodolfo m'implore de lui faire parvenir un colis de nourriture et quelque fiole de médicament, ce que je ferais volontiers si je trouvais quelque chose à lui envoyer. Je sais qu'il se souvient de moi parce qu'il est en condition de détresse. Mais je dois reconnaître que sa détresse est d'envergure. Le camp de Conlie commence à faire polémique. On en parle dans les journaux.

Les dernières nouvelles que j'ai de Rodolfo ne datent pas d'hier. Je présume que depuis il a été envoyé au front avec son bataillon. La bataille du Mans a été des plus meurtrières. Il est dit qu'on se sera acharné sur ces pauvres soldats. Le bruit court que les armes qu'on leur a fournies explosent au premier coup tiré. Je ne suis pas sûre qu'il soit toujours en vie. Mais il vaudrait mieux pour moi que je ne sache plus rien de lui. Il me faut trouver la force de me libérer de l'envoûtement par lequel je me trouve ensorcelée, sans quoi j'en mourrai. Si nous sortons vivants de cette guerre, je ne dois jamais le revoir. Cela sera mieux ainsi, mais c'est le désespoir au cœur que je le déclare et je sais d'avance ce que renier l'amour que j'ai pour lui me coûtera. Mon ami, c'est vous que j'eusse dû aimer, si seulement votre cœur n'avait pas été *plein du souvenir délétère d'une morte. Mais regardez-moi : « Et come vero prigioniero afflicto de le catene mie gran parte porto ». Je suis comme vous et comme votre poète tant aimé. Prisonnière de mes propres chimères, mes chaînes. Et je vous parle comme si déjà j'avais un pied dans la tombe.*

Malgré tout, nos jours s'écoulent lentement entre les diverses tâches que nous nous sommes assignées Elodie et moi-même. Utto est toujours prêt à nous soutenir et nous pouvons lui être reconnaissantes de son dévouement absolu. Il réussit chaque jour à trouver de la nourriture, ce qui, dans les circonstances, relève de l'exploit. Peut-être grâce à lui ne mourrons-nous pas de faim ! Il est devenu une sorte de père nourricier et plus que jamais nous nous appuyons sur lui sans retenue (…)

21

La neige s'était remise à tomber. Autour du cavalier, en moins de quelques secondes, l'air était saturé d'un blanc laiteux qui empêchait d'y voir à deux mètres devant soi. La porte de la chambre du berger n'étant pas fermée, il y était entré non sans appréhension. N'y ayant trouvé personne, il s'y était attardé quelques instants après avoir laissé Icare parmi les brebis et lui avoir passé autour de l'encolure le sac d'avoine qu'il avait bien mérité. Dans la chambrette, le feu brûlait encore : elle avait été désertée depuis peu. Il y avait cherché quelque indice pouvant donner une idée du lieu où le couple s'était dirigé, de la raison qui avait provoqué son départ, mais n'en avait trouvé aucun. L'averse de neige ne donnant aucun signe de vouloir s'arrêter, il avait décidé de se remettre en chemin. L'après-midi était déjà bien entamé et il valait mieux se hasarder dans la tempête plutôt qu'attendre qu'une neige trop épaisse et collante ne l'empêche de regagner Couraurgues avant la nuit.

Debrume devait se souvenir longtemps de ces tourbillons silencieux d'une parfaite blancheur dans lesquels il avait à s'enfoncer comme dans un nuage de plumes. La caresse des flocons sur son visage ne tenait pas ses promesses de douceur. Mille piques de glace le transperçaient. Il avait du mal à avancer malgré son équipement. Icare qui renâclait, ne voulant plus marcher sans voir où il mettait le pied, le ralentissait encore. Contraint de cheminer à ses côtés, il lui tenait la bride courte. Ce n'était pas la première fois qu'il se déplaçait dans une telle opacité qui n'était pas sans évoquer celle dans laquelle baignait sa propre vie : comme sur ce chemin battu par la neige on ne pouvait voir les pièges, les trous, les ravins dans lesquels on risquait d'être précipité et on continuait à marcher sans savoir vers quoi on allait ; cela semblait sans fin mais était voué à finir, un jour, au moment où l'on s'y attendrait le moins et tout serait dit.

Il eut du mal à retrouver la muletière qui descendait à la Passe du Diable, mais quand il l'eut atteinte, il put constater que les flocons tombaient avec moins d'intensité. La jardinière du Docteur Courbet n'était plus là. Elle avait laissé des traces tout à fait visibles et il n'y aurait plus eu qu'à les suivre. Mais la nuit commençait à tomber et il n'était pas prudent de s'attarder encore. Il monta Icare et il abandonna les traces, en espérant ardemment les retrouver le lendemain, sous un ciel plus clément. Elles lui indiqueraient où la jardinière était allée et pourquoi. Entre-temps le médecin avait dû rentrer au village. Debrume se promettait de lui faire une petite visite. Il voulait entendre de sa bouche la raison pour laquelle cette jardinière avait été postée à la Passe du Diable pendant une bonne partie de la journée, par un temps pareil et loin de toute habitation.

En se dirigeant vers la maison du médecin, il rencontra Marino dans la rue. Ce dernier avait répertorié de nouveaux suspects s'attaquant aux poulaillers. Comme si cela le rassurait d'avoir en vue quelque malfaiteur à pister, il jubilait en racontant que cette nuit encore, l'un d'eux avait sévi : des cadavres de corbeaux faisandés avaient été pendus à la porte d'une voisine de Prudence Malmaure. Cette brave personne ne se remettait pas de l'émotion que la trouvaille lui avait procurée. Elle croyait dur comme fer que le diable lui-même avait posé son sceau sur sa porte pour annoncer l'imminence d'un malheur dans sa maison. Monsieur le Curé avait fort à faire pour démanteler le lacis de ces fausses croyances qui vampirisaient les esprits depuis la nuit des temps. Quant au chapardeur de poules, qui à ses heures accrochait aux portes des cadavres de bêtes, il savait qu'il était facile de terroriser les habitants. Peut-être lui-même croyait-il à l'efficacité de son geste. Et il harcelait ses ennemis en appelant sur eux le malheur, poussé par la passion et la haine, une haine qui, si elle était rustique n'en n'était pas moins tenace, voire meurtrière et laissait planer un doute sur la sécurité des habitants.

Pour Marino, si la panique prenait les villageois, tout pouvait arriver et l'ordre public en être sérieusement troublé, ce qui à ses yeux était la pire des malédictions. Monsieur le Maire n'aurait pas, à lui tout seul, les moyens de le rétablir. Au passage Marino en profitait pour fustiger la nouvelle république qui tardait à le réhabiliter dans sa fonction de gardien de l'ordre, abandonnant les citoyens à toutes sortes de dangers. Car il ne fallait pas oublier, disait-il, que cette république avait été à peine capable de juguler la révolte qui avait sévi dans Paris comme l'avaient rapporté les journaux. Marino ne se lassait pas de répéter que la présence des gendarmes était nécessaire à Couraurgues plus que partout ailleurs, parce qu'on avait pu y voir de nombreux crimes qui, grâce à ceux qui représentaient la loi (il s'associait volontiers aux réussites de Debrume) avaient pu être châtiés.

Debrume le laissait parler. Et tandis que le brigadier rêvait tout haut d'un monde parfaitement ordonné sous la surveillance d'une police parfaitement efficace, l'inspecteur, voulant attendre que Marino finisse sans avoir à l'offenser et pour passer le temps, se laissa aller à penser à Marthe dont le retour n'avait pas encore été envisagé. Il ne connaissait pas la véritable raison de ce qui avait tout d'abord semblé un contretemps, toutes celles qu'elle avait invoquées dans ses lettres ne le convaincant pas. C'était une énigme pour lui que la vie de cette femme qu'il voulait imaginer neutre et transparente pour pouvoir aisément la superposer à celle de Céleste, la faire coïncider exactement sans qu'on ne voie entre elles aucune différence. « Pourquoi est-elle toujours aussi loin de moi, se répétait-il inlassablement, comme si quelqu'un était en mesure de lui apporter une réponse ?» Et l'avalanche des récits que le brigadier faisait pleuvoir sur lui se faisant plus intense, il donnait libre cours à ses rêveries. Si elle était revenue à Couraurgues, ils auraient reconstruit Combeferres, ils auraient vu s'élever ensemble les murs de la haute bastide aux allures de château, avec ses fenêtres à impostes ouvrant sur le parvis dallé de pierres, sous la protection d'un grand tilleul qu'ils auraient planté pour remplacer celui qui avait péri dans les flammes. Il se souvenait avec une certaine émotion de cet arbre majestueux qui avait été d'une importance capitale pour lui : à l'automne de son premier séjour à Couraurgues, il y avait si longtemps, son feuillage doré lui était apparu comme un écu d'or brillant au soleil, posté à cet endroit pour lui indiquer le chemin de Combeferres, alors que, perdu en pleine campagne, il avait du mal à faire avancer le cheval de trait que son hôte lui avait procuré comme monture, soit par charité, soit par mépris.

Mais aujourd'hui, Combeferres était toujours à terre et plus que jamais, le destin de Marthe Regardini restait une énigme pour lui. Comme après l'incendie qui l'avait détruit, il ne restait, de la majestueuse bastide, que les murs de pierre que les flammes avaient noircis et qui, malgré leur exposition aux intempéries, ne retrouveraient jamais leur blancheur initiale. Quant à Marthe, encore une fois elle avait risqué sa vie en se jetant à corps perdu dans les révoltes parisiennes, ce qui démontrait s'il en était besoin combien il s'était trompé à son sujet lorsqu'il la voyait aussi fragile et démunie que Céleste. Depuis leur voyage en Italie il sentait, tout en le regrettant, que le charme était rompu. Il ne reverrait plus jamais sa silhouette se confondre avec celle de Céleste le long des chemins dévorés par la brume, ni leurs jupons entremêlant leurs dentelles au coin du feu, tandis que, face aux ruines de Combeferres, il les voyait deviser dans le petit salon tendu de soie rose, ne sachant, dans l'air saturé de lumière, s'il s'agissait d'une réalité ou de l'apparition de deux ombres, reflet l'une de l'autre. Marthe avait été le double de Céleste qu'il avait inventé pour se maintenir en vie. Et lui aussi, ce double incertain, semblait voué à disparaître, il s'effaçait de son esprit un peu plus chaque jour. Encore une fois il constatait le caractère éphémère des rêves qu'on élabore tout éveillé pour se défendre des souffrances qui les suscitent. Celles-ci non plus ne résistaient pas à l'usure du temps et il ne savait s'il fallait s'en réjouir ou non. Il ne restait qu'à constater que cela se passait ainsi : tout, joies ou peines, était à reconstruire chaque jour jusqu'à épuisement. C'était de cette vague inconsistance qu'une vie était faite.

- Et pour le piano, vous avez appris quelque chose lui demanda Marino ?

Debrume retomba tout à coup les pieds sur terre. Comme toujours le choc avec la réalité lui procurait un malaise douloureux, mais il n'avait qu'à s'en prendre à lui-même. Se souvenant tout à coup du dévoué brigadier, et comme s'il n'avait pensé qu'au piano jusque là, il déclara au prix d'un gros effort, mais avec toute l'assurance dont il était capable :

- Je n'ai pas trouvé Prudence chez elle et je m'en vais de ce pas chez le docteur Courbet. Il doit certainement savoir quelque chose au sujet du piano, comme il sait beaucoup de choses sur la vie de Sidonie. Il ne se montre pas très disert ces temps-ci, mais plutôt réticent aux confidences. Et pourtant il pourrait nous aider s'il le voulait. Il semble ne pas le vouloir du tout, et j'aimerais bien savoir pour quelle raison.

- Ce sera peine perdue, inspecteur. Vous ne le trouverez pas chez lui. Depuis ce matin très tôt, tout le monde est à sa recherche. Il a dû être appelé de nuit quelque part loin d'ici et il a dû être bloqué par la neige. Espérons qu'il reviendra vite, parce qu'il y a une fracture à réduire et que le patient souffre le martyre... »

22

Lorsque l'angélus sonna ce soir-là, le ciel était plus bas que jamais et le docteur Courbet n'était toujours pas reparu. Le jeune Isidore souffrait et seul le médecin pouvait quelque chose pour lui. Son père courait les routes depuis le petit matin à sa recherche, mais sans résultat. Dès son arrivée au village,

Debrume constata qu'une grande agitation régnait. Il eut le sentiment que ce n'était pas la seule curiosité qui faisait aller les villageois de la maison de Nestor Gondrand à celle du médecin, mais qu'ils étaient là par devoir, guetteurs infatigables, comme si leur présence pouvait conjurer l'abandon de celui qui seul savait soulager leurs souffrances. Quand il fut avéré que la fracture d'Isidore ne pourrait être réduite de si tôt, Debrume s'étonna encore en les voyant se poster en attente devant sa maison jusqu'au milieu de la nuit, gardiens inutiles et compatissants, déplorant de ne pouvoir rien faire pour l'enfant.

Plut tôt dans la journée, faisant peu de cas des lamentations de ce garçon qu'il considérait déjà comme un casse-cou irresponsable, Marino avait profité de l'absence de son père pour lui poser quelques questions. Car le brigadier avait été aussitôt alléché par l'idée que, nonobstant son jeune âge, l'enfant faisait un coupable idéal : sa blessure pouvait être imputée à un accident survenu lors de l'un de ces délits nocturnes dont les volailles étaient les premières victimes. Mais il avait eu beau insister, il n'avait rien pu tirer de lui. Le garçon, prostré dans un mutisme têtu, n'avait desserré les dents que pour laisser sortir de sa bouche des gémissements qui vous fendaient le cœur. Mal volontiers et sous peine de passer pour un bourreau, Marino avait dû renoncer à l'interroger davantage.

Rentré au début de l'après-midi après avoir arpenté comme un fou le pays enneigé à la recherche du médecin, Nestor Gondrand, avait envoyé des émissaires dans toutes les fermes et les hameaux des alentours. Tous étaient revenus bredouilles, à commencer par Marino qui participait de toutes les corvées en tant qu'employé municipal temporaire.

Malgré son assujettissement forcé au maire du village qui lui permettait de subsister, les suspicions de Marino à l'égard d'Isidore restaient entières du fait que ce dernier, après tant d'heures de souffrances, n'avait pas voulu révéler la manière dont il s'était cassé la jambe, ni l'endroit où l'accident s'était produit. Pour le brigadier, son silence était la preuve que ledit accident avait eu lieu lors d'un acte répréhensible par la loi. De là à penser que, voulant accrocher les corbeaux faisandés aux fenêtres de la voisine de Prudence, il s'était cassé le cou dans d'improbables acrobaties, il n'y avait qu'un pas. Le brigadier avait montré dans d'autres occasions que cette sorte de pas ne lui faisait pas peur et il l'avait franchi à pieds joints. Après avoir minutieusement observé la configuration du lieu et ayant jugé que la fenêtre mal commode d'accès était placée à une hauteur considérable pour un enfant de la taille d'Isidore qui ne pouvait s'y attaquer sans préjudice pour lui, il s'était conforté dans son opinion.

Il s'en était ouvert à Debrume, élaborant des hypothèses agrémentées de détails dus à son imagination fertile. L'ex-inspecteur, qui l'avait écouté d'une seule oreille, eut à cœur de ménager sa susceptibilité d'un sobre « Merci brigadier, j'y penserai », sachant qu'un tel mot suffirait à accroître l'enthousiasme de ce fervent défenseur de la loi et l'inciterait à persévérer dans la tâche ingrate qu'il avait dans l'idée de lui confier.

Alors que tout le village était en émoi pour la santé d'Isidore, une autre énigme fut mise sur la sellette en cette noire fin de journée : on venait de constater la disparition simultanée de Prudence et d'Augustin. On la mit tout aussitôt en relation avec celle du médecin. On se demanda à l'unisson comment trois personnes d'âge avancé avaient pu se volatiliser, surtout par un temps pareil où elles eussent mieux fait de rester à réchauffer leurs vieux os au coin de l'âtre. On ne pouvait penser qu'à un nouvel accident dû à l'imprudence de ces vieillards encore alertes qui avaient sans doute trop présumé de leurs dernières forces. C'est alors que l'on commença à envisager une battue dans la montagne. On connaissait les habitudes d'Augustin et on pensa d'abord à vérifier si, en allant donner leur nourriture aux bêtes, il n'était pas tombé dans un trou et ne croupissait pas sous des amas de neige fraiche qui auraient vite fait de lui servir de linceul. Mais, pensait-on, ni Prudence ni le docteur Courbet n'avaient de raison de se rendre à la bergerie où Augustin allait tous les jours et par tous les temps. Certes, tout le monde savait que Prudence accompagnait parfois son mari et que, si tel n'avait pas été le cas, ne le voyant pas revenir, elle était bien capable d'être partie toute seule à la recherche de son cher Augustin. Tout le monde savait qu'elle le surveillait comme le lait sur le feu et qu'ils ne se lâchaient plus d'une semelle depuis leur mariage tardif. Quant au docteur Courbet, on avait beau élaborer des plans, on ne voyait pas pourquoi il se serait trouvé avec eux, à la bergerie où il n'avait rien à faire, ni même ailleurs. On en déduisit qu'il avait eu un accident de son côté en conduisant sa vieille jardinière sur des chemins inaccessibles pour aller soigner quelque malade dans une ferme si isolée qu'on en avait oublié l'existence, ou dont l'habitation se situait sur le territoire d'une autre commune. On continuait de supputer, piétinant en groupe dans les rues glacées. Finalement, tablant sur la certitude que la disparition simultanée du couple et du docteur n'avait aucun lien, on organisa plusieurs battues.

S'agissant de personnes âgées, il fallait intervenir au plus vite car on savait que le froid de la nuit ne les épargnerait pas. Dès que la décision fut prise, les mesures se mirent rapidement en place. Alors que la nuit était déjà très noire, les jours étant particulièrement courts par ces temps de neige, Marino eut la charge de rassembler tous les hommes vaillants du village et de distribuer les flambeaux. Une longue procession s'achemina le long des pentes du Couron alors que deux autres équipes se dirigeaient vers la plaine du Can et vers la forêt de Garmagne. Dans l'obscurité on pouvait voir les rubans de feu serpenter le long des sentiers et on entendit jusqu'au milieu de la nuit les appels des patrouilles qui se répondaient, comme des cris terrifiants venant d'outre-tombe. Se relayant, les femmes attendaient, enveloppées dans leurs châles de laine, faisant les cent pas le long des remparts, telles des sentinelles de l'ombre, le froid ne faisant plus le poids face à leur curiosité anxieuse pour les dissuader de passer la nuit dehors. Mais encore une fois les recherches furent vaines. On ne trouva personne le long des sentiers que les trois absents pouvaient avoir empruntés. Les traces dans la neige ne purent aider les patrouilleurs, tant leur surabondance nuisait à leur interprétation.

Pendant que tous s'employaient à se rendre utiles, Debrume était rentré chez lui pour se restaurer. Une longue nuit l'attendait. Il devait s'y préparer. Pour ne pas nuire à sa propre enquête qu'il sentait arrivée à un point où tout pouvait basculer dans un vide judiciaire où nul coupable ne serait inquiété, il n'avait pas tenté de déconseiller une battue vers des parages où il savait d'avance qu'on ne trouverait rien. Il ne voulut révéler à personne non plus qu'il avait vu la jardinière du docteur Courbet postée à un endroit d'où celui-ci avait pu rejoindre Prudence et Augustin à la bergerie. Ayant constaté que le médecin n'était pas rentré chez lui ce soir, il avait voulu se conforter dans l'idée que son intention avait été de mettre à l'abri Prudence et Augustin, tout en s'évitant quelque désagrément. Il refusait d'imaginer autre chose. Mais il restait à savoir si ces trois personnes avaient la même implication dans l'affaire en cours et visaient les mêmes enjeux. Leur fuite mystérieuse, s'il s'agissait bien d'une fuite, laissait à penser qu'ils détenaient un secret dangereux pour eux et qu'ils savaient sans doute à qui ils avaient à faire et pourquoi. Le médecin avait choisi d'agir ainsi, pensant parer au plus nécessaire et au plus urgent. S'efforçant de garder son optimisme, Debrume se persuadait que le docteur Courbet avait l'intention de l'informer ou de faire appel à lui dès qu'il aurait la certitude que les deux vieillards n'étaient plus en danger. Mais, comme l'ombre noire du mal, dès que cette certitude semblait établie dans son esprit, le doute revenait aussitôt le tarauder. Alors, lui apparaissait un homme différent de celui qu'il connaissait, un homme qui aurait quelque intérêt à ce que Prudence et Augustin ne parlent plus jamais. Ce bon docteur, qui avait passé sa vie à soulager les souffrances humaines face à la mort, avait pu lui aussi tomber dans le piège infernal des passions rustiques qu'il déplorait et d'où seul un crime pouvait le sortir. Pour être objectif et ne pas se laisser aller à ses sentiments, Debrume devait envisager la possibilité qu'il soit un assassin. Il devait le traiter comme un vulgaire quidam malgré la sympathie qu'il avait toujours eue pour lui, et même si cela lui paraissait relever du plus froid cynisme de sa part. C'était son métier qui l'exigeait, dût-il lui en coûter.

Néanmoins, mettant de côté ses tergiversations, il s'accrochait à la certitude qu'il retrouverait les fuyards. Il avait une petite idée de l'endroit où ils avaient pu se cacher quitte à se perdre. Il voulait les y rejoindre seul, non seulement pour les surprendre, mais aussi pour les interroger en priorité et sans témoin. Dès le lever du jour il s'y emploierait avec l'espoir de les ramener au village avant qu'ils ne s'apprêtent à passer une nouvelle journée dans l'endroit insalubre qu'il connaissait, et qu'ils n'y meurent de faim et de froid s'ils n'y mouraient pas assassinés.

Dans l'immédiat, il devait profiter du calme qui venait de succéder à l'agitation provoquée par l'organisation de la battue. Il attendit le milieu de la nuit. Quand le deuxième coup de deux heures du matin sonna au clocher du village, le calme était revenu. Les villageois, se résignant à leur déconvenue, étaient rentrés chez eux. Il se mit en route, avec, dans sa poche, la petite clé trouvée sur le cadavre d'Hubert et un passe-partout. En frôlant les murs, il se dirigea vers la maison où se trouvait l'unique piano du village et probablement du canton. Ce piano dont les sons fantômes, en réveillant de vieilles terreurs, d'anciennes rancœurs - ces passions rustiques que connaissait si bien le médecin et dont il se refusait à donner des détails sans doute connus de lui seul - avaient récemment provoqué la mort de deux personnes.

Car c'était bien à partir du moment où les sons sibyllins avaient été entendus qu'une histoire maudite avait repris son cours interrompu, une histoire dont Debrume ne savait rien encore. Des passions dormantes avaient été réactivées inopinément et poussées à davantage de sauvagerie. Ce n'était qu'après le retour d'Hubert au village qu'on avait entendu les sons du piano, Hubert qui détenait la fameuse petite clé, si joliment ouvragée, trouvée sur son cadavre. Accrochée autour de son cou par une chaînette, elle avait été miraculeusement épargnée par les flammes. Si cette clé, comme le pensait Debrume, correspondait à la serrure du piano, on aurait l'assurance qu'Hubert avait provoqué sa propre mort en terrorisant l'assassin. Sans doute, grâce à cette clé, avait-il de quoi le faire chanter. L'assassin le savait. Et quoi de plus facile à l'aide d'un piano ? Le maître-chanteur avait le sens de l'humour ou la coïncidence était troublante de perfection…

Il allait sans dire que le son de ce piano avait une signification particulière pour ceux qui connaissaient la vie de son possesseur dont les mystères restaient cachés à ceux qui n'en faisaient pas partie. Il était cependant improbable que les villageois, vivant entre eux dans une telle promiscuité, n'aient pas été au fait de ces mystères qui avaient couru ou couraient encore dans les rues de Couraurgues et dont ils avaient tous pu être les témoins. Ils devaient donc savoir, - ou bien fortement soupçonner -, qui était l'assassin du malheureux violoniste ainsi que de Hubert, le maître-chanteur. Mais Debrume les connaissait bien : protégé par la carapace de leur rustre mutisme, ils ne parleraient pas, ils ne trahiraient pas l'un des leurs de peur de se nuire. Ils étaient tous liés par le même destin. Sans doute redoutaient-ils quelque vindicte. L'homme qui les menaçait devait être doté d'une grande puissance à leurs yeux. Non, ils ne l'aideraient pas, ils ne dévoileraient aucun secret appartenant au village tout entier et à lui seul. Somme toute, Debrume restait pour les villageois « l'étranger », l'intrus, celui contre qui, par principe, on gardait hostilité et défiance. Pour toutes ces raisons, ils préféraient se rendre complices d'un des leurs, fût-il le meurtrier : en se taisant, c'était ce qu'ils étaient déjà.

Debrume ne pouvait donc compter que sur lui-même. C'est pourquoi au beau milieu d'une nuit glaciale de cet hiver sans fin, n'ayant cure de s'exposer aux courants d'air des rues de Couraurgues, il se trouvait devant la porte de la maison où avait vécu Sidonie, comme un voleur, prêt à faire jouer son passe-partout. La neige qui tapissait toute chose de sa candide blancheur, accompagnait sa démarche incongrue d'un silence propice. Et c'est dans ce silence absolu qu'il s'introduisit dans les lieux.

23

Il était deux heures du matin. Il venait de traverser le village, à la lueur de sa minuscule lanterne sourde qui allait lui être utile tout le reste de la nuit. Il n'avait rencontré personne sur son chemin. Après la battue, chacun s'était barricadé chez soi et dormait, ou tentait de le faire, quelque anxieuse pensée ne devant pas manquer de torturer les esprits et d'empêcher le sommeil. Malgré la bonne volonté de tous, l'énigme restait entière. Prudence et Augustin étaient introuvables, et nul ne savait ce qu'il avait pu advenir d'eux. L'inquiétude perdurait au sujet d'Isidore, le village se trouvant privé du médecin dont il avait un besoin urgent. Un silence de mort régnait dans les rues plongées dans une obscurité totale sous la couverture de nuages qui ne s'était pas dissipée à la fin de la journée, un silence aussi prégnant que l'étrange solidarité que Debrume sentait sourdre dans les cœurs à propos d'événements par lesquels chacun semblait concerné à titre personnel.

Toutefois, silence et solitude étaient favorables à l'entreprise hasardeuse qu'il envisageait. Il eut le bonheur de constater qu'il n'avait pas perdu la main : la serrure ne résista pas quand il la crocheta. Aucune lumière ne l'accompagnait sauf cette lanterne dont il s'était judicieusement muni. Il entra dans un vestibule identique à tous ceux des maisons de Couraurgues lorsqu'elles en possédaient un. Bien que faible, la lueur de sa lanterne lui permit de distinguer l'épaisse couche de poussière recouvrant les tomettes qui autrefois avaient dû être rutilantes d'encaustique. Y étaient gravées des empreintes récentes de pas. Un escalier assez raide, montait à l'étage. Une rampe de fer forgée témoignait d'une certaine aisance et d'un souci du décor tout aussi rustique que les sentiments et les passions qui habitaient les villageois. Au premier abord, on eût dit la maison encore habitée. Elle avait été laissée en l'état, avec ses meubles et ses rideaux de crochet aux fenêtres. Les objets utiles à son bon fonctionnement y semblaient en place, batterie de cuisine en cuivre, lampes à pétrole, chandeliers. La lanterne de Debrume n'était pas assez puissante pour lui laisser entrevoir le volume des pièces qu'il traversait, le détail des meubles et des objets. Mais il sentait leur présence : ils étaient les témoins familiers de vies disparues, les gardiens fidèles d'un mystérieux passé. Seule l'odeur figée qui l'avait pénétré en franchissant le seuil attestait que la maison avait été abandonnée. C'était l'odeur caractéristique de maison inhabitée depuis des années, une odeur d'immobilité et de vieille poussière, une odeur de temps arrêté. Elle régnait en maître dans tous les recoins et elle racontait une histoire. Il en connaissait les grandes lignes. Ici la vie avait battu son plein autour d'une petite fille qui avait empli ses parents de bonheur et de joie. Après qu'elle avait révélé des dons exceptionnels pour la musique, ces derniers s'étaient saignés aux quatre veines pour acheter un piano et lui faire donner des leçons par quelque professeur de la ville la plus proche. L'enfant avait grandi. Et un jour, un drame s'était produit qui avait définitivement plongé la maison dans cette odeur où Debrume la retrouvait après tant d'années.

Avec la désagréable impression de profaner un lieu interdit, mais convaincu que son secret allait se dévoiler à lui, il continua son exploration nocturne. Il y avait deux pièces assez vastes par étage. Au deuxième étage se trouvaient deux chambres : dans l'une d'elle le piano trônait, sans doute était-ce la chambre de la jeune fille. C'était un piano droit, de sobre allure, avec ses chandeliers dorés dont il alluma aussitôt les chandelles restées en place. La chambre était d'une simplicité monacale. Un lit à rouleau se trouvait dans un recoin de la pièce avec ses rideaux blancs de mousseline, une petite table sans tiroir devant la fenêtre. Sur le mur était accroché un crucifix. Un rameau béni, une branchette de buis y avait séché et jauni.

Debrume tira précautionneusement de sa poche la minuscule clé ouvragée comme un bijou. Il chercha la serrure du piano et fut déçu de ne pas en voir. Le couvercle du clavier se souleva sans façon. Là où aurait dû se trouver la serrure qui aurait pu accueillir la petite clé dorée, il y avait un trou dans le bois. Visiblement la serrure avait été dessertie, ou plutôt arrachée sans aucun soin. Les touches blanches et noires qui étaient apparues lorsqu'il avait soulevé le couvercle attiraient ses doigts comme un aimant. L'ivoire avait gardé quelque éclat malgré les années et lui, quelque souvenir de lointaines leçons de piano que lui donnait sa tante autrefois. Mais il se garda bien d'actionner les touches malgré la tentation qu'il en avait, sachant que quelques notes pouvaient déclencher un nouveau cataclysme.

Il lui fallait plutôt trouver la serrure qui avait été ôtée de son emplacement initial. Il n'était pas possible d'envisager que cette clé minuscule, attachée par une chaînette autour du cou d'une des victimes et qui avait peut-être été cause de sa mort, n'ait pas eu quelque précieuse utilité. Mais la chambre ne comportait pas d'autre meuble, et Debrume avait beau promener sa lanterne le long des murs, il ne voyait rien. Rien sous le lit non plus. Déçu, il resta un moment les bras ballants, comme attendant une inspiration que lui aurait dictée quelque esprit des lieux. Il se pénétra de l'atmosphère qui pouvait régner autour d'une jeune fille en mal d'amour. Seule dans la chambre, elle s'adonnait à ses occupations familières avec quelque détachement. Il la voyait à son piano, tentant de jouer avec fougue et passion, y renonçant rapidement, puis s'interrompant pour lire une missive qu'elle tenait cachée dans son corsage et pour griffonner quelques mots. Assise à la petite table devant la fenêtre, des larmes coulaient sur ses joues pâles. Elle se levait fébrile mais ses gestes restaient en suspens. Comme Debrume, les bras ballants, elle cherchait du regard un endroit où cacher son minuscule trésor dans cette pièce aux murs dépouillés. C'est alors qu'il eut l'idée de déplacer le piano.

Derrière le piano, le mur était lisse. Il allait renoncer lorsque, continuant de promener au hasard sa lanterne, son regard fut attiré par un détail saugrenu. Le tissu savamment plissé qui tapissait le dos du piano était tenu par une rangée alignée en ordre serré de clous dorés. Mais sur le côté, le tissu ne tenait plus que par un clou noir, rouillé, minuscule, dont la tête n'avait pas été autant enfoncée que celles des clous dorés. Il arracha ce coin de tenture. Dans la partie supérieure du piano, coincé entre le cadre et le bois de l'instrument, se trouvait une cassette faite de planchettes rudimentaires non vernies. Il la prit dans ses mains. Elle comportait une serrure dorée qui s'ouvrit à l'aide de la clé du mort. Quelques lettres étaient attachées ensemble par un ruban de soie rose. Debrume se hâta de remettre le piano à sa place et de regagner sa maison, sa trouvaille sous le bras.

C'est au coin du feu qu'il entreprit de lire les lettres que contenait la cassette. Elles étaient signées d'un certain Constant. Elles parlaient de musique et d'amour, de leur beauté intemporelle seule apte à combattre la laideur du monde. Elles étaient pleines de toujours et de baisers brûlants. De larmes aussi, de révolte, de lamentations, et parfois d'une profonde tristesse teintée de désespoir. On y devinait aisément la misérable fin de ce sublime amour nourri de musique, de ses envolées incantatoires au lyrisme romantique, de sentiments partagés dans une communion parfaite des âmes et des corps grâce à la sensualité envoûtante de certains phrasés dont l'amoureux, sans doute, avait le secret et qui avaient séduit la jeune pianiste. Cet amour avait porté ses fruits. Parmi les lettres, il y avait un certificat de naissance. Celui d'un enfant nommé Antoine.

Aujourd'hui il aurait eu douze ans. Le petit Antoine était le fils illégitime de ce jeune couple malchanceux à qui on avait refusé de réparer sa faute par un mariage, et qui avait été séparé par le vouloir d'une famille inflexible tout aussi attachée à ses valeurs villageoises que n'importe quelle famille de l'aristocratie à celles de la haute noblesse. La mésalliance n'avait pas été jugée envisageable et le jeune violoniste avait été chassé comme un voleur. Les lettres ne disaient pas par qui ni comment cela s'était passé.

Lorsque, emportant son précieux fardeau, il quitta la maison de Sidonie endormie dans le silence de son passé, ravi de tenir enfin le bout d'un écheveau à dérouler, Debrume entrevoyait déjà dans quel sens diriger son enquête. Il lui fallait savoir tout d'abord si cet enfant vivait encore et où il se trouvait. Il aurait besoin, pour décrypter et comprendre le contenu des lettres, du témoignage de ceux qui avaient participé de près ou de loin à cette triste histoire et qui étaient cités à plusieurs reprises. Il avait maintenant la certitude que deux d'entre eux, les plus impliqués, étaient actuellement en grand danger : Prudence et le docteur Courbet. Accompagnés d'Augustin, ils avaient quitté le village précipitamment car, sachant à quoi s'en tenir au sujet de l'assassin, il leur fallait fuir devant le danger qui se précisait. Ils avaient fui ensemble, de même qu'ensemble ils avaient participé au drame de Sidonie. Cela ne signifiait pas pour autant qu'ils avaient partie liée. Si c'était le cas Debrume se rassurait en pensant qu'ils s'entraideraient et peut-être s'en sortiraient-ils indemnes. Si ce n'était pas le cas et que quelque antagonisme les séparait, Debrume préférait ne pas penser à ce qui pouvait arriver.

L'ex-inspecteur n'eut pas le temps de dormir ni de prendre quelque repos. La nuit était encore noire quand il frappa à la porte de Marino afin de le charger d'une mission. Ce dernier devait, dans le plus grand secret, alerter le juge Jobelin qui habitait à plusieurs lieues de là, dans une ville quelque peu éloignée de Couraurgues, la sous-préfecture. Debrume lui avait apporté quelque argent pour le voyage, car il savait que le brigadier en était totalement dépourvu. Il lui apporta également de quoi se nourrir, prévoyant que le célibataire endurci qu'était le brigadier n'avait certainement pas, comme lui, une servante attentionnée pour lui préparer ses repas. C'est pourquoi, la veille, il avait demandé à Cendrine de confectionner une terrine de lièvre et de préparer le nécessaire dans un panier. Le trajet serait long et difficile, car il devrait traverser les montagnes sans emprunter les grandes routes impossibles à atteindre par ce temps, même par un homme seul. Mais il comptait sur les qualités de cavalier du fringant brigadier, espérant qu'il arriverait à bon port dans la journée et qu'il ramènerait le juge au plus tôt, sa présence étant devenue indispensable.

Marino se trouva très fier de se voir confier une mission d'importance. Il eut un seul regret : celui de ne pouvoir, en cette occasion particulière, endosser l'uniforme auquel il tenait tant et dont il avait du mal à accepter qu'il fût devenu obsolète. Il partit dès qu'il fut prêt, en toute hâte, alors que le jour n'était pas encore levé et sans avoir pris le temps de cirer les sabots de son cheval. Debrume avait été clair : chaque minute comptait.

24

Paris, le 30 mars1871

(...) Il se murmure dans la capitale qu'il n'y a plus un seul rat vaillant à cent lieues à la ronde. Ni un autre animal, domestique ou non. Bientôt nous mangerons les chevaux de la garde municipale si celle-ci ne l'a pas fait avant nous... Mon ami, allons-nous finir ainsi, victimes des besoins élémentaires du corps qu'il nous est désormais impossible de satisfaire ? Il est de plus en plus difficile à Utto de trouver de quoi se nourrir. Chaque jour est une lutte sans merci pour la survie.

Le siège a duré et ma lettre ne partira pas avant le retour de quelque calme. Mais j'ai besoin de vous parler, de me retrouver près de vous par la pensée sur les sentiers de Couraurgues où la liberté existe encore, et je dois rêver à cette liberté pour garder la force de vivre. Il eût été facile de renoncer et de fuir cette macabre situation comme tant de gens ont réussi à le faire. On perd courage lorsque la faiblesse vous prend à force de ne pouvoir se sustenter. Que ce serait beau de tout abandonner... ! Mais je n'en ai pas le droit. On a encore besoin de moi, ici, hélas !

Nous avons cru toucher le fond lorsque l'armée prussienne est entrée dans Paris, début mars, pour fêter sa victoire. Les rues étaient méconnaissables. Tout y respirait le deuil et la désolation. Les prussiens ont défilé dans une ville morte. Une ville qui néanmoins ne se résignait pas. Après leur passage symbolique, quand ils ont quitté Paris, des émeutes prirent feu, partant de Montmartre et embrasant toute la ville. Nous n'en fûmes point étonnés. C'était somme toute ce à quoi nous avions travaillé dans le silence depuis toujours. Il fallait défendre la république à tout prix car elle était la seule garante de la survie du peuple. Oui, mais pas n'importe quelle république. Tandis que l'Assemblée Nationale siégeait à Versailles, le Conseil Communal de Paris se mettait en place. Nous avons choisi de continuer, à ses côtés, à panser les blessés, à défendre les droits des plus faibles, à les aider à travailler et à vivre. Nous sommes de nombreux étrangers à participer à cette entreprise. Il y a beaucoup de garibaldiens. Toutes les tendances se mêlent et finissent par collaborer avec bonheur, malgré les difficultés qui les opposent. Car la volonté et l'espoir qui animent tous ces gens sont les mêmes pour tous.

Ainsi, j'oublie mes préoccupations personnelles pour me dédier corps et âme aux tâches qui m'incombent. Même si nos conditions de vie ne valent pas beaucoup mieux que celles de nos soldats, je m'emploie à mille choses avec tout le dévouement dont je suis capable. Ces tâches que je ne choisis pas toujours, me séparent de moi-même. Les mille redoutables corvées que je m'impose me tiennent en quelque sorte, à distance de la prison de mes chimères. J'entre dans une autre prison pour échapper à celle, plus terrifiante, d'un amour dont je ne contrôle plus les méandres et les pièges. Mais grâce à cela, je survis, mon ami, tant bien que mal, je survis…

Sans doute le filon que j'ai trouvé pour vous faire parvenir mes lettres va-t-il se tarir. Peut-être bientôt devrez-vous vous contenter des nouvelles des journaux. Ne les croyez pas, mon cher, car ils ne peuvent rendre compte du climat qui règne ici, de cette force surhumaine qui émane de chacun dans une communion des âmes, face aux circonstances et conditions de vie plus qu'inhumaines. Car ce sont l'enthousiasme et le bonheur qui dominent au sein de la plus grande misère et du plus grand dénuement. Les cœurs vibrent, mon ami, les cœurs, à l'unisson, dans le même élan et le même amour. A tel point que j'en oublie les

tortures du mien. Comment ne pourrait-il pas sortir quelque chose de
positif de cette aventure humaine ? (…)

25

Marino ne se l'était pas fait dire deux fois. L'aubaine était trop belle qui lui permettait de retrouver une fonction digne de ses capacités, une utilité, une place au sein de cette société hostile que restait pour lui le village de Couraurgues bien qu'il y vécût depuis de nombreuses années et qu'il mît toute son énergie à s'y rendre indispensable. Il jubilait à l'idée de voir rejaillir sur lui un peu du prestige de Debrume.

Il faut dire qu'à son retour d'Italie, l'inspecteur avait été fêté comme un héros. La mort tragique d'Evangéline avait bouleversé les cœurs. Tout le village était venu lui rendre hommage lors de son inhumation dans le petit cimetière de Couraurgues, après que ses amis avaient fait rapatrier le corps. On se souvenait avec émoi de la belle amazone si prodigue des cadeaux dont la nature l'avait dotée, les offrant équitablement à tous et sans faire de façon malgré son rang. Même si les épouses tentaient de la tenir prudemment éloignée de leur foyer, elle était la consolatrice des veufs et des solitaires, des amoureux déçus, des mal mariés, la discrète bienfaitrice des couples en détresse. Monsieur le Curé lui-même avait vanté sa bienveillance envers l'humanité souffrante et continuait de rester intarissable sur le sujet. Les exploits de Debrume qui, disait-on, avait été son amant, avaient été embellis par l'affection particulière que l'on portait à la jeune marquise. On chuchotait même qu'il ne s'agissait pas d'une liaison mais d'une véritable histoire d'amour. Car, affirmait-on, l'inspecteur était le seul homme sur terre à avoir réussi à conquérir le cœur d'Evangéline. Les aventures extraordinaires qu'ils avaient vécues côte à côte, dont les récits couraient de bouche en bouche, les maintiendraient soudés même après la mort tant elles avaient été partagées avec fougue et passion. On en parlait comme si on y avait participé. On les émaillait de mille détails précis car on n'était jamais en manque d'invention. Après l'assassinat d'Evangéline l'ex-inspecteur, désespéré, s'était entièrement donné à la recherche du coupable. Il avait rondement mené une enquête dans ce pays étranger où il avait été comme chez lui, car, à l'étonnement de tous, il en connaissait parfaitement la langue. Son étonnante perspicacité lui avait permis de dominer de très haut les méandres d'une énigme sur laquelle d'autres se seraient cassé les dents. Mais, bien sûr, l'amour le guidait : ainsi avait-il vengé sa bienaimée en confondant le coupable, ce traître qu'il traquait depuis longtemps et qui avait trouvé la mort dans une échauffourée avec les forces de la loi. La belle Evangéline pouvait dormir en paix. Et le cœur des villageois trouver l'apaisement.

Bien entendu, au village il n'avait jamais été question de Mentana et de la terrible défaite des garibaldiens, ni des menées d'agent double d'Avrillé et d'Evangéline de Bourdaine. Seule avait été rapportée la délétère passion d'Avrillé qui poursuivait en vain Evangéline de ses assiduités, cette passion perverse qu'elle avait inspirée malgré elle comme elle en avait inspiré tant d'autres, mais qui cette fois s'était terminée par un drame. Avrillé en avait perdu la raison (on connaissait Evangéline et on savait qu'il y avait de quoi). Pour elle, il avait bafoué son honneur et sa dignité de fonctionnaire de l'Etat. En vérité, c'était Marthe qui avait demandé que cette version fût rendue officielle afin de préserver le secret de l'organisation. De ce fait et par la force des choses, Debrume avait récolté à lui tout seul les fruits d'une enquête qui pourtant avait trouvé sa résolution d'elle-même, grâce aux longs aveux d'Avrillé dont il n'avait jamais été non plus question. Et c'était ainsi qu'il était devenu un héros. [3]

La version expurgée de l'affaire avait conquis les habitants de Couraurgues qui savaient se montrer aussi tendres que des collégiens quand il s'agissait d'amour. Mais Marino restait de loin le premier admirateur de Debrume. En tant qu'homme de l'art, il avait une confiance absolue dans ses capacités au point de le considérer comme son maître à penser, un modèle à suivre. Il était donc convaincu par avance de la brillante réussite de la nouvelle enquête en cours et il s'en réjouissait. De plus, étant son collaborateur direct, il ne manquerait pas de jouir des retombées du retentissant succès de l'inspecteur. Sa notoriété auprès de la population en serait confortée. Monsieur le Maire le verrait enfin autrement que comme un simple garde-chasse, un palefrenier ou un employé municipal sans envergure qu'on pouvait exploiter comme un esclave. Peut-être lui prêterait-il enfin une oreille et accepterait-il sa proposition de créer une milice municipale dont il serait le chef et dont la création lui tenait tant à cœur. Ainsi sa fonction ne dépendrait-elle plus directement de la nouvelle république qui semblait ne plus vouloir de lui et l'abandonnait à son sort. Il n'aurait à rendre des comptes qu'à la population du village. Comme Perrette, il n'était pas en manque de projets merveilleux concernant cette fonction à venir ainsi que son honneur retrouvé. Il allait même jusqu'à imaginer un nouvel uniforme qu'il allait créer tout exprès : à ses moments perdus, tel un couturier de haute volée, il l'avait dessiné, sans omettre les détails de finition, distribuant galons et sous-taches par ci et par là, ainsi que les

---

[3] Cf *Paluds*

boutons dorés qu'il affectionnait et qu'il astiquerait comme les sabots de son cheval. Le bicorne, par trop marqué, était hélas à bannir, il le savait. Mais il trouverait autre chose, une coiffe comme celle des gardes de la ville de Londres ou, mieux encore, comme celle des gardes suisses du pape, plus imposante et guerrière avec ses pointes aux bords chantournées. Dans les rues de Couraurgues, cela serait du plus bel effet. On le reconnaitrait de loin quand il ferait sa ronde, monté sur son cheval caparaçonné à ses couleurs qu'il choisirait vives et guerrières. Devant tant de prestance et d'autorité, les jeunes chapardeurs qui le narguaient depuis trop longtemps seraient dissuadés de continuer leurs actes d'intolérable malveillance. L'ordre reviendrait enfin dans le village. Et alors, tout y rejoindrait la perfection ; les rues seraient propres, les murs paraîtraient plus lisses, on ne verrait plus rien traîner, tout serait impeccablement rangé ; les animaux ne vaqueraient plus dans les rues et ne saliraient plus les sols de leurs déjections ; les horaires de travail et de repos seraient les mêmes pour tous, tout serait réglé comme une horloge. Un calme absolu n'étant pas sans rappeler la perfection de celui qui règne dans les cimetières s'établirait partout. Cela serait son œuvre, et il en était déjà fier.

Ainsi avait-il obéi aux ordres de Debrume avec grand enthousiasme et ne s'était-il pas attardé dans les préparatifs. Son cheval n'avait pas été bouchonné depuis la veille et cela n'avait pas d'importance : seules sa mission et sa réussite comptaient car son avenir dépendait d'elles. De plus, il n'avait aucun intérêt à se faire remarquer dans la ville où il se rendait. La discrétion seyant à son rôle de messager non officiel, il valait mieux s'y fondre parmi les voyageurs anonymes. C'était à Couraurgues seulement qu'avoir du prestige lui importait, puisque c'était là, aux côtés de Debrume, dans ce village situé à l'écart du reste du monde, qu'il voulait trouver sa place et continuer à vivre.

Il cheminait donc sur la neige fraîche, heureux d'obéir aux ordres de celui qu'il considérait digne d'être son supérieur et qui avait toutes les qualités d'un chef. Non seulement il lui avait permis de donner des preuves de ses capacités, à lui, modeste brigadier, mais encore, personne ne pouvait contester qu'il avait fait preuve d'une intelligence et d'une efficacité remarquables lors des affaires délicates résolues de main de maître tout au long de sa brève mais brillante carrière qui gardait malgré tout une aura de mystère. Car le brigadier s'était toujours contenté de ce qu'il avait pu observer par lui-même ainsi que de ce qui lui était parvenu aux oreilles par la rumeur. Respectant la discrétion de l'inspecteur, il mettait son mutisme et ses absences, ses moments d'inattention si fréquents qui semblaient le couper du monde, sur le compte des profondes réflexions qui occupaient sans doute son esprit en continu. Il admirait plus que tout, cette sorte d'intelligence qui sait voir au-delà des choses, des gens et des servitudes de la vie courante, dont la finesse ouvre une dimension interdite au commun des mortels. C'est pourquoi son dévouement envers le taciturne ex-inspecteur était sans borne et il serait allé sur la lune s'il le lui avait demandé.

En l'occurrence, il ne lui en demandait pas tant. Ce n'était pas sur la lune qu'il lui fallait marcher mais dans une neige molle où lui et son cheval s'enfonçaient dans des trous d'où ils avaient du mal à s'extraire, sous un ciel bas et morose qui promettait une tempête de neige d'envergure. Cela lui semblait déjà beaucoup. De plus, se rendre dans une sous-préfecture où il ne connaissait personne était une mission particulièrement redoutable. Il n'éprouvait que des désagréments à penser d'avance à l'endroit où il allait dormir, s'il allait pouvoir manger de façon correcte et se réchauffer devant un bon feu. Il se demandait avec inquiétude comment le juge Jobelin l'accueillerait et s'il accepterait de se déplacer aussitôt, comme l'espérait Debrume qu'il ne voulait à aucun prix décevoir. Il n'avait donc aucune aptitude, avec ces soucis en tête et par ces temps de froidure, à s'extasier devant la beauté évanescente de la neige qui transfigurait le paysage le plus aride en pays de légende. De sa vie, il n'avait jamais prêté attention aux légendes. Ce n'était pas un jour comme aujourd'hui qu'elles allaient l'intéresser. Sa route fut longue et difficile et il n'en eut aucune compensation tant qu'il eut à traverser les montagnes.

La journée était déjà bien avancée lorsqu'il quitta le paysage enneigé pour des gorges glaciales qui ouvraient sur un paysage de collines plus amènes et que la neige avait épargnées. Il arriva enfin sur la grand-route qui donnait directement accès à la ville. Les vastes étendues de neige se trouvaient désormais derrière lui. Il était à espérer qu'il n'aurait pas à revenir par le même chemin et que l'itinéraire qu'emprunterait le juge pour se rendre à Couraurgues s'il était moins rapide serait plus agréable, un homme de sa condition ne pouvant voyager qu'en voiture couverte et sous escorte. Il avait le bonheur cependant d'entrer dans la ville juste avant la nuit, exactement comme le lui avait conseillé Debrume, ce qui lui donnait le temps de trouver gîte et couvert avant de se rendre chez le juge.

Mais ses espoirs furent vite déçus : Marino devait l'apprendre rapidement, le juge Jobelin était un intrépide dans le genre de Debrume. Il ne craignait ni les longues chevauchées, ni les bivouacs dans la neige et il savait se contenter d'un morceau de fromage et d'un crouton de pain en guise de déjeuner. Cependant, à son retour du tribunal, il le reçut avec beaucoup d'amitié dès qu'il le sut émissaire de son ami. Il parcourut la lettre que celui-ci avait confiée au brigadier, montrant grand intérêt à sa lecture, la ponctuant de quelques hochements de tête tout en lissant sa barbe noire en signe de concentration, tandis qu'une jeune servante leur apportait quelques boissons réconfortantes.

Le juge était un homme jeune et robuste qui avait à cœur de faire son métier avec conscience et probité. Confirmant ainsi ce que Debrume avait redouté, il certifia qu'à l'heure qu'il était, il n'avait reçu aucun message télégraphique en provenance de Couraurgues. Il sembla en concevoir un certain étonnement en grommelant d'une voix à peine distincte que pourtant le village, en tant que chef-lieu de canton, était doté du télégraphe depuis plusieurs années. Puis il déclara que d'évidence, Monsieur le maire avait attendu trop de temps avant de l'avertir. Dans cette affaire on ne pouvait se permettre de lambiner. Ce fut sa seule remarque, le juge se révélant aussi peu prolixe que son ami Debrume. Le brigadier savait comment se comporter avec un homme de cette trempe. Il attendit ses ordres en silence, avec toute la réserve qu'il se devait d'avoir dans ce salon feutré comme il n'en avait jamais vu, aux fauteuils peu confortables mais aux tapisseries bien assorties et aux lourdes tentures de damas qui encadraient les hautes fenêtres à impostes.

Le juge confirmait ainsi que Debrume ne se trompait pas. La situation était à l'urgence. Sa décision fut immédiate : « Nous nous mettrons en route avant le lever du jour, dit-il. Nous allons décommander votre réservation à l'auberge et vous dormirez ici. Je vais faire préparer les chevaux et le nécessaire pour passer une nuit dans la neige au cas où nous nous trouverions bloqués par une tempête. Vous avez eu de la chance de n'en pas rencontrer sur votre route et d'avoir pu faire le trajet dans la journée. Mais vous devez être fourbu. Joséphine va vous préparer une chambre et nous ne tarderons pas à nous mettre à table. Je prends mes repas toujours de bonne heure pour pouvoir consacrer ma soirée à l'étude. Demain il nous faudra arriver à Couraurgues le plus vite possible. Nous serons couchés tôt et nous nous lèverons plus tôt encore. Pour ne perdre aucun temps, nous emprunterons les mêmes chemins que vous avez pris. Je constate que Debrume connait bien ces montagnes et qu'il a tracé pour vous sur la carte le chemin le plus court. Il vous sait bon cavalier ou je me trompe ? »

C'est ainsi que le brigadier Marino se rengorgeant du compliment, fut tout prêt à se plier aux manières spartiates de ce voyageur infatigable qui était l'exacte réplique de son ami Debrume. Il renonça du même coup à une petite promenade incognito dans les rues animées de la sous-préfecture où il aurait sans doute trouvé de quoi passer une soirée en agréable compagnie dans l'une de ces maisons signalées par une lanterne rouge, - ces maisons que l'on ne trouvait que dans les grandes villes et qu'il n'avait pas l'occasion de fréquenter souvent. Mais ce renoncement lui procurait une grande joie. Car il pouvait mesurer l'importance du rôle qu'on lui faisait jouer à l'impatience et à la précipitation des acteurs qui menaient le jeu et dont il avait l'honneur d'être le subalterne dévoué mais indispensable.

26

Oui, chaque minute comptait. Debrume savait que la survie de trois personnes dépendait de la rapidité de son intervention. C'est pourquoi, pour ne pas avoir à quitter Couraurgues un seul instant, il avait demandé l'aide de Marino.

Il était dit qu'il ne devait pas dormir du tout cet hiver-là qui s'avérait être aussi blanc que ses nuits blanches. Toutefois, c'était une aubaine pour un insomniaque de trouver quelque occupation lorsque tout le monde était plongé dans le sommeil et qu'il se retrouvait seul au beau milieu du désert de la nuit. Encore une fois, il ne s'octroya pas une minute de repos, ni même un café pour se réchauffer. Dès que le village fut endormi et les torches éteintes dans les rues, il se mit en selle, jugeant que ce n'était plus le moment de penser au petit confort d'Icare. Il se ferait pardonner à l'aide d'un sac d'avoine plus rembourré que d'habitude. S'étant muni du nécessaire pour passer le reste de la nuit dans la neige au cas où une chute inopinée l'aurait bloqué en cours de route, il traversa Couraurgues endormie sous sa couverture de silence.

Il avait longuement réfléchi au lieu où le docteur Courbet avait pu emmener les deux vieux amoureux. Il s'agissait nécessairement d'un endroit à l'écart, peu fréquenté, peu accessible et surtout peu connu. Un lieu réservé depuis longtemps et dont celui qui l'avait choisi espérait que personne ne le découvrirait. Un lieu jugé sûr. C'était parmi les villageois que se trouvait l'assassin. Les trois fuyards savaient qui il était et ce dont il était capable. Ils savaient qu'ils dérangeaient trop ses menées pour qu'il les épargne. Debrume espérait se tromper sur le choix qu'ils avaient fait, mais il devait s'en assurer avant toute chose, jugeant ces vieilles personnes bien naïves malgré leur grand âge (à eux trois, ils comptabilisaient près de deux siècles). Il était presque certain que le docteur Courbet avait fait le raisonnement suivant : si l'assassin connaissait le lieu de leur destination, c'est qu'il avait des raisons de le connaître. Il s'y était déjà rendu pour les affaires qui le préoccupaient et qui l'avaient conduit à tuer. Pour cette raison, ce lieu devenait tellement exposé qu'il ne pourrait soupçonner un instant que ses futures victimes iraient s'y terrer.

Certes Courbet connaissait l'esprit retors de l'homme et lui attribuait des stratégies qui l'étaient tout autant. Néanmoins, Debrume considérait que, de sa part, ce choix était un coup de dé ou un défi supplémentaire ; dans tous les cas, une imprudence qu'il déplorait. Connaissant les assassins, il savait que l'esprit de celui qui avait déjà tué deux fois avait abandonné les voies de la logique et de la raison depuis longtemps. Il s'était emballé, précipité dans une autre voie, un chemin parallèle et vite atteint que commandait la logique du crime. Cette logique abolissait toute idée d'humanité. Elle le pousserait à d'autres crimes, selon un cercle infernal mu par une mystérieuse passion aux dérives redoutables. Debrume n'en connaissait rien encore mais il avait la certitude que, s'il les retrouvait vivantes, les trois personnes qu'il recherchait pourraient lui en révéler les tenants et aboutissants.

Oui, chaque minute comptait. Pour l'heure, la nuit coulait encore dans les rues de Couraurges, noire et froide. Comme un signal redouté, les brillances de la neige scintillant à la moindre lueur attestaient de sa présence : accumulée le jour précédent, on l'avait plus ou moins balayée autour des huis pour ouvrir des passages jusqu'aux caves où on élevait poules et lapins et aux écuries où dormaient les mulets. Sa silencieuse présence, son odeur glaciale s'imposaient, resserrant l'étau de la nuit.

Ainsi enveloppé, le village était tout empli du mystère de ces vies que Debrume avait vues se mouvoir dans les lettres de Constant retrouvées dans une cassette au fond du piano qu'ouvrait la petite clé ouvragée, pauvre rempart contre la curiosité des hommes. Il ne cessait d'avoir sous les yeux la jeune femme penchée sous sa lampe, durant ses nuits trop longues. En se cachant de tous, elle écrivait des lettres pleines de larmes et de désespoir au jeune violoniste qui avait quitté Couraurgues sous la menace, après qu'on les avait surpris et empêchés de se marier. Il entendait les duos d'amour, la musique passionnée qu'ils avaient fait naître de leurs instruments et dont les échos en parcourant les rues, avaient fini par les dénoncer. A l'instar du livre que lisaient Francesca et son amant, la musique avait joué le rôle de Galeazzo, le traître entremetteur. Elle les avait unis puis les avait fait succomber à la force de leur amour naissant. C'était dans ces notes dispersées aux quatre vents du village que résidait le secret de ce jeune couple, emporté par le souffle des saisons.

Cependant, il restait une preuve vivante de cet amour : un enfant était né. « De père inconnu », précisait l'acte de naissance retrouvé avec les lettres. Constant l'avait appris, mais sans doute trop tard. Il était revenu à Couraurgues. Il y était à nouveau douze ans après cette naissance, comme s'il venait de la découvrir. Son retour qui n'avait pas échappé à l'assassin lui avait coûté la vie. Il restait à savoir pour quelle raison on avait jugé nécessaire de se débarrasser de lui. Quand on connaitrait la raison, on identifierait le tueur.

Debrume avait découvert le lieu du refuge de Constant. Et c'était bien évidemment dans son repaire rustique autant qu'inattendu, creusé entre deux hauts rochers et succinctement fermé par un toit de fortune recouvert de branchages, cet endroit à peine salubre où il avait découvert le violon du musicien, que les trois intrépides vieillards à la tête chenue et au pied alerte avaient dû se réfugier, sans crainte du froid et du manque de confort. Restait à savoir pendant combien de temps ils avaient l'intention de s'y cacher, probablement sans eau, sans nourriture, et avec une simple paillasse pour reposer leurs vieux os. Cette façon d'agir lui semblait relever de la plus grande inconséquence. Pourtant le docteur Courbet lui avait toujours semblé être une personne pondérée, raisonnable, pacifique et respectant la loi. Que signifiait tout cela ? A force de retourner les questions dans sa tête, il faisait des hypothèses dans le vide, ne pouvant se fier à des éléments que d'ailleurs, il n'avait pas en main. Il ne pensait pas se tromper beaucoup en imaginant que les trois complices avaient élucubré un plan dans l'espoir de piéger leur ennemi, de l'acculer, de l'obliger à se rendre. Ils avaient la certitude d'avoir encore quelque atout dans leur manche pour négocier avec leur dangereux persécuteur. Mais qu'avaient-ils à échanger de si précieux pour l'assassin ? Cependant, comme ils n'avaient pas pris la précaution d'avertir Debrume de leurs intentions, contrairement à ce qu'ils auraient dû faire, celui-ci doutait fortement des intentions du docteur Courbet. L'autre vision des choses, celle qui le mettait si mal à l'aise, ne quittait plus son esprit : si le docteur Courbet n'était pas l'homme qu'il croyait, les véritables raisons qui l'avaient fait enlever les vieux amoureux n'étaient pas non plus celles qu'il avait imaginées. Et, contre sa volonté, l'inspecteur sentait son esprit se tordre sous la torture des mensonges et faux-semblants par lesquels il s'était peut-être fait rouler dans cette relation amicale teintée d'ambiguïté, qui avait toujours semblé nécessiter une distance entre eux.

Il arriva enfin. Le jour n'était pas encore levé. La blême lueur de l'aube pointait à peine, se frayant un passage dans la grisaille qui enveloppait la cabane comme dans un cocon et la faisait disparaître à la vue. Tous ses doutes s'évanouirent d'un seul coup. Le vieux couple était affairé à préparer du bois pour le feu. Augustin resta la hache en l'air en le voyant et un sourire parut sur ses lèvres. Debrume eut même l'impression de l'entendre émettre un soupir de soulagement. Il en poussa un plus sonore encore : les vieux amoureux n'avaient pas été trucidés !

En entrant dans la pièce il eut la nette impression que personne n'était mécontent de le voir, bien au contraire. Cette visite semblait attendue et ne surprendre personne. L'endroit était transformé. Près d'un maigre feu, le médecin était occupé à écrire à la lueur d'une chandelle peu vaillante. Une bonne odeur de ragout et de soupe chaude venait de la marmite accrochée à l'âtre. Contrairement à ce que Debrume avait pensé, ici, on savait vivre et on n'était pas près de se laisser abattre. On en avait vu d'autres.

Dès que l'ex-inspecteur avait mis pied à terre, Augustin avait posé sa hache et avait pris Icare par la bride : « Pauvre bête… avec ce froid… Je vais m'occuper de toi, te bouchonner à l'alcool et te mettre une couverture sur le dos ». Prudence l'avait fait entrer : « Je savais que vous viendriez ici nous retrouver. Je vous ai aperçu depuis la Passe du Diable, hier, sur le chemin de la bergerie dit-elle. Cela ne pouvait être que vous : j'ai reconnu Icare. » Et le médecin ajouta que, ayant une totale confiance dans son pouvoir de déduction, il n'avait pas jugé nécessaire de lui faire parvenir un mot, argumentant qu'il avait eu d'autres préoccupations plus urgentes et que, de plus, il aurait dû mettre quelqu'un dans le secret pour lui faire porter le message. « Or, moins de personnes sont au courant, mieux c'est. L'affaire est sérieuse. »

Augustin avait mis les quelques bûches qu'il venait de fendre dans le feu. Une chaleur réconfortante régnait dans la cabane. Prudence annonça que le repas serait prêt sous peu et qu'en attendant elle allait confectionner un café, car elle connaissait le goût immodéré de l'inspecteur pour l'amer breuvage. Aussitôt le parfum chaleureux emplit la pièce. L'antre prenait des allures de maison confortable qu'on n'aurait jamais pu imaginer quelques temps auparavant. On y avait remis de l'ordre, fait un grand nettoyage, de la vaisselle y avait été apportée et des lits rudimentaires dressés sous l'épaisseur de gonflants édredons s'alignaient le long de la paroi du fond.

« - Alors, Debrume, que pensez-vous de notre gentilhommière s'écria le médecin sur un ton enjoué et quelque peu moqueur devant sa mine déconfite autant qu'étonnée ?

Quand il fut installé devant son café, l'inspecteur parla aussitôt des lettres de Sidonie et de Constant. Il était prêt à hausser la voix devant ces vieillards, malgré tout le respect qu'il leur devait :

- Maintenant, il faut cesser de me promener. J'ai besoin de tout savoir. Je ne sais pas encore ce que vous concoctez comme des malfaiteurs dans votre repaire, ni ce que vous espérez en vous cachant et en me tenant en dehors de vos manigances. Si vous me le dites, je pourrai vous aider. Sinon le meurtrier vous découvrira et viendra vous assassiner. Il en a déjà tué deux, il n'est plus à ça près ! Et maintenant, il faut me dire de qui il s'agit, parce que vous, vous le savez, j'en suis sûr !

- Ne craignez rien pour nous, nous sommes en sécurité pour une bonne raison : nous pouvons témoigner de la culpabilité de l'assassin devant les tribunaux. Il ne pourra rien contre nous si nous nous tenons hors de sa portée…

- Encore faut-il y arriver devant les tribunaux, dit Debrume en haussant la voix, et pour le moment, vous n'y êtes pas ! Et puis les preuves…, les preuves, c'est vite dit. Vous savez qu'elles doivent être totalement irréfutables. Un simple témoignage ne suffit pas, même s'il est, à vos yeux, incontestable. Enfin… vous allez me raconter. Prudence, vous qui avez connu Sidonie… mais auparavant…

Le feu ronflait et les hautes flammes illuminaient le cercle du foyer où ils se trouvaient assis sur des sièges improvisés. La douce chaleur se répandait dans l'antre, mi-grotte mi-cabane, inséré entre deux parois rocheuses au creux d'une dense forêt de chênes et de sapins que la neige fraîchement tombée le jour précédent recouvrait de son silence et de sa blanche féérie. Les branches d'un grand sapin décorées de guirlandes de perles glacées se penchaient sur le toit et le cachaient à la vue. Seule la fumée pouvait aujourd'hui faire penser à une présence humaine dans ces lieux éloignés de toute habitation et trahir les fugitifs. Mais les trois vieillards n'en avaient aucune inquiétude. Ici, ils avaient la certitude que personne ne les trouverait, qu'ils étaient à l'abri. D'autant qu'ils avaient des preuves, insistaient-ils et cela semblait leur suffire. Debrume s'apprêtait à écouter leur récit et à essayer de comprendre ce qui les avait poussés à cette fuite qu'il continuait de juger insensée.

Dans le silence irréel qui les entourait, multipliant le sentiment de protection provisoire que l'habitation de fortune procurait, on se préparait à ressusciter des vies, à faire renaître des souffrances, à partager une mémoire, à faire en quelque sorte reculer l'emprise du temps ou plutôt à lui rendre un peu d'épaisseur, de consistance. L'instant devait se révéler plein de respect et de recueillement pour ces vies disparues prématurément, emportées par le malheur.

Mais, pragmatique, Prudence, après avoir servi le café, recommanda de ne pas tarder à le boire car avec le froid qui régnait en ces lieux, il ne resterait pas chaud longtemps. Tout en écoutant le silence rassurant seulement interrompu par le crépitement du feu, ils burent à petites gorgées dans des bols de terre qui avaient été apportés avec le reste du ravitaillement, lors du transfert des deux vieux amoureux depuis la bergerie d'Augustin.

Toutefois, avant que Prudence n'entame son récit, Debrume avait jugé opportun d'informer le médecin de la chute de l'enfant et de la fracture dont il souffrait. Sans plus attendre, le vieux praticien, retrouvant enfin pour Debrume la figure qu'il connaissait de lui, laissant de côté son café, s'apprêta sur le champ à partir. Il déclara qu'il ne reviendrait pas passer la nuit à la cabane et qu'il resterait au village pour ne pas laisser Isidore seul face à ses douleurs. Tandis qu'il rassemblait ses affaires, Prudence commença à parler.

27

Augustin était aussitôt sorti pour atteler la jardinière. Le docteur Courbet, après avoir préparé sa trousse et refermé son sac de voyage, s'était installé auprès du feu en attendant que tout fût prêt. Après un silence recueilli, visiblement émue d'avoir à aborder un sujet qui lui tenait à cœur, Prudence entreprit d'apaiser la curiosité de l'inspecteur :

« Le docteur Courbet ici présent, Augustin et moi-même avons bien connu Sidonie, comme vous le savez déjà. J'ai eu l'honneur de partager les secrets de sa vie. J'en suis fière, car c'était une petite personne de grande valeur, une enfant charmante, abondamment dotée de qualités qu'elle savait cultiver avec passion. Elle s'intéressait à tout. Même si son éducation était aussi stricte que celle d'une demoiselle de bonne famille, les tâches subalternes ne la rebutaient pas, bien au contraire. Elle me disait qu'elle voulait connaître la vie des femmes d'autrefois, et elle répétait souvent : 'je sais que ces femmes n'ont jamais pu approcher un piano, ni même en entendre sonner un', et cette conscience qu'elle avait des choses malgré son âge m'a toujours émerveillée.

Voilà comment tout cela a commencé entre nous : elle devait avoir douze ou treize ans quand elle a pris l'habitude de venir chez moi pour apprendre à filer la laine. C'était un juste retour des choses. J'avais bien connu ses grands-mères et c'est auprès de l'une d'elles que j'avais moi-même appris. Son père désirait pour elle une éducation de princesse. Je me demandais si je faisais bien de répondre à sa demande et ce qu'il me dirait s'il venait à savoir que sa fille s'intéressait à ces travaux qu'il avait voulu lui éviter.

Le père de Sidonie, c'était Juste Gondrand, le frère aîné du maire Nestor Gondrand. Juste était le meilleur des hommes. Il adorait sa fille. Lorsqu'il avait découvert son intérêt pour la musique, il lui avait acheté un piano… ce piano, cause de tant de bonheurs et de tant de tragédies. Qu'elle voulût apprendre à filer la laine le déconcerta autant que moi sans doute, mais je crois qu'il la respectait trop pour contrer sa volonté. Quant à moi, au bout de quelques temps, j'éprouvais tellement de plaisir à ces échanges avec elle que je la laissais venir chez moi sans plus me préoccuper du reste. Par pur égoïsme, je le confesse, inspecteur… par pur égoïsme…

Mais la petite ne s'en est pas tenue là. Elle s'est mise également à fréquenter le lavoir avec moi, mes jours de lessive. Tout en écoutant les conversations, elle battait le linge à tour de bras sans ménager sa peine. Elle m'a dit un jour qu'on tissait, et ses paroles ne me reviennent jamais sans que j'en éprouve une grande émotion parce qu'il s'agissait de l'avenir qu'elle avait imaginé dans ses rêves et qu'elle me dévoilait comme un précieux secret : 'je vais en tisser des mètres auprès de vous, si vous me le permettez et je les garderai pour le trousseau des enfants qui naîtront quand je serai mariée. J'en broderai chaque pièce à leurs chiffres'. Hélas, elle n'a eu le temps ni de broder, ni de tisser, ni de se marier. La vie ne l'a pas permis. »

Tandis que dehors, une neige fine s'était remise à tomber, Debrume buvait les paroles de Prudence auprès des flammes qui crépitaient:

« Tout en s'intéressant à toutes ces choses qu'on ne lui avait pas enseignées jusqu'alors puisqu'on espérait pour elle un autre destin, Sidonie passait beaucoup de temps à son piano. Le curé de l'époque était un bon organiste. C'était lui qui avait initié Evangéline à l'étude du clavecin, ce qui n'apporta jamais aucune gloire à ses qualités de pédagogue, l'intrépide, vous le savez, ne s'intéressait qu'à ses chevaux. Avec Sidonie, ce fut le contraire. Le vieux Curé s'appliqua à lui apprendre les rudiments de la musique, mais ses connaissances se révélèrent vite trop succinctes pour les capacités de la petite. Alors, sur ses recommandations, son père l'emmena à la ville de V deux fois par mois pour des leçons auprès d'un professeur reconnu.

La mère de Sidonie, Clarisse était mon amie. Elle avait pris à son service Rosalie, une fille mère qui avait élevé seule et en se donnant beaucoup de peine, son fils Hubert. Comme Clarisse, je la connaissais depuis l'enfance. Nous parlions souvent de Clarisse et de Juste. Ils avaient eu cette enfant tardivement et ils l'aimaient, disait Rosalie, comme on ne peut aimer sur terre tant les embûches et les pièges d'un amour sans limite sont impossibles à surmonter. Mais eux, ils n'en n'avaient cure : il s'agissait de leur unique fille, ils l'adoraient sans aucune réserve. Je n'ai jamais cru, comme Rosalie, que trop d'amour puisse nuire. Et d'ailleurs, tant qu'ils furent vivants, pour tous les évènements qui eurent lieu dans la vie de Sidonie, elle reçut toujours leur bénédiction et leur soutien, quoi qu'elle fît. Rosalie et moi en avons été témoin.

Et puis le destin a pris un tournant, comme il ne manque jamais de le faire, continuait Prudence en soupirant. Il faut dire qu'à cette époque, les opposants à l'Empire étaient pourchassés sans pitié. Certains fuyaient Paris et se réfugiaient loin de la capitale. C'est ainsi que Constant arriva à Couraurgues avec pour tout bagage son violon dont il ne se séparait jamais et qui se trouve ici, sous nos yeux. Sidonie avait seize ans, Constant tout juste vingt. Ils étaient beaux comme des anges. C'était il y a une quinzaine d'années ou peut-être un peu moins. Pour survivre, Constant proposa des leçons de musique aux villageois et dans les villages alentours. Une seule élève se présenta, Sidonie. Il avait peu à lui apprendre.

Lorsqu'il ne travaillait pas aux champs comme tout le monde, car il lui fallait bien survivre, ils jouaient ensemble des duos dont les sons enchantaient le village et qui, d'une certaine manière, le transformèrent. Comme on les entendait de loin, on se débrouillait, en remontant des champs, pour passer dans la rue de Sidonie. On était parfois ému jusqu'aux larmes et au début, on se demandait pourquoi. Puis on a compris : des accents jamais entendus nous parlaient de choses jamais entrevues, de sentiments sur lesquels nous ne savions mettre un nom mais que confusément nous reconnaissions pour les avoir déjà éprouvés, mais quand ? Vous aurez du mal à imaginer l'étrange atmosphère qui, grâce à ces deux enfants, se mit alors à régner dans ce village de travailleurs fermés à tout ce qui ne concerne pas la survie matérielle, ces rustres que Monsieur le Curé avait toutes les peines du monde à ramener au Seigneur. Quelque chose se passait entre nous qui ne s'était jamais passé. On se parlait autrement, avec des accents moins rudes dans la voix. On se regardait avec d'autres yeux, et il nous arrivait même de réussir à pardonner à nos propres ennemis. Une sorte de douceur enchanteresse nous avait gagnés. On ne l'avait jamais connue auparavant. Il nous sembla que c'était à cette douceur que devait ressembler le bonheur dont chacun rêvait en secret. Tout à coup, il était à portée de nos cœurs : à l'aide de la musique, jour après jour on pouvait le construire et s'en nourrir.

Quelques temps plus tard, Clarisse et Juste annoncèrent les fiançailles de leur fille avec Constant le violoniste. Hélas, le mariage ne devait jamais avoir lieu. Pour eux, ce fut le coup de grâce, tout ce qui restait encore debout dans leur vie s'effondra. Car Nestor ne l'entendait pas de cette oreille. Il se mit violemment au travers de ce projet, arguant que Constant n'avait pas le sou. Vous vous demandez sans doute pourquoi Nestor, frère cadet de Juste, se mêla de cette affaire. Voilà tout le nœud du problème et le drame de cette famille.

Nestor et son frère aîné Juste étaient unis par des liens peu communs. Juste avait élevé son frère comme s'il avait été sa mère lorsqu'ils s'étaient retrouvés jeunes orphelins. Mais en grandissant, le cadet prit un tel ascendant sur l'aîné qu'il se mit à diriger sa vie. Juste se laissait faire. Il aimait trop Nestor pour lui refuser quoi que ce fût. Il lui a toujours trouvé toutes sortes d'excuses lorsqu'il décidait pour lui, faisant intrusion dans sa vie, et même dans sa vie intime. Car Nestor ne se gênait guère et se mêlait de tout. Il s'était même mêlé du mariage de Clarisse et de Juste promis l'un à l'autre depuis toujours et il avait failli faire tout capoter. Parce que, voyez-vous, il s'était mis en tête que c'était à lui de discuter le montant de la dot avec le père de Clarisse, un brave homme, qui ne voulait que le bonheur de sa fille, qui connaissait bien Juste et l'appréciait à sa valeur. Nestor lui fit doubler inconsidérément le montant de la dot. Il savait convaincre les gens. Il les avait à l'usure. Mais malheureusement, il ne s'arrêta pas là : sous prétexte de placements qu'il faisait au nom de Juste, la dot de Clarisse se réduisit très vite à la maison qu'ils habitaient. Dès qu'il y avait un peu d'argent, car Juste, honnête et probe, lui rendait compte de tout, (et vous pouvez me croire, c'était un travailleur forcené qui savait tirer le meilleur des terres laissées en héritage par sa famille), Nestor le confisquait pour ces fameux placements. Il avait persuadé Juste qu'il ne saurait jamais se débrouiller avec les banques, qu'il n'y avait que lui qui savait traiter les affaires. Bref, que c'était à lui, le cadet, de s'occuper de ces choses dont il avait l'expérience et les capacités.

Il s'en occupa si bien que sa fortune personnelle s'accrut de façon considérable et comme par le mystère du Saint Esprit. Tout le monde au village avait compris ce qui se passait. Personne ne disait rien puisque Juste laissait faire. On ne pouvait pas le défendre de l'autorité de son frère, ni de ses harcèlements, car vous avez compris que Nestor ne lâchait jamais sa proie. De plus en plus confiant en lui-même, il s'enhardissait. Les sommes jouées en Bourse étaient considérables et les pertes le furent tout autant. Ici on ne savait pas ce qu'était la Bourse. Clarisse m'expliquait ce qu'elle en avait compris. Elle voyait très nettement où ces fantaisies les menaient et s'en ouvrait à moi ainsi qu'à Rosalie, sa servante et sa confidente : 'Bientôt nous serons criblés de dettes et notre maison (celle que j'ai reçue de mon père) sera hypothéquée, disait Clarisse'. On peut dire que les manigances de Nestor, la pression qu'il faisait subir sur eux, les scènes de chantage, la torture morale qui pesait sur eux sans relâche ont rendu leur vie invivable. Les questions d'argent devinrent leur bête noire, leur cauchemar, leur tourment de tous les jours.

Clarisse était déjà bien malade lorsqu'elle vint un jour chez moi en grand secret et en se cachant même de Rosalie. Elle me confia des papiers qu'elle avait dérobés chez Nestor qui, entretemps était devenu le maire du pays, usant comme avec son frère de la même force de persuasion sur nous tous qui le redoutions, hélas ! J'ai toujours ces papiers en ma possession. Jusque là ils sont restés cachés en lieu sûr. Ils portent la preuve des détournements d'argent et des agissements malhonnêtes de Nestor vis à vis de son frère Juste. Comme si elle lisait dans l'avenir, Clarisse me disait : « Ma bonne Prudence, toi qui es mon amie de toujours, garde ces documents et utilise-les pour défendre ma fille quand nous n'y serons plus'. Elle m'avait même indiqué un avocat à qui je devais m'adresser si cela arrivait. Mais il n'en fut pas besoin, car le temps manqua. Oui, il a manqué à tous… et personne n'a pu rien changer.

Clarisse est morte, laissant son mari et sa fille dans le désespoir. Et surtout dans l'incapacité de se défendre. De toute manière, il était déjà trop tard. La maison était hypothéquée, les ressources des terres perdues d'avance sur plusieurs années. Nestor continuait ses manœuvres et Rosalie me rapporta alors des scènes terribles. Car il restait à Nestor quelque chose à prendre à son frère, la seule valeur qui comptait pour lui. Usant de son chantage habituel, Nestor se mit à harceler Juste pour qu'il marie sa fille au fils Lescarpe dont la fortune s'étalait au grand jour sous forme de terres, de bois, de pâtures, de guérets et de maisons dans le village et les villages voisins. C'était le seul moyen de sortir la famille de la déchéance dans laquelle la ruine de Juste les avait plongés, affirmait Nestor. Le fils Lescarpe étant un peu demeuré, il ne serait pas difficile à manipuler. Il n'y avait que ce mariage pour les sauver de la misère. 'Veux-tu que ton père finisse à l'hospice ?' Voilà les arguments dont il accablait la pauvre Sidonie.

Mais c'était le mot de trop. Pour la première fois de sa vie Juste se rebella. Il alla même jusqu'à jeter Nestor hors de chez lui lors d'une discussion qui tourna au pugilat. Juste qui n'avait jamais élevé la voix se battit comme un lion pour défendre sa fille afin qu'elle pût épouser Constant. Il refusa de la livrer à son frère comme il avait livré la dot de sa malheureuse épouse et la direction de leur vie. Mais sa rébellion arrivait trop tard. Elle n'eut pas le temps de porter ses fruits. Juste, qui était la douceur même, fut tué dans un accident de chasse. La jeune fille se retrouvant seule au monde, Nestor son oncle devint son tuteur.

Elle continuait à refuser cet infâme mariage qu'il voulait lui imposer. Elle lui tenait tête avec le courage qui avait manqué à ses parents. Rosalie était horrifiée par les cris et les hurlements, les mots infamants, les humiliations, toute la méchanceté que Nestor infligeait à sa nièce. C'est alors que Constant disparut sans donner d'explication. J'ai toujours pensé que Sidonie a cru qu'il l'avait abandonnée, ou pire, qu'il était mort. Mais elle n'a pas cessé de se battre pour autant. Je suis sûre, et Sidonie a dû le penser aussi après quelque temps, que Nestor avait confisqué plus d'une lettre de Constant. Comme le bureau de poste est situé dans l'hôtel de ville, cela lui était facile. La postière elle-même ne pouvait s'en apercevoir.

Or Sidonie était enceinte. Il lui fallait maintenant défendre cet enfant à naître. Elle réussit pendant un certain temps à cacher sa grossesse à son oncle. Puis, avec le docteur Courbet, nous avons trouvé un stratagème pour l'éloigner de lui. Le médecin fit valoir que sa santé fragilisée par la mort prématurée de ses deux parents nécessitait qu'on l'envoyât prendre les eaux. Nestor finit par accepter lorsque le docteur

Courbet promit d'assumer les frais du voyage et de la cure. Sidonie était provisoirement à l'abri. Elle passa la fin de sa grossesse dans la bergerie d'Augustin et le médecin l'accoucha en grand secret. Je l'assistais dans cette tâche et je pris soin de la mère et de l'enfant.

C'est après la naissance qu'elle a perdu pied. Un fait décisif, un drame cruel devait la maintenir définitivement à terre. Elle a rendu les armes et je sais exactement quand. Elle a remis son âme entre mes mains, tout lui devenait indifférent. Nous l'avions protégée et cachée tant que nous avions pu. Mais son oncle, toujours malin comme un singe, nous espionnait, ou quelqu'un le faisait pour lui. Ici on ne peut pas se cacher longtemps. Nous n'avons jamais su qui au village nous a trahis. Celui-là mériterait la potence. Toujours est-il que Nestor réussit à nous enlever l'enfant. Il fit alors subir ce chantage infâme à Sidonie : il lui rendrait le nourrisson le jour de son mariage avec le fils Lescarpe. Sidonie avait déjà perdu beaucoup de force. Il ne lui en restait plus guère pour surmonter cette épreuve qui devait être la dernière. On lui avait arraché le cœur en prenant son enfant… un cœur qui ne contenait que délicatesse et tendresse. Elle était faite pour les beaux sentiments et pour les exprimer. Elle n'avait aucun moyen pour contrer la méchanceté, la haine et la violence qui lui étaient faites. Voilà où étaient sa richesse et sa fragilité : dans son incapacité à se battre. Elle mourut après quelques semaines. Nous nous sommes trouvés impuissants devant la douleur qui l'avait submergée et rendue incapable d'espérer. Nous l'avons vu sombrer, lentement sombrer et s'éteindre. Encore aujourd'hui, je ne peux repenser à ces moments sans pleurer.

Après sa mort, une lettre de Constant arriva. Elle m'était personnellement adressée. Il avait dû comprendre que ses lettres étaient interceptées et il avait transformé son écriture pour ne pas éveiller les soupçons. Mais nous ne pouvions lui répondre car Constant ne mentionnait aucune adresse. Il nous fallait pourtant l'informer au plus tôt. Alors, une nuit Rosalie est allée fouiller la chambre de Sidonie et elle y a trouvé, cachée au fond du piano, dans une cassette, parmi les fleurs séchées, les mèches de cheveux et les lettres d'amour, une adresse ancienne de Constant, sans doute celle de ses parents. Nous avons tenté de lui écrire pour lui annoncer la naissance de son fils en même temps que la mort de sa promise. Pendant longtemps nous n'avons eu aucune réponse. Puis une lettre est arrivée avec tous les papiers officiels à établir pour démontrer que l'enfant, que Nestor faisait déjà passer pour son fils, le jeune Isidore, était en réalité celui de Sidonie et de Constant, le petit Antoine qui nous avait été enlevé. Les démarches entreprises par Constant ont duré des années et ont fini par aboutir. Bien sûr nous avons témoigné tous les trois. Mais pendant ce temps, Isidore était élevé par Nestor comme son fils. Car le nourrisson était tombé à point nommé. Nestor avait déclaré que son épouse était morte en couches, dans le pays de ses parents où elle avait été surprise par les douleurs prématurées de la naissance.

J'ai en ma possession tous ces documents que j'avais entreposés dans une cachette sûre mais quelque peu hors de ma portée immédiate, et il nous a fallu retourner à la bergerie pour les reprendre. Ils sont là maintenant et nous espérons qu'ils serviront encore à quelque chose. Il y a également une lettre de Constant à son fils, une lettre à faire pleurer les pierres. Isidore y reconnaîtra sans doute sa propre souffrance. Car il va sans dire que Nestor n'est pas la tendresse même envers lui. Il lui mène la vie dure.

Quant à Rosalie, elle a cru bien faire en confiant la clé de la cassette à Hubert ainsi que le secret du drame de Sidonie. Elle ne savait pas son fils cupide. Elle en parlait comme d'une sorte de chevalier sans peur et sans reproche. A une époque, elle lui avait même demandé d'aider Constant à faire reconnaître sa paternité. Mais Hubert était malin, il avait subodoré du croustillant. Néanmoins, il n'a pas osé agir tant que sa mère était vivante. Il a attendu. Quand il est revenu au village après la mort de sa mère, il a eu l'idée de faire sonner le piano la nuit ; en faisant chanter Monsieur le Maire, il savait son avenir assuré. Ces sons ont été comme un couteau dans la plaie de Nestor qui n'avait qu'une crainte, qu'on lui enlevât Isidore et que ses mensonges fussent étalés au grand jour. Ses vieux démons se sont réveillés. Ils l'ont poussé au crime. D'autant que depuis des années il vivait dans l'inquiétude. Tout le monde savait que Constant faisait des passages discrets au village pour voir son fils en cachette. C'est lui qui a succinctement aménagé cette cabane, comme vous avez pu le deviner. Nestor ne pouvait pas l'ignorer. Tout se sait ici. Nous vivons comme dans une vitrine. Nos vies y sont exposées dans un silence partagé. Seule la dissimulation et l'hypocrisie nous permettent de vivre ensemble. Il lui a été facile de piéger Constant et vous pouvez en déduire la suite. On ne peut résumer les moments d'une vie en si peu de mots, mais je pense que vous savez tout maintenant.

- Le juge Jobelin sera là dans peu de temps. L'enquête sera ouverte. Vous lui donnerez les différents documents que vous détenez. Il faut espérer qu'ils pourront être considérés comme des preuves. Car nous avons mille indices mais pas de preuves solides. Et vos témoignages ne suffiront sans doute pas.

- Nous savons que le plus difficile, ce sera de démontrer la puissance de cette fixation que Nestor avait faite sur son frère aîné, au point de vouloir accaparer tout ce qui faisait sa vie, non seulement ses biens mais aussi les personnes, sa femme, sa fille, son petit-fils... C'est comme si Nestor avait toujours vécu à travers Juste, qu'il n'avait jamais pu se détacher de lui. Je ne suis pas sûre que quelqu'un pourra le croire... Il faudrait savoir ce qu'est la vie dans ce village... S'il avait pu devenir père lui-même, il ne se serait pas senti autant humilié, mais lui et son épouse ne pouvaient pas avoir d'enfant. Ils ont eu beau aller chez les médecins, rien n'y a fait... et tout le monde le savait. Or, son frère avait tout ce qu'il n'avait pas... Et il voulait ce qu'avait son frère...

Augustin entra dans la pièce avec une bouffée d'air froid. L'attelage était prêt et le médecin se leva.

- Avant de vous quitter, dit-il, je voudrais seulement vous dire que c'est cela qui m'a décidé, cher Debrume. Lorsque j'ai su que Prudence détenait des preuves matérielles dont je n'avais jusqu'alors jamais connu l'existence, j'ai jugé qu'il fallait la mettre d'urgence à l'abri et qu'il n'était plus temps de ne penser qu'à Isidore. Je vous aurais fait savoir tout cela dès que possible. Mais j'ai dû d'abord parer au plus pressé. Voilà une affaire bien lamentable. J'espère cependant que toutes les précautions que nous avons prises n'auront pas entravé votre travail. C'est que, dans ce village, nous avons toujours marché sur des œufs, voyez-vous, c'était le seul moyen d'y vivre... Ou peut-être avons-nous seulement été lâches et nous sommes-nous trouvés toutes sortes de bonnes raisons... La limite est si fragile entre prudence et lâcheté...

Il n'y avait plus rien à ajouter. Personne ne pouvait dire, si à l'heure actuelle, il n'était pas trop tard pour arrêter la passion dévorante qui s'était mise en marche sournoisement, de nombreuses années auparavant, et qui s'était épanouie peu à peu jusqu'à pousser Nestor à tuer, emportant dans son sillage des vies innocentes. Le médecin avait pris congé. Debrume se retrouva seul avec Prudence, quelque peu désemparé, ne sachant plus quoi dire.

- Il fait si froid dit Prudence… Reprenez un peu de café, inspecteur. Les turpitudes de cet homme vous obligent à rester ici avec nous, à partager notre peine et vous auriez mieux à faire dans votre confortable maison, par ces températures !

- Le confort est une notion bien dérisoire, ma chère Prudence, face aux tourments de l'esprit qui seraient mon lot *ad vitam aeternam* s'il vous arrivait quelque chose à vous et à Augustin et que je n'aie pas été là pour vous protéger.

- Hélas, vous ne pouvez être là pour tout le monde. Les bonnes volontés ne suffiront jamais à combattre le mal…, quoi qu'en dise Monsieur le Curé…

Augustin était accablé de la voir pleurer. Il s'approcha d'elle et lui prit la main. Il l'observait, désolé et impuissant. Et, comme s'ils avaient assez de lucidité pour mesurer l'ampleur de la misère du monde, ils restèrent là, silencieux et pleins de compassion pour les étranges souffrances qui balisent le cheminement des humains vers la mort.

28

Paris, 12 avril 1871

(…) Dans la tourmente et l'adversité dont sont désormais faites nos vies, il se passe des choses extraordinaires. Nous reprenons espoir. Je vous ai parlé naguère de la création de comités de femmes dont nous avons été partie prenante. Il a fallu nous battre pour nous faire entendre de ces hommes qui considèrent que les femmes sont les garantes du foyer

et ne sont utiles à la société que si elles consacrent leur vie à engendrer et à s'occuper de leur progéniture. Il y en a beaucoup pour penser que la famille ne peut être sauvée que grâce à elles, et que la famille étant le fondement de la société, leur rôle est irremplaçable. Pourtant combien sont nombreuses celles qui sont restées seules pour travailler et apporter du pain à la maison ! Nous sommes toutefois parvenues à faire admettre ces comités de femmes qui n'ont cessé de faire des propositions. Quelques unes ont réussi à s'imposer, en particulier celles qui concernent l'école et l'éducation des enfants. La Commune, poussée par une femme d'une extraordinaire clairvoyance et d'une force de caractère incomparables a créé des postes d'instituteurs et d'institutrices, finissant par faire admettre que l'école est indispensable à la société car là seulement se distribuent les vraies valeurs humaines et républicaines aptes à former le citoyen. De plus, il y a de nombreux orphelins qui traînent dans les rues et l'école leur permet de trouver un refuge et de leur éviter de sombrer dans la misère et la délinquance. Ainsi, la fonction ayant été reconnue, le salaire même des instituteurs et institutrices a été revalorisé, ce qui, par ces temps de pénurie, apporte quelque soulagement à notre vie de dénuement qui, si elle n'est plus totalement noire grâce à l'argent de Corsan, reste cependant d'un beau gris anthracite. Car nous avons été engagées.

Bien sûr nous prenons toutes les précautions que nous avons toujours prises. Nous œuvrons dans l'anonymat et sous un faux nom. Il faut vous dire que nos malles nous ont suivies depuis Amsterdam et nous disposons des déguisements correspondant aux rôles que nous avons assumés jusque là. De notre passé, nous avons au moins gardé cette compétence qui nous rend méconnaissables et qui nous permet de disparaître à tout moment. Aujourd'hui, nous sommes donc des maîtresses d'école d'âge mûr, aux bandeaux de cheveux gris bien tirés sur les oreilles, portant lorgnon et petit col de dentelle sur des robes noires et tristes comme les aubes des religieuses. Mais le soir, nous dirigeant vers le lieu des réunions clandestines, longeant les rues noires couvertes de nos capes d'un autre âge, nous redevenons ces amazones alertes dont les combattants ont besoin. Comme vous le constatez, nous renouons donc avec nos vies d'autrefois. Et ce, avec une certaine joie, même si tout cela n'est pas aussi facile à vivre au jour le jour que je le prétends. Car il nous faut compter avec les difficultés qu'impose le poids des ans. Ce retour à la vie du passé est pour le moins désopilant si l'on pense que, sans pour autant être déjà tombées dans la vieillesse, nous avons toutefois passé une certaine ligne de démarcation… Mais peu importe. La flamme brûle encore… Toute notre vie nous aurons été des saltimbanques, portées de-ci de-là par les vents où la révolte commande. Nous agissons dans l'ombre et l'ombre nous aime. Nous n'avons pas besoin de faire état de nos mérites. Nous voulons seulement agir.

Mais il faut dire que cet emploi emplit nos journées et nous empêche de penser. Pour moi, je réussis à laisser dans un coin de mon cœur l'anxiété que me procure l'absence de lettres de Rodolfo. Ainsi, il m'arrive de ne plus penser à lui à chaque minute de ma vie. Pour Elodie, ce nouvel engagement me paraît la chose la plus salutaire qui soit. Le contact avec les petits enfants la ravit. Elle les gâte comme si elle était leur mère-grand. Ils l'adorent. Elle leur octroie tant de familiarités qu'ils se jouent d'elle parfois. Elle n'en a cure et les laisse éprouver leurs jeunes volontés qui la font sourire d'attendrissement. Si un jour quelque prospérité revient dans ce pays et qu'ils sortent saufs de la souricière, ils se souviendront d'elle jusqu'à leur dernier soupir. Je les traite avec moins d'indulgence. Certains sont déjà d'une dureté qui fait trembler. Sans doute pour ceux-là est-il déjà trop tard. Mais nous voulons croire que nous pouvons encore leur éviter le pire.

Nous nous dédions sans épargner nos forces à cette mission que nous devrons un jour abandonner comme les voleuses d'âmes que nous sommes… Car il semble que nous devrons quitter Paris bientôt pour rejoindre Amsterdam où Corsan nous invite à nous rendre avec *insistance. Il nous faudra, pour sortir de la ville une minutieuse préparation afin de passer les barrages qui la bloquent, et pour le moins, s'assurer de faux sauf-conduits qui nous permettront de voyager sans trop de danger pour nos personnes. Pour l'heure, tout est encore trop désorganisé dans nos rangs pour que la tâche soit envisageable (...)*

29

Puis les événements se précipitèrent. Ce fut Baptiste qui vint les prévenir de la part du docteur Courbet : Nestor était devenu fou. Il s'était enfermé dans la chambre d'Isidore avec l'enfant et ne voulait laisser personne l'approcher. A l'heure qu'il était, le médecin n'avait pas réussi à se rendre au chevet du malade. Nestor hurlait : « C'est mon fils ! Vous ne me le prendrez pas ! N'approchez pas ou je mets le feu à la baraque ! ». Il ne savait plus dire que cela. Il le répétait sur tous les tons.

D'abord les voisins les plus proches avaient été alertés. Bientôt tout le village fut au courant et se précipita sous les fenêtres de Nestor. On appela Monsieur le Curé, mais le Bon Dieu lui-même ne put faire revenir Nestor Gondrand à la raison. Il répétait invariablement la même chose, tantôt hurlant, tantôt suppliant, avec une voix qu'on ne lui avait jamais connue, une voix d'enfant désespéré qui faisait peine à entendre. Aucun discours, aucune menace n'y faisaient. Si l'on se taisait, c'était pire encore : il se mettait à déverser sur les villageois, sur les lois du Seigneur et sur celles de la république des tonnes d'insanités à faire pâlir d'horreur les saints du Paradis et les garants de l'ordre public, accusant le monde entier de l'abandonner dans la détresse. Si bien que, dans le village en ébullition, on ne savait plus où donner de la tête.

Au grand étonnement du docteur Courbet, Baptiste Bonin n'avait pas eu besoin de beaucoup d'explications quand il avait voulu lui indiquer l'antre du violoniste où trouver Debrume afin de l'informer de cette situation. Le garçon déclara qu'il savait très bien où se trouvait cette cabane, ajoutant que ce n'était un secret pour personne. Tout le monde savait également qu'Isidore était le fils de Constant et que celui-ci avait aménagé cet endroit pour pouvoir séjourner à Couraurgues dans la plus grande discrétion. Il se rendait généralement au village la nuit, Baptiste l'y avait vu maintes fois et sans doute n'avait-il pas été le seul. Comme on ne l'avait jamais aperçu dans les rues, le bruit courait qu'il se cachait durant le jour et qu'il venait et repartait de nuit, quand personne ne pouvait le voir. Peut-être lui arrivait-il de bivouaquer pendant plusieurs jours, passant comme un chat d'un grenier à l'autre pour trouver un abri. Ce dont on était sûr c'était que depuis le toit où l'on avait trouvé son cadavre, il pouvait observer ce qui se passait aussi bien autour de la maison de Sidonie que de celle de Nestor chez qui Isidore habitait depuis la disparition de sa mère. Il pouvait surprendre les allées et venues de l'enfant et constater d'une saison sur l'autre s'il avait grandi et s'il était en bonne santé. Personne ne lui avait jamais mis des bâtons dans les roues : Baptiste avait constaté que, depuis sa naissance, tout le monde avait beaucoup de tendresse pour Isidore et se désolait de ne pouvoir rien faire pour lui. Quant à Baptiste, tout cela ne le regardait pas, il préférait s'occuper de ses propres affaires.

Le médecin jugea nécessaire de transmettre aussitôt à Debrume ces informations qu'il venait de récolter, sachant qu'elles confirmeraient ce que ce dernier soupçonnait. Après avoir griffonné à la hâte une missive, il recommanda à Baptiste de la remettre à son destinataire. Le garçon partit aussitôt et, plein de bonne volonté, il fit en courant les kilomètres qui le séparaient de la cache de Constant où il arriva tout essoufflé.

Le billet du docteur Courbet donnait en peu de mots une vision claire de ce qui était en train de se passer sous les fenêtres de Nestor. Tout le monde était donc au courant de tout. Et si Constant avait vu grandir son fils du haut des toits de Couraurgues, c'est que tout le village lui avait prêté main forte en l'enveloppant de son silence, comme le médecin lui-même avouait l'avoir fait en soutenant Prudence et Augustin et en les aidant dans leurs différentes démarches. Sans doute Nestor avait-il fini par se rendre compte qu'une coalition tacite s'était formée autour du jeune père en détresse, ou par en être informé par l'un de ses indicateurs. Il avait découvert, comme les autres, l'existence de la cabane de Constant. Mais, sûr du pouvoir qu'il avait en main, jouant de l'ascendant qu'il avait sur tous, convaincu que personne ne le trahirait, il avait continué à faire comme si de rien n'était. Il dominait sans fléchir tout le village, aidé de cet orgueil qui le dévorait depuis qu'il était père et que, malgré le mariage avorté de Sidonie avec le fils Lescarpe, ses affaires prospéraient. Les villageois s'étaient pliés à ses lois et à ses manipulations, peut-être en toute bonne foi, voulant protéger Isidore et n'imaginant pas que Nestor pût en arriver à tuer. S'ils l'avaient fait pour d'autres raisons, elles étaient encore à déterminer, ajoutait le médecin, et ce serait à Debrume de le faire.

On avait donc gardé le silence pendant toutes ces années. Mais aujourd'hui que la vie de l'enfant était en danger, le village était au bord de l'explosion. Isidore hurlait de douleur et ses hurlements étaient comme un couteau planté dans les cœurs. Le médecin, posté avec les autres devant la porte du blessé, avait noté que, pour la première fois, le doute assaillait les villageois : ils auraient dû se révolter au lieu de laisser faire celui qui avait été désigné comme maire par la préfecture et qu'ils n'eussent pas choisi s'ils en avaient eu le droit. Ils s'étaient comportés comme des monstres en ne tenant pas compte de la souffrance d'une jeune femme à qui on avait enlevé son enfant nouveau-né sous prétexte que ces choses-là ne concernent pas les hommes. C'était par lâcheté, par simple bêtise ou tout simplement par facilité, qu'ils s'étaient persuadés que les femmes ont l'habitude de s'arranger avec ces sortes d'épreuves et que les deuils de la maternité ne regardent qu'elles, de même que les douleurs du corps qui accompagnent la naissance et auxquelles il ne leur reste qu'à faire face, avec ou sans aide.

Mais c'était sur la décision qui venait d'être prise que le médecin insistait le plus. Elle le plongeait dans la plus grande inquiétude. Les villageois présents sous les fenêtres de Nestor, ébranlés par les cris, les pleurs et les gémissements déchirants que l'enfant continuait de pousser, venaient de déclarer sur un ton qui ne laissait aucun doute quant à leurs intentions, que l'heure n'était plus au silence et au mensonge mais à l'action. Il n'y avait plus une seconde à perdre. On savait de quoi Nestor était capable. Il fallait sauver Isidore si on voulait encore se regarder en face. Le seul moyen pour venir à bout du bourreau de l'enfant, c'était de lui donner l'assaut et de le terrasser comme une bête maléfique. Les esprits s'échauffaient, la colère gagnait, la tension montait de minute en minute. On était sur le pied de guerre, prêt à s'atteler à la tâche. Déjà, on s'était précipité vers les maisons pour se munir de haches et d'autres instruments contondants. Voilà pourquoi le bon docteur qui connaissait trop bien les excès dont les villageois étaient capables réclamait l'aide de Debrume. Il fallait canaliser les énergies qui risquaient de dégénérer dans une violence incontrôlable et, à lui tout seul, il n'était pas de taille à y parvenir. Ce qui se préparait ne laissant rien présager de bon, il implorait Debrume de revenir de toute urgence au village, dès qu'il aurait lu son billet. Il pouvait laisser Prudence et Augustin. Désormais ils n'avaient plus rien à craindre. Maintenant c'était ici, devant la porte de Nestor que tout se jouait. Les débordements qui risquaient de découler d'un enthousiasme trop grand de ces pères de famille à vouloir sauver la vie de l'enfant de Sidonie étaient autant à redouter que la folie de Nestor.

Debrume s'apprêtait donc à quitter sur le champ le refuge de Constant et les deux vieillards que ces tristes nouvelles avaient bouleversés. Ils attendraient ici qu'on vienne les chercher quand la situation serait réglée et cela ne saurait tarder, avait-il affirmé pour les rassurer. La nuit ne tarderait pas. Ainsi, en cette journée glaciale de février, tout en harnachant son petit cheval rendu nerveux par le froid, l'inspecteur avait-il tout loisir de méditer sur ce revirement tardif des villageois. Si une telle prise de conscience ne le convainquait pas tout à fait, les observations du médecin ne cessaient de le questionner. Dans sa lettre, il avait affirmé que c'était la première fois, depuis la mort de Sidonie, qu'on faisait allusion à la musique que le jeune couple avait si généreusement déversée sur le village, cette musique dont on s'était refusé de parler depuis sa disparition. Il en avait conclu, - et longtemps après, cette étrange motivation serait souvent développée entre Debrume et lui -, que c'était par reconnaissance envers le jeune couple qu'aujourd'hui on était prêt à en découdre. On n'avait pas oublié ce qu'on devait aux deux musiciens. Les sons qu'ils leur avaient offerts en partage étaient entrés dans les âmes et y avaient ouvert pour toujours un espace réservé, à l'abri des perversions ordinaires qui couraient dans les rues, qui se transmettaient comme une maladie, et que personne ne pouvait arrêter, ni le diable avec ses diableries, ni Monsieur le curé avec ses bondieuseries. Le mal qui était partout, seul ces deux jeunes gens avaient pu le faire reculer. On avait une dette envers eux. Voilà pourquoi on voulait sauver leur enfant.

Debrume, qui avait toujours pensé que les passions qu'éprouvaient ces gens n'étaient pas si rustres que ce que le médecin le prétendait, s'étonnait de l'hypothèse du vieil homme qui relevait d'un optimisme qu'il ne lui connaissait pas. Sans l'écarter tout à fait, il la considérait pour le moins utopique. Certes, pour qu'Isidore ait une vie à peu près normale après le décès de sa mère, on avait dû jouer serré pour le protéger, tout en se pliant habilement aux règles imposées par Nestor. Certains avaient sans doute aidé peu ou prou Constant dans son projet. Mais il avait dû aussi se trouver des indifférents ou des naïfs pour croire que les choses finiraient par s'arranger toutes seules. L'idée que l'on pouvait tomber dans les solutions extrêmes menant à la mort de deux personnes n'était peut-être venue à personne. Il restait que, quelques-uns, plus malins ou retors, avaient pu se rendre complices de l'assassin avec complaisance et en échange de quelque bénéfice. Debrume avait toujours considéré impossible que Nestor, si chétif et malingre, ait pu arrimer à lui tout seul le cadavre sur le toit. Si quelqu'un l'avait aidé, il fallait le démasquer. En se mettant en route pour le village, il se promettait de tenir à l'esprit en toute lucidité ce dont étaient capables les humains, même lorsque leur cœur était profondément touché par une sorte de grâce qui ressemblait à de l'amour.

30

Après avoir introduit dans le cœur de chacun une sorte d'engourdissement douloureux qui avait rendu difficile toute décision et toute action, la neige, comme si elle voulait se faire la complice du criminel, continuait d'être une entrave. Debrume avait souvent eu maille à partir avec elle ces jours derniers. Chaque confrontation avec ses pièges et ses tromperies avait été une épreuve. S'il aimait sa présence silencieuse et sa beauté, celles-ci ne suffisaient pas à compenser les difficultés qu'elle mettait sur son chemin dans cette enquête. Et pourtant, que d'indices le criminel eût pu laisser sur cette page blanche ! Mais la neige avait de ces sortes de facéties. Elle savait jouer de l'illusion, comme elle savait jouer de son indicible beauté et de ses parures fascinantes, promettant un monde plein de délicatesse qui vous filait entre les doigts avant même que le regard pût en saisir tout le charme.

Il avait fallu plusieurs heures au jeune Baptiste pour arriver à l'antre du violoniste qu'il connaissait parfaitement y étant venu fouiner souvent, comme avaient dû le faire à peu près tous les autres villageois. Messager fiable, il avait donné à Debrume sa version des faits qui avaient eu lieu depuis le matin autour de la maison de Nestor. Puis Debrume avait lu le mot du médecin. Tout cela avait pris un certain temps. Il en fallait bien davantage pour revenir au village d'autant que le crépuscule les ralentirait encore. Au grand dam d'Icare, Debrume avait d'abord tenté de prendre Baptiste en croupe sur le chemin qui traversait la forêt. Mais les difficultés de la marche dans la neige épaisse les avaient contraints à cheminer aux côtés de l'animal. Ils avaient atteint ainsi la grand-route qu'empruntait en temps normal la patache de V lorsque le village n'était pas esseulé et coupé du monde. Arrivé à la Croix, Debrume avait laissé le garçon faire la dernière partie du trajet seul. Il avait pris le galop là où il le pouvait, la route, même si elle n'était pas totalement dégagée, offrant un passage plus facile que les sentiers tortueux qui traversaient la forêt.

Toutefois, tenant Baptiste à sa disposition tout le long du chemin, il avait pensé qu'une conversation à bâtons rompus pouvait donner des résultats. Fort heureusement Baptiste parlait un français à peine mâtiné de quelques mots du patois de Couraurgues, et l'inspecteur n'eut pas à entreprendre son interrogatoire dans un jargon qu'il connaissait à peine et qui n'avait qu'à voir de loin avec le provençal qu'il connaissait. Le garçon se montra aussitôt mal à l'aise. L'inspecteur décida d'en profiter :

- A-t-on jamais la certitude d'avoir été irréprochable quand on est le témoin de tels drames… ? En tant que témoin, on a des devoirs… Toi, Baptiste par exemple, qui es un témoin important, es-tu bien sûr d'avoir la conscience tranquille ? Lorsque tu as découvert le corps, n'aurais-tu pas omis un détail qui nous aurait aidés ? Tu aurais pu oublier quelque chose de primordial sans même t'en rendre compte. Etre un témoin n'est pas une petite affaire…

Comme le garçon ne répondait pas, contrairement à son habitude Debrume choisit de le pousser dans ses retranchements. Il en sortirait bien quelque chose. Ayant commencé sur un ton détaché, il éleva peu à peu la voix, la rendant menaçante :

- … un fait que tu aurais oublié de nous dire, comme par exemple que tu te rendais chez Sidonie la nuit. Tu as cru que c'était un acte anodin et sans conséquences. Tu avais plaisir à faire sonner son piano de temps à autre, au beau milieu de la nuit, n'est-ce pas ? Cela t'amusait ! Mais tu sais quelles conséquences il en a découlé ? Ces notes de musique ont sonné comme un défi, une menace pour l'assassin. Et c'est à cause d'elles qu'il est passé à l'acte. Il a d'abord tué Constant le violoniste. Puis, - on commence maintenant à cerner les raisons de son deuxième méfait -, il s'en est pris à Hubert. Tu es donc responsable en partie des malheurs qui touchent le village. Tu es peut-être passé sans le vouloir de la condition de témoin à celle de suspect…

- Sur la tête de mes parents qui sont les personnes que j'aime le plus au monde, ce n'est pas moi qui suis allé chez Sidonie ! Ce n'est pas moi, cria Baptiste aux oreilles de Debrume !

Rouge de colère, il s'agitait tellement qu'il faillit rouler dans la neige sous l'œil arrondi d'Icare. Debrume jubilait. Il mit encore plus d'insistance à le tourmenter. Le garçon finit par avouer qu'il avait vu beaucoup de choses mais qu'il n'avait pas voulu en parler de peur de représailles. Espérant sans doute abréger son supplice, il déclara à Debrume que lui aussi souffrait d'insomnie. L'inspecteur pouvait comprendre ce que cela représentait dans une vie de ne pas pouvoir dormir la nuit puisque Baptiste l'avait vu souvent déambuler dans les rues et même s'éloigner du village et ne revenir qu'au petit matin. Il lui arrivait souvent d'avoir à surveiller ce sournois de Marino qui n'était pas près de le prendre sur le fait tellement il était lourdaud dans ses déplacements. Lorsqu'il avait bien compris où le brigadier dirigeait ses pas, il savait combien de temps environ il lui restait - Marino n'était pas bien futé, il faisait toujours les mêmes circuits, Debrume hélas, le savait -. Il pouvait donc se hasarder tranquillement à faire ce qu'il avait envie de faire et qui le tenaillait, qui le poussait, irrésistiblement. Ce n'était pas toutes les nuits que cela le prenait, mais lorsque cela arrivait, c'était un besoin impérieux qui ne le lâchait pas. Il devait forcément y céder sous peine de devenir fou. Il s'agissait d'un besoin particulier, celui de faire du mal à d'innocentes victimes qui ne pouvaient pas se défendre, des victimes qui vous cédaient avec une sorte de générosité. Elles vous permettaient, en faisant face à la terreur qui les paralysait d'épancher votre propre douleur. Voilà ce que comprenait Debrume des explications succinctes de Baptiste. Ainsi, fut-il poussé à poursuivre son interrogatoire.

- Tu entends bien ce que tu es en train de me dire ? On peut réduire un homme à l'état d'innocente victime en moins de deux. Alors tu t'en es pris à Constant dont tu connaissais depuis longtemps la cachette. Et tu l'as tué !

Le garçon nia de toutes ses forces et Icare se mit à tirer sur la bride, effrayé du remue-ménage qu'il faisait en agitant ses bras tout près de lui.

- Non, inspecteur ! Je vous le jure ! Je ne m'en suis pris à personne. Les innocents, les vrais innocents, ce ne sont pas les hommes mais les animaux. Un homme n'est jamais innocent. Il aime faire le mal. Moi aussi ! Mais les animaux non… surtout les poules qui… !

Baptiste jura sur tous les saints du Paradis et sur la tête de son père et de sa mère réunis, qu'il ne s'en était pris qu'aux poules. Oui, bien sûr, également un peu aux jardins que les villageois clôturaient de hauts murs et fermaient hermétiquement comme s'ils contenaient tous les trésors du monde, car cette manière de protéger son bien comme si on était entouré de malfaiteurs était la chose qui l'agaçait le plus, surtout dans ce village où l'on était presque tous parents ou alliés... C'était une sorte d'appel au chapardage !

- Mais je vous le jure, inspecteur, je m'en prends aux poules, pas aux gens ! Je ne pourrais pas tordre le cou d'un homme, je n'en aurais ni l'envie, ni le courage, ni la force.

Depuis un moment déjà, les aveux et les dénégations de Baptiste résonnaient douloureusement dans l'esprit de Debrume et il sentait monter en lui une colère farouche sans savoir pourquoi. Tout à coup l'explication lui vint sous la forme d'un souvenir d'enfance. Il avait devant les yeux sa grand-mère. Il était un petit enfant. C'était l'été chez elle, à la montagne. Il revoyait le chemin qui menait au poulailler. Il l'y avait suivie malgré son interdiction. Et il avait surpris cette femme si douce tordant impitoyablement le cou d'une poule pour le repas du dimanche avec une sorte d'indifférence qui lui avait fait froid dans le dos. Il avait entendu craquer les os minuscules. Ce petit bruit particulier l'avait rempli d'effroi. Après qu'elle s'était vainement débattue, la volaille était réduite à l'état de chiffon mou, petite boule de plumes devenue inutile. Il était stupéfait de voir que la vie l'avait quittée si subitement. Mais si elle était pitoyable, elle était apaisée. Il se disait que c'était simplement cela, la mort, cet abandon total et cet apaisement. Alors, l'avait assailli une panique terrifiante qu'il avait dû traîner derrière lui comme un boulet toute la journée et que chaque repas dominical faisait renaître. C'était la même panique qui fascinait Baptiste quand il tordait le cou des poules avec délectation. Contrairement à Debrume qui préférait se terrer dans sa chambre pour oublier ces images cruelles en essayant de lire un livre, Baptiste choisissait de faire face à cette même peur. Il essayait de l'éloigner de lui par le plaisir que lui procurait la cruauté trop humaine qui consiste à détruire plus faible que soi avec cette sorte de facilité ressentie tout à coup comme une puissance de démiurge. Voilà pourquoi l'inspecteur ne réussit plus à contenir sa colère quand le garçon, quelque peu honteux de devoir parler de ses sales manies, tenta de se justifier :

- Vous savez, les poules… quand j'entends ce petit bruit…

- Oui, je sais, hurla l'inspecteur… mais pourquoi ? Pourquoi ? Elles ne t'ont rien fait que je sache !

- Pour comprendre répliqua le garçon sur le même ton… !

Il se tut à nouveau. Debrume ne savait plus quoi dire. Puis Baptiste reprit sur un tout autre ton :

- C'est que, pour nous c'est pareil… Un coup sur la tête ou une mauvaise chute et voilà, d'un moment à l'autre… plus personne… et on ne vaut pas mieux que les poules à qui on a tordu le cou…

Debrume le dévisagea, surpris par le son de sa voix devenu soudainement grave. Il sentit qu'il était temps de changer sa manière d'approche. A nouveau Baptiste se taisait comme si quelque chose l'empêchait de parler. Debrume se demandait comment le faire sortir de son mutisme quand le garçon reprit très lentement et avec un fil de voix, comme s'il s'apprêtait à révéler un douloureux secret :

- … A vous je peux le dire : c'est ce qui est arrivé à mon oncle lorsqu'il est tombé de la charrette… Juste avant de tomber, il était en train de me houspiller, parce qu'à son goût, je n'étais pas assez vif dans mes gestes… C'est sûr que j'ai moins d'expérience que lui dans le travail. Et puis, j'ai beau faire, tout le monde me trouve lent. Mais l'instant d'après, il n'était plus là. Plus aucune voix pour me crier dessus. Il était étalé par terre, et du sang coulait par son oreille. En tombant il avait heurté une grosse pierre. Et là, comme endormi, il avait perdu toute sa puissance d'homme. Il ne pouvait plus me crier après ou me serrer dans ses bras comme il lui arrivait de le faire à Noël pour me montrer son affection. Lui qui avait été si fort, il ne ressemblait plus qu'à un pantin désarticulé. Où était-il parti d'un moment à l'autre, là juste sous mes yeux et je n'avais rien vu, rien compris ? C'est pourquoi je m'en prends aux poules, parce que lorsque je leur tords le cou, j'espère voir, j'espère comprendre... Pour mon oncle, je n'ai rien compris. Si un jour j'arrive à comprendre... je finirai par accepter... cette mort qui nous enlève ceux qu'on aime... Mais je sais d'avance que c'est impossible.

Il n'avait plus été nécessaire de cuisiner le jeune Baptiste si plein de réflexions et de tourments. Il en avait assez dit. Debrume avait maintenant besoin de silence pour réfléchir. Ils continuèrent à marcher en silence sous un ciel bas qui promettait de les ensevelir bientôt. Mais, tandis qu'ils traversaient la forêt par un étroit sentier sur lequel se penchaient des branches encore lourdes de neige, au beau milieu de toute cette solitude, le garçon s'était senti en veine de continuer ses confidences. Alors que Debrume ne s'y attendait plus, il s'était mis à donner les détails de ses observations nocturnes. Il décrivit par le menu les visites d'Hubert dans la maison de Sidonie, faisant le décompte des nuits où il s'y était rendu, le temps qu'il y restait. Il déclara également avoir vu un homme hisser sur le toit de la maison Caserte, un énorme paquet de forme oblongue, à l'aide de cordes et d'une savante installation de palans et de crochets qui avaient disparu dès le lendemain. Mais il n'avait pas reconnu qui était l'homme qui s'affairait ainsi sur le toit. Dans la nuit, toutes les silhouettes se ressemblent. Cela pouvait être n'importe qui. Mais pour lui c'était Hubert. Ce n'est que quelques jours après avoir découvert le cadavre, qu'il avait enfin compris ce qu'était cette forme oblongue.

- Est-ce que le piano avait sonné cette nuit-là ?

- Non, et j'en suis tout à fait sûr. Cette nuit-là, la nuit où j'ai vu les acrobaties de l'homme sur le toit, le piano n'avait même pas encore commencé à sonner. On ne l'a entendu pour la première fois que la nuit suivante. Et seulement quelques nuits. Qui a pu monter sur le toit en traînant le corps de Constant si ce n'est Hubert ?

Puis, dans son patois métissé de français, il ajouta sur le même ton mi-désabusé, mi-révolté où perçait une douloureuse compassion, ce ton qu'il avait pris pour parler de la mort de son oncle quelques instants auparavant :

- C'est là que Constant a fini. Sur ce toit où, de son vivant, il a passé des nuits et des jours entiers à observer les allées et venues d'Isidore.

- Isidore ? Ah ! tu devais être petit à la naissance de cet enfant. Toi aussi tu connaissais cette histoire, alors ?

- Tout le monde la connaissait. On ne parlait plus que de ça. J'ai entendu mes parents en parler à table presque tous les jours quand j'étais petit. Et même, je trouvais que c'était bien triste de tomber amoureux et de ne pas pouvoir épouser sa promise ! Et ce pauvre Isidore… Si un jour j'ai un enfant, je veux pouvoir m'occuper de lui toute ma vie, le protéger de tout, je ne veux pas le laisser seul au monde face à la méchanceté des autres…

- Hélas, Baptiste, est-ce que nous avons pouvoir sur ces choses ? Tu le sais bien… La mort, on ne choisit pas… Elle vient quand elle vient.

- C'est pourquoi on peut aussi éviter d'avoir des enfants. Je suis encore trop jeune pour me marier, et je reculerai toujours ce moment, bien que j'aie une fiancée, Mariette, et que ses parents commencent à trouver le temps long. Son père a déjà parlé à mon père… mais moi, je veux prendre mon temps. Il faut d'abord que je comprenne les choses, que je sache… et je crois que je ne suis pas au bout de mes peines.

Le jeune Baptiste avait révélé tout ce que Debrume attendait de lui ou du moins le croyait-il. Mais au dernier moment, alors qu'ils étaient déjà en vue de la Croix devant laquelle il devait le laisser, le garçon ajouta encore quelques paroles :

- Oui, tout le monde était au courant. Mais ce que personne ne sait encore et maintenant, je peux vous le dire, puisque, déjà je vous ai tout dit et que vous m'avez écouté avec patience et gentillesse… c'est que deux nuits avant celle où j'ai vu l'homme hisser le corps sur le toit, juste avant minuit, j'avais vu Constant entrer chez Nestor Gondrand. Il a frappé à la porte juste un petit coup, comme s'il était attendu. Et Nestor est venu lui ouvrir. Il avait une chandelle à la main, c'était bien Nestor Gondrand en personne, je suis sûr, et il était même souriant, lui qui ne sourit jamais… Et ils ont commencé à parler sur le seuil, mais à mi-voix, et je n'ai rien entendu… Nestor à tapé sur l'épaule de Constant d'un geste amical et l'a fait entrer. Puis il a refermé la porte. Cette nuit-là, c'était une nuit particulière, je m'en souviens parce que j'avais décidé de m'en prendre aux poules de Baptistine qui sont particulièrement bien nourries et dodues à point. Je suis resté à errer dans le même coin, sur la place, presque toute la nuit. Baptistine a son poulailler pas loin de la mairie, juste derrière. De là où j'étais, je voyais la porte de Nestor. J'ai attendu. Mais je n'ai pas vu ressortir Constant de chez monsieur le maire. Je suis rentré chez moi vers cinq heures du matin. J'ai pensé qu'il avait dormi chez Nestor cette nuit-là puisqu'il était en train de neiger abondamment et qu'avec ce temps, il ne pouvait certainement pas revenir à sa cabane. Mais ils avaient l'air de vraiment bien s'entendre. Cela m'a un peu étonné parce que j'avais toujours entendu dire qu'ils ne s'étaient plus jamais rencontrés depuis la mort de Sidonie et que c'était justement de Nestor que Constant se cachait lorsqu'il passait des jours et des nuits sur le toit de la maison Caserte à essayer de voir son fils… Et puis je me suis dit que je n'étais sans doute pas au courant de tout et que les gens exagèrent toujours… Mais peut-être qu'ils se sont réconciliés juste cette nuit-là !

- Oui, ils ont réglé leur différend cette nuit-là de manière définitive. Et c'est sans doute là que Constant a passé la nuit, tu ne te trompes guère… Rentre au village, prends ton temps. Et surtout n'en parle à personne, pas même à tes parents. Je m'occupe de tout…

31

Quand Debrume arriva au village, la situation s'était quelque peu améliorée. Toutefois, un soupir de soulagement collectif émana du groupe à sa vue. Car on savait que l'on ne s'en tirerait pas à si bon compte, l'histoire étant loin d'être terminée. On voulait tout lui raconter : c'était à celui qui parlait le plus fort. On se libérait d'un poids trop lourd à porter et depuis trop de temps, laissant de côté pour l'occasion et non sans plaisir, le laconisme coutumier. On raconta l'attente pendant des heures, d'abord derrière la porte d'entrée de la maison, puis, quand on l'eut fracassée, derrière la porte de la petite chambre où, enfermé à double tour avec Isidore, Nestor Gondrand ne voulait laisser entrer personne. On avait les yeux hors de la tête en parlant de lui. Pour sûr, il était devenu fou. Il lançait des imprécations, des menaces et des malédictions contre les villageois et la terre entière avec une haine qu'on n'aurait pas pu imaginer chez un homme dont l'autorité s'était toujours accompagnée d'une courtoisie et d'une douceur qui se révélaient aujourd'hui factices. On ne se serait jamais attendu à tant d'insultes, voire de cruauté de sa part. Cet homme auquel on avait obéi, qui avait tenu les rênes et pris toutes les décisions pour le village pendant tant d'années et à qui on avait fait confiance tant son pouvoir de persuasion était grand, se révélait être un monstre impitoyable. Cependant, après plusieurs heures de palabres, le docteur Courbet était enfin parvenu à convaincre Nestor de le laisser entrer dans la pièce et il s'était employé à soulager les souffrances de l'enfant avec un succès tout relatif. Car, interrompu dans ses soins, il avait été jeté dehors comme un malpropre dès que l'enfant eut fini d'ingurgiter la drogue préparée pour lui. On s'était remis à attendre devant cette maudite porte d'entrée qui s'était refermée inexorablement.

A la fin, il avait bien fallu tenter quelque chose. Il était inutile de rester tous là sans rien faire, en recevant des injures auxquelles on ne pouvait même pas répondre. On avait commencé par renvoyer femmes et enfants à la maison. Quelques hommes jeunes et costauds étaient restés. D'autres étaient rentrés chez eux se reposer afin de prendre la relève durant la nuit si Nestor ne revenait pas à la raison avant. Après quelques tentatives infructueuses, on avait réussi à enfoncer la porte d'entrée. On s'était introduit à l'intérieur de la maison. Et là, on était revenu à la situation initiale : c'était devant la porte de la petite chambre où Nestor s'était claquemuré avec Isidore qu'on s'était remis à attendre. Depuis, on se relayait parce qu'il était tard et que la fatigue commençait à gagner.

Après les premiers soins du médecin, un certain calme avait fini par revenir dans la chambre de l'enfant : les gémissements et les pleurs d'Isidore qui leur avaient brisé le cœur jusque là, s'étaient espacés. Quand ils cessèrent, on pensa que l'enfant avait enfin trouvé le sommeil et que Nestor évitait de faire du bruit pour ne pas le réveiller. Depuis longtemps il n'avait plus dit une parole. On se dit que la raison commençait à lui revenir. On se faisait de belles illusions. Il n'y avait plus aucun bruit dans la chambre. Peut-être à cause de la fatigue (le siège durait depuis l'aube) ou du soulagement que causait l'absence des gémissements de l'enfant, on ne comprit pas tout de suite que ce silence était suspect. Au bout de quelques minutes, l'absence d'insultes auxquelles on s'était en quelque sorte habitué devint inquiétante. Le silence se mit à peser très lourd. Il durait depuis un long moment déjà quand on prit conscience de ce qui venait de se passer et qu'on avait été joué : quand Isidore s'était remis à gémir, on supplia à nouveau Nestor d'ouvrir et de laisser entrer le médecin encore une fois pour les soins qui s'imposaient si on ne voulait pas que l'enfant restât estropié toute sa vie. A force de tambouriner à la porte sans avoir de réponse, on finit par comprendre : Nestor n'était plus dans la chambre. Alors, gagné par la panique, on se mit en branle. Depuis combien de temps leur avait-il faussé compagnie ? On comprit aisément, mais un peu trop tard, comment il avait fait son compte. Il était descendu par la face nord de sa maison posée sur cet énorme rocher qu'il était périlleux mais tout à fait possible d'escalader. L'inspecteur pouvait le constater. La façade nord, la plus protégée des regards, donnait directement sur les sentiers qui prenaient sous les remparts et se dirigeaient vers la montagne. En très peu de temps, Nestor avait pu filer par là et disparaître aussitôt de la vue de tous.

On enfonça cette maudite porte, on n'en était plus à une porte près. Isidore était enfin libre. Il avait perdu connaissance. On laissa le médecin s'occuper de lui et on se mit à réfléchir. Il fallait organiser une chasse à l'homme. On connaissait bien la montagne. Sans vivres et sans équipement il était difficile de survivre longtemps dans la neige qui était tombée en quantité ces derniers jours et qui avait à nouveau tout recouvert depuis la nuit dernière. Le fugitif n'irait pas bien loin, et s'il quittait les sentiers, ses traces ne pouvaient manquer d'être visibles. La battue s'imposait. On se mit d'accord sur la direction à prendre, ce qui ne fut pas facile. Chacun voulait dire la sienne, chacun se targuait de connaître les sentiers mieux que les autres, ainsi que les différentes déviations qu'on pouvait prendre. Après de multiples discussions, on avait fini par envoyer une patrouille dont on attendait maintenant le retour avec quelque anxiété. Et tout en attendant, ceux qui étaient restés faisaient le guet sur la place. La nuit était particulièrement noire et l'air compact et froid, à couper le souffle. On s'en était tellement voulu de ne pas avoir posté une sentinelle derrière la maison de Nestor que maintenant, on avait mis des sentinelles partout même derrière la maison Caserte pour surveiller le petit sentier qui descend au creux du vallon. Ceux qui restaient avaient vu disparaître au loin les torches de la patrouille en direction du vallon Pigouret et de la Passe du Diable que, depuis le village, on ne pouvait apercevoir. Elle avait sans doute suivi les traces les plus récentes faites dans la neige, ce qui n'était pas difficile puisqu'il y en avait un peu partout.

Debrume avait écouté le récit des villageois avec attention malgré la confusion et l'agitation qui l'accompagnaient. Quand ils cessèrent de parler, il secoua la tête avec désolation. Il pensa d'abord à faire protéger Prudence et Augustin en envoyant un groupe à la cabane où ils se trouvaient encore : Nestor en liberté, ils étaient à nouveau en danger. Puis, il tenta de se rendre utile et, sans grande conviction, il organisa les heures de guet ainsi que de nouvelles patrouilles.

On venait de passer le milieu de la nuit, une nuit sans lune, d'une noirceur d'encre. C'est dans cette noirceur et cette agitation qu'on vit surgir deux cavaliers : Marino accompagné du juge Jobelin. La présence des représentants de la loi ramena un peu de calme dans les rangs. On allait pouvoir passer la main, on resterait pour aider sans avoir de décisions à prendre ; il serait reposant d'attendre les ordres. Après quelques conciliabules, il fut convenu qu'on ne pouvait pas faire autre chose que ce qui avait été fait jusque là, et que, étant donné l'heure avancée, il était plus sage de rentrer chez soi. On aurait sans doute besoin de toutes les forces vives à la première lueur du jour.

Il était également grand temps pour les deux voyageurs de prendre quelque repos. Après les effusions échangées entre les deux amis qui se retrouvaient toujours avec bonheur, Debrume conduisit son hôte chez lui. Il était maintenant très tard, mais Cendrine la servante, rappelée pour l'occasion, arriva aussitôt. Elle eut vite fait de raviver le charbon de bois du potager et le repas fut prêt en un clin d'œil.

Tandis qu'elle s'affairait à préparer une chambre pour l'hôte, Debrume dressait la table du repas devant le poêle de la petite pièce qui lui servait de cabinet de travail depuis son retour. Il aimait s'y tenir la nuit, le dos bien calé dans l'un de ses fauteuils vénitiens ramenés de son voyage. Il y écrivait son courrier et son journal, pensait à ses affaires, et surtout y passait des heures à invoquer le souvenir de Marthe qui lui importait plus qu'il n'aurait voulu. C'était toujours en pleine nuit que les questions affluaient à son esprit. Que lui était-il arrivé depuis qu'elle avait été emportée dans la tourmente par fidélité, par conviction ou par amour ? Avait-elle trouvé l'abri qu'elle lui avait laissé entrevoir, était-elle saine et sauve, encore de ce monde et déjà repartie vers d'autres dangers ? Comment pouvait-on savoir avec une telle femme ? Ce n'était pas le dernier billet reçu l'été dernier qui pouvait l'éclairer. Depuis, il n'avait plus eu de ses nouvelles et par tous les moyens, mais en vain, il avait essayé d'effacer le souci qu'il avait d'elle. Ce soir, bien heureusement, ces questions si lancinantes seraient tenues à distance grâce à la compagnie de son ami le juge. Il lui en était d'avance reconnaissant. On était à un moment crucial de l'affaire et il s'agissait de ne pas disperser ses forces et son attention dans les sempiternelles pensées qui le hantaient inutilement et auxquelles il ne pouvait trouver de réponse raisonnable.

Comme convenu, Marino avait informé le juge, chemin faisant, des événements qui s'étaient déroulés à Couraurgues. « Et n'extrapolez pas, mon vieux, lui avait recommandé avec insistance Debrume avant son départ : les faits, seulement les faits ! Et surtout, oubliez vos voleurs de poules si vous voulez que le juge prenne la chose en considération ». Marino avait répondu un « oui Monsieur » très respectueux. Il avait pris pour principe de ne jamais s'offusquer des réflexions de l'ex-inspecteur qu'il considérait comme les conseils d'un sage, d'un maître à penser. Il se sentait tout à fait à son aise sous son autorité grâce à laquelle il lui semblait avoir intégré une sorte de matrice où il avait sa place et où il était apprécié pour ce qu'il était, car il avait l'humilité de reconnaître, en son for intérieur, que ce qu'il était n'était pas grand-chose. Après ces deux rudes journées de voyage, Debrume l'avait renvoyé se reposer chez lui en le dispensant de participer aux patrouilles ; qu'il ne s'inquiète de rien, on se débrouillerait sans lui.

A l'issu d'un substantiel dîner, Debrume et le juge Jobelin tentèrent de faire le point de la situation.

- De toute façon, elles ne donneront rien leurs patrouilles. Les premiers sont partis comme des fous sans prendre le temps de la réflexion. Encore heureux qu'ils aient pensé à prendre des torches ! Ils espéraient n'avoir qu'à suivre des traces. Mais pour les traces, il n'y a que l'embarras du choix ! Elles sont trop confuses, la neige est écrasée partout… Ce n'est pas la neige qui les aidera, j'en sais quelque chose !

- A quand remonte la dernière neige, demanda le juge ?

- A la nuit précédente. Depuis, les villageois ont eu le temps de la piétiner dans tous les sens… surtout sur les chemins qu'ils empruntent régulièrement pour aller vers les bergeries. Les bêtes mangent chaque jour et ils vont les nourrir et les faire boire… Le temps que la patrouille trouve une piste sur la neige vierge, loin des sentiers et des muletières, et le fugitif aura pu faire trois fois le tour du Couron ! Tout le monde a toujours à faire aux alentours du village et l'homme est malin. Il ne risque pas de s'aventurer là où ses traces pourraient être lisibles comme dans un livre !

- A moins qu'il ne laisse une empreinte vraiment reconnaissable…

- Il eût fallu que la nature l'ait doté d'un pied bot, mais ce n'est pas le cas. Il est chaussé des mêmes souliers que tout le monde. Il n'y a qu'un seul cordonnier à Couraurgues, très compétent, mais sans beaucoup d'imagination. Il fait les mêmes souliers pour tous. Et Nestor a pu partir dans n'importe quelle direction sans être vu. Il faisait nuit noire depuis longtemps lorsqu'ils ont compris qu'il n'était plus dans la pièce. Il a pu faire du chemin. Quoique, dans cette noirceur, sans la lumière de la lune…, pour marcher dans la neige, même en connaissant la montagne par cœur, il me semble difficile d'aller bien loin tout de même…

- Mais alors, ne pensez-vous pas qu'il pourrait être resté au village et se terrer quelque part en attendant de mieux organiser sa fuite ?

- Je vois que, comme par le passé, nous sommes toujours sur la même longueur d'onde… ! Oui c'est en effet ce que je pense. Pour la simple raison que ce serait davantage dans l'esprit de ce vieux renard qui ne laisse jamais rien au hasard. D'après ce que j'ai appris de lui, mystifier est sa spécialité. Oui, il pourrait se cacher dans quelque grenier ou dans quelque cave... Tout est toujours grand ouvert ici et depuis la guerre, certaines maisons sont restées vides, souvent abandonnées par les jeunes veuves qui sont allées chercher du travail en ville ...

- Il se pourrait donc qu'il ne soit pas loin de nous !

- En effet. J'ai même dans l'idée que... Mais oui ! s'exclama-t-il en frappant dans ses mains, bien sûr ! Je sais exactement où il a pu se cacher ! Ce serait d'une logique implacable, d'une évidence à toute épreuve ! Un endroit où sa folie trouverait sa propre justification... Il me faut absolument aller voir !

- Je viens avec vous, déclara le juge Jobelin sur un ton qui n'admettait aucune objection.

Ils passèrent leur houppelande et enfilèrent leurs bottes.

- Il nous faudrait une arme, dit Debrume, en en saisissant une qui pendait au porte-manteau.

- Mais elle est chargée votre arme ? demanda le juge, suspicieux, car il connaissait Debrume.

- C'est quand même une arme... ça impressionne toujours un peu, non ?

Dehors, la nuit était glaciale. Une bonne odeur de feu de bois et de soupe chaude leur parvenait aux narines : dans les cuisines, à cette heure tardive et contre les habitudes, on s'affairait encore autour de la lampe. Mais le silence familier qui émanait des maisons était toujours le même, celui de la vie domestique, un silence tranquille et juste, empreint du souvenir d'un passé qui aidait les vivants à continuer leur chemin. Ils dépassèrent la maison de Prudence dont les contrevents n'avaient plus été ouverts depuis plusieurs jours. A la sortie de l'*andrône*, ils prirent la rue qui descendait chez Sidonie. Derrière eux, la maison Caserte dressait dans l'ombre ses hautes murailles telle une tour de garde où plus personne n'allait désormais se poster pour observer ce qui se passait dans les rues. Arrivés à deux pas de la maison de Sidonie, ils restèrent en arrêt. Des sons désordonnés et rageurs venaient de s'élever tout à coup dans l'air, agressant leurs oreilles et les clouant sur place. L'instrument qui avait été capable d'exprimer tant d'émotions et d'amour faisait maintenant entendre des sonorités sauvages qui portaient en elles toute la colère et la haine du monde : c'étaient celles d'un homme qui les dirigeait contre sa propre personne, car il ne lui restait plus que cela à faire. Dans un éclair de lucidité, il s'en prenait à lui et à sa vie de mensonges, de faux fuyants, de tromperies, d'illusions malsaines, une vie de ratages et de douleurs qu'il avait construite de toute pièce et en toute connaissance de cause. Nestor avait tourné le dos à l'amour après s'être convaincu que celui-ci lui avait été définitivement ôté à la mort de ses parents. La dévotion que son frère Juste lui vouait ne le contentait pas. De lui, il exigeait bien plus, tout, pour ainsi dire. Plus tard, jaloux de sa nièce qui accaparait toute l'attention de son frère, révolté contre la vie et le monde entier, il s'était dédié par dépit à une injuste vengeance. Il retournait maintenant celle-ci contre lui-même, en signalant sa présence par l'intermédiaire du piano de Sidonie. Et il faisait sonner l'instrument en plein cœur du village de toute la force de ses bras, renvoyant comme un reproche à la face de ses habitants sa propre souffrance pour que tous la prennent en compte au point de l'éprouver en eux-mêmes et de s'en sentir responsables. Ce bruyant message entérinait son douloureux échec. La colère qu'exprimait l'instrument malmené durait avec ses roulements de tonnerre, ses cris aigus, ses coups répétés et on eût dit que rien ni personne ne pourrait jamais le faire taire. Et pourtant, au moment où on ne s'y attendait plus, il se tut. Un silence inquiétant lui succéda.

- Il faut faire vite maintenant, dit Debrume en se précipitant.

Le temps de prendre son élan tout en faisant attention à ne pas glisser sur la glace et d'arriver devant la porte d'entrée de la maison de Sidonie, un coup de feu retentit. Fracassant le silence domestique des nuits de Couraurgues, il diffusa dans les rues les mille éclats de la haine de Nestor que les sons du piano n'avaient pas suffi à étancher. Mille éclats de haine éparpillés aux quatre vents, c'était tout ce qui restait de sa vie tragique. Et ces mille éclats résonnèrent alentour, faisant trembler les vitres, les portes, les fenêtres et jusqu'aux vieux murs de pierre. Ils arrêtèrent chaque mouvement, chaque parole autour de la table du soir. Tous en furent atteints comme d'un jet de sang jaillissant d'une artère.

Le coup avait été bref. Le silence était retombé aussitôt après lui. C'était, cette fois, un silence terrifiant. Plus terrible encore que le coup de feu qui l'avait précédé. Debrume et Jobelin s'étaient immobilisés devant la porte, pétrifiés. Ils se regardèrent. Puis, comme un seul homme, ils entrèrent en trombe dans la maison et escaladèrent l'escalier quatre à quatre. Ils avaient espéré pouvoir faire encore quelque chose. Mais il était trop tard.

Quand les premiers sons du piano avaient traversé les rues, on n'avait pas eu longtemps à attendre avant d'entendre quelque porte ou fenêtre s'ouvrir. Après le coup de feu en revanche, il fallut une éternité avant de voir quelques villageois se hasarder dans la rue de Sidonie. Le terrible silence qui venait de supplanter le silence familier des nuits ordinaires était encore parfaitement intact. On arrivait l'un après l'autre sur la pointe des pieds. On approchait sans conviction. Il n'était nécessaire à personne de poser des questions. Chacun savait ce qui avait eu lieu. Il fallut encore un temps infini avant que quelqu'un n'osât émettre une parole. Mais les mots étaient désormais inutiles.

Pour autant, ce silence empreint des échos du drame et qui les délivrait de lui, ne soulageait personne, bien au contraire. Alors, Debrume se demanda combien de temps il faudrait à Couraurgues pour l'oublier, ce terrible silence qui semblait vouloir s'éterniser, aussi dense que la dernière chute de neige de la nuit précédente, si différent du silence animé et placide des journées de labeur sans histoire. Ce silence qui annonçait la mort de Nestor Gondrand était d'une étrangeté lourde de menaces. Assourdissant comme un coup de gong, il s'inscrivait dans le temps comme une frontière interdite que l'on venait de franchir. Il avait la violence du drame qu'on attendait depuis longtemps, et qui arrivait après tant d'années et tant de vaines souffrances. Avec la force d'une malédiction, il vibrait aujourd'hui dans les cœurs, porteur d'un impitoyable reproche contre la lâcheté et la complicité de tous. Oui, il faudrait beaucoup de temps pour que le village l'efface de sa mémoire. Et il n'était pas sûr qu'il y arrive un jour. Debrume sentait confusément que ce serait impossible, qu'il resterait à jamais incrusté dans les murs lorsqu'il aurait fini de hanter les cœurs. Durant des minutes, des années, des siècles peut-être. On percevrait encore ses sombres vibrations lorsque la population aurait abandonné le village et qu'il n'en resterait plus qu'un champ de ruines.

Mais Debrume savait qu'i était seul concerné par la question du temps, et que par ailleurs, elle était inutile pour la bonne raison que le temps à Couraurgues n'avait aucune importance. En effet, il avait constaté, à force d'observations et de longues attentes, que le décompte du temps ne s'y faisait pas comme autre part. Ici, minutes ou siècles, c'était du pareil au même. Mais il était bien le seul à l'avoir découvert. De même qu'il était le seul aujourd'hui à comprendre la véritable signification du silence inconnu qui pesait sur les villageois, alors qu'ils étaient tous figés comme des statues de marbre devant la maison de Sidonie, n'osant faire un pas de plus pour aller proposer leur aide.

32

27 juillet 1871

Cher ami,

Je vous écris depuis une auberge située en rase campagne, au milieu d'un désert humain, dans une nature ratissée par la guerre. Il s'agit d'une auberge de fortune que des paysans bien avisés ont mise sur pied dans leur ferme, après que leurs terres ont été ravagées par les batailles et lorsqu'ils ont vu affluer tant de gens qui tentaient d'échapper aux horreurs qui se déroulaient dans la capitale. J'ai la chance d'y disposer d'une chandelle et d'une paillasse. C'est le seul confort de cette pièce dans laquelle nous nous entassons à plusieurs et qui recevait, il y a peu, la récolte de foin et de paille de l'année. On y relève également quelque trace de la présence d'animaux qui, depuis, ont dû être abattus, car il faut bien nourrir tout ce monde...

Mais nous voilà enfin hors de danger grâce à l'un des stratagèmes dont Corsan a le secret. En effet à son retour de Dijon, pressé de rejoindre Londres, il a chargé Utto de nous mettre à l'abri à Amsterdam, lui indiquant la façon de procéder et lui procurant l'argent nécessaire. C'est donc Utto qui s'est chargé de trouver des vêtements qui naguère devaient avoir été endossés par des soldats de la république. Le faussaire indiqué par Corsan, - qui, par miracle avait survécu – lui a fait faire de faux sauf-conduits, feuille de route et ordres de mission, enfin tous les papiers nécessaires à une demi-brigade en déplacement.

Nous sommes donc partis chevauchant comme des braves et escortant une voiture pleine d'enfants sous la surveillance de leur gouvernante. Elodie était enchantée. Elle jouait ce rôle à merveille et pour quelques heures, j'ai revu sur son visage cette lumière que j'aime tant.

Nous avons quitté Paris avec le sentiment d'avoir laissé l'Enfer derrière nous, traversant le Styx pour aborder au rivage de la vie, bien que le pays que nous traversons ne soit que désolation. Mais tout au moins, aujourd'hui la guerre a pris fin après le traité de Francfort signé le 10 mai. La condition était que Paris soit enfin soumis. Avec l'aide des prussiens, le gouvernement n'a pas lésiné. La Commune a été laminée sans pitié. Vous avez dû lire la suite de drames qui ont submergé la ville. Mais les journaux n'ont sans doute pas pu rendre compte de l'odeur de sang, de sauvagerie et de massacre qui régnait dans les rues au mois de mai. Rien ne fut épargné aux Communards lorsque les troupes versaillaises, profitant d'une brèche ouverte par traîtrise Porte de Saint-Cloud, sont entrées dans la capitale. Lorsque toutes les redoutes, toutes les défenses furent tombées, faisant des morts et des blessés à n'en plus finir, les exécutions ont commencé après des simulacres de jugement. Le gouvernement tenait sa vengeance…

Nous ne voyions pas comment sortir de ce guêpier. Nos déguisements nous semblaient tout à coup une défense bien dérisoire face à la folie meurtrière. Tout le monde était suspect. Il suffisait qu'une femme passant dans la rue soit mal vêtue pour qu'elle soit arrêtée et exécutée comme « pétroleuse ». On tirait sur les condamnés à la mitrailleuse. Les arrestations se succédaient sans relâche ainsi que les exécutions sommaires. Et de nombreux prisonniers entassés sans nourriture et sans hygiène mouraient de mauvais traitement avant d'être abattus.

Nous voulions sauver des enfants dont les parents, parfois des amis à nous, avaient été tués. La tâche nous dépassait largement. Ils étaient bien trop nombreux. Avec le manque de nourriture, la fatigue et la peur, le découragement d'Elodie devenait un handicap toujours plus grand. Nous avons réussi par miracle à passer entre les mailles du filet : Corsan est arrivé à point nommé pour nous éviter le pire. Il nous a tirés de la souricière qui se refermait lentement mais sûrement sur nous ainsi que sur ces petits élèves que nous tentions de sauver.

Il est parti juste avant nous avec l'intention de rejoindre Mazzini à Londres où il pense qu'il devrait être encore, bien qu'il n'en ait aucune certitude. L'homme voyage d'un pays à l'autre et incognito pour échapper à ses multiples condamnations à mort par contumace. Il est insaisissable même pour ses adeptes. Corsan veut lui parler, persuadé qu'il peut l'amener à plus de souplesse envers les théories de Marx dont Mazzini a toujours combattu l'idée de lutte des classes. Corsan pense qu'une bonne entente entre les diverses tendances qui la forment pourrait encore sauver l'Internationale. Nous savons que depuis longtemps Mazzini critique ces idées si différentes des siennes. Récemment, il a condamné sans appel la Commune de Paris. Pour ma part, je crains que cette entrevue, si elle peut avoir lieu, n'amène qu'un peu plus de discorde entre les deux hommes.

Pendant le voyage de Corsan à Londres, nous resterons à Amsterdam. Il nous faudra trouver un abri pour la dizaine de petits protégés qui nous accompagnent. Mais quelle belle mission ! Mon cher ami, nous voilà donc avec de nouvelles responsabilités héritées de cette période autant maudite qu'exaltante que nous avons vécue à Paris, parmi les Communards pleins d'enthousiasme et de générosité, donnant leur vie pour défendre une cause qui leur semblait plus humaine que celle que soutient notre gouvernement. Mais nous sortons de l'Enfer avec le plus grand soulagement et in extremis. A Amsterdam nous retrouverons la paix des eaux dormantes le long des canaux, sous le feuillage léger des ormes. Il nous faut nous reconstruire et nous revigorer. Elodie surtout en a grand besoin. Sa santé de plus en plus fragile nous donne beaucoup d'inquiétude. Mais la présence de ces *petits êtres qui lui sont déjà si chers l'aidera, cela ne fait aucun doute. Comme nous tous, elle a avant tout un besoin incommensurable d'amour et pour peu que l'on sache le révéler, les enfants en sont une source intarissable.*

Les chaînes qui m'attachent à mon passé me retiennent auprès d'Elodie. C'est également en restant près des Corsan que j'espère avoir quelques nouvelles de Rodolfo, et apprendre un jour s'il est vivant ou mort. J'ai besoin d'avoir une quelconque certitude, sans pouvoir choisir celle par laquelle je pourrai me sauver. S'il me fallait apprendre à oublier un mort peut-être le ferais-je avec plus de facilité que s'il me fallait supporter les atermoiements d'un vivant, ses manipulations et ses folies porteuses d'espoir en même temps que de désillusions, ces hauts et ces bas qui ne sont que torture. Mais bien sûr une angoisse terrible m'étreint en pensant que je pourrais ne jamais le revoir. Aujourd'hui, l'attente me paralyse. Encore une fois, elle se présente dans ma vie avec les traits de la plus profonde anxiété. Et Couraurgues est si loin… (…)

33

Nestor Gondrand s'était fait justice. Il avait choisi, pour ce faire, la maison autrefois habitée par Juste et le fusil de chasse qui avait provoqué sa mort. Et dans cette maison, la même logique l'avait fait opter pour la chambre de Sidonie où se trouvait le piano. Parmi les morceaux sanguinolents de ses restes et les flaques de son sang, on découvrit une lettre, aussi maculée que les murs, où était rédigée sa confession, ou plutôt des bribes de sa confession, d'une écriture maladroite et confuse, à peine déchiffrable.

Le juge Jobelin et Debrume la reconstituèrent à la veillée et la commentèrent inlassablement pour essayer de comprendre la raison des évènements qui avaient secoué Couraurgues. Ils y avaient découvert les détails insoupçonnés d'une affaire qui avait eu ses origines dans l'enfance d'un esprit torturé et manipulateur. Nestor Gondrand y avouait ses meurtres et les raisons qui l'avaient poussé à les perpétrer, raisons en étroite adéquation avec la logique qui les sous-tendait. Il y affirmait qu'il avait simplement voulu reprendre ce qui lui revenait de droit et que la vie lui avait volé. Car la vie, c'était elle la coupable. En le persécutant, elle l'avait poussé à corriger les injustices qu'elle avait commises à son égard. Elle l'avait plongé dans la plus grande souffrance dès sa naissance en le privant de son père et de sa mère morts la même année, à peu de temps d'intervalle. Elle avait favorisé sans vergogne son frère Juste qui avait eu tout ce qu'elle peut donner de bon. Si Nestor ne s'était pas acharné à prendre là où il pouvait le trouver ce dont la vie l'avait privé, il eût été aussi démuni qu'une bête errante, à chercher dans la montagne de quoi survivre. Pas seulement de la nourriture, mais aussi ce qui fait se mouvoir la vie et renaître d'elle-même, cette chose qu'il ne savait pas exactement définir puisqu'il ne la possédait pas, et qui devait ressembler à un désir, à de la joie, à de l'amour, à de l'espoir peut-être : cette chose qui seule ouvrait les portes du bonheur. Et c'était elle aujourd'hui, la vie, qui l'acculait encore et le terrassait, en lui prouvant qu'il avait eu beau faire, ce droit octroyé à tous, elle le lui avait refusé pour toujours.

Aujourd'hui il était vaincu après de longues et vaines batailles. Son appétit pourtant avait été incommensurable, autant que le manque qui l'avait provoqué. Il s'était mis à vouloir sans retenue tout ce que son regard pouvait embrasser autour de Juste. Il avait désiré, d'abord dans l'ombre, son épouse Clarisse. Le jour où il s'était manifesté, elle l'avait éconduit sans pitié. Ce rejet l'avait poussé à vouloir davantage. Evidemment, sa dot étant bien la moindre des choses.

D'ailleurs, il ne regrettait pas de s'être approprié de ses biens. Ces deux tourtereaux qui ne vivaient que d'amour et d'eau fraiche, que rien d'autre n'intéressait que leur amour, qu'en eussent-ils fait ? Eux qui avaient tout, n'étaient pas capables d'apprécier les biens matériels à leur juste valeur. Leur indifférence pour leur propre richesse n'avait fait qu'accroître sa rage. Car pour lui les biens matériels seuls comptaient puisque le principal, cette chose qu'il ne savait définir, restait indéfiniment hors de sa portée. Mais en vérité, ce fut leur indifférence qui lui rendit les choses faciles. Parce qu'enfin, s'ils lui avaient tant soit peu résisté, il n'eût pas eu besoin d'aller si loin. La joute engagée lui eût peut-être suffi. Il en eût fait sa nourriture spirituelle. Mais ils n'avaient rien vu venir, et pour la bonne raison qu'à leurs yeux c'était comme s'il n'existait pas. Certes, c'était leur indolence et leur façon de toujours lui céder sans résister qui l'avaient aidé à agir. De plus, cette facilité, il l'avait interprétée comme un signe : elle le désignait comme le seul à pouvoir tenir les rênes de cette famille et à décider de tout.

Vint un jour où Clarisse le repoussa avec tant de violence qu'il comprit que tous ses stratagèmes n'aboutiraient pas. Il ne pourrait jamais la posséder. Il décida alors de l'anéantir, en détruisant tout ce qui lui appartenait, ses biens, sa vie, son âme. Car il voulait Clarisse à tout prix. Cette obsession était devenue sa seule raison de vivre. Il s'était attelé à la tâche en balayant tout ce qui se trouvait en travers de son chemin et qui constituait sa vie à elle. Contre toute attente, cela avait été également facile. Il avait bénéficié de la tacite complicité des villageois. En effet, comme il avait établi son emprise sur le village depuis longtemps, personne ne se hasardait jamais à le contrer. Il les tenait tous, d'une manière ou de l'autre. Après sa mort, ils pourront le dire à l'inspecteur et au juge Jobelin et même au monde entier. Ils mangeaient tous dans sa main comme des écureuils apprivoisés. Il les dominait de haut parce qu'il était plus intelligent qu'eux. Lâches comme ils l'étaient, ils aimaient être dirigés par un homme qui n'avait peur de rien et de personne. En le laissant faire, ils avaient agréé ses meurtres. Ils n'avaient même pas parlé quand on avait trouvé Constant. Oui ! Nestor pouvait compter sur eux ! Ils lui avaient laissé le champ libre. Ils étaient tout aussi coupables que lui. Et il n'était pas peu fier d'avoir entaché leur vie de cette culpabilité qui ne les quitterait plus, même s'ils ne devaient pas finir devant les tribunaux.

Pour faire pression sur Clarisse, sa grande entreprise de nettoyage devait commencer par Juste. Car ce frère aîné devenait gênant. Il lui arrivait de plus en plus souvent de renâcler devant ses exigences qu'il ne voulait plus reconnaître comme son bon droit. Naïf comme il l'était, il ne pouvait évidemment pas imaginer que ce qui l'intéressait c'était seulement son épouse. Pourtant, là aussi, ce fut facile. L'accident de chasse n'en fut pas un, mais personne n'éleva la voix pour le dénoncer.

Juste s'était laissé convaincre malgré son dégoût pour la chasse. Pour ce genre de choses, il finissait toujours par lui céder. Nestor n'avait plus besoin d'entrer dans la rage de caprices sans fin comme lorsqu'il était enfant. A la première demande, Juste s'employait à arrondir les angles, usant de sa gentillesse légendaire pour éviter quelque affrontement d'où il savait qu'il ne sortirait pas vainqueur. Mais un mot plus haut suffisait, Juste s'aplatissait. Qu'il acceptât de l'accompagner à la chasse, lui qui n'avait jamais chassé de sa vie, était toutefois inespéré. C'était également un signe pour Nestor : il crut sa victoire proche. Il fut convaincu que le Ciel s'en mêlait et qu'il voulait l'aider à effacer les privations qu'il avait subies. Il avait donc saisi sa chance.

Après la mort de son frère, il avait pensé que, étant veuve et seule au monde, Clarisse finirait par se rendre à ses raisons. Mais Clarisse n'avait pas cédé d'un poil. Contrairement à son époux, elle avait sur Nestor un regard lucide. Et de plus elle était futée. Il put lire dans ses yeux la bête immonde qu'elle voyait en lui. Bientôt, il ne fit plus de doute qu'elle avait compris ce qui s'était passé dans la montagne pendant cette chasse. Mais il la désirait et plus il la désirait, plus elle le méprisait en tant que meurtrier de son époux. Elle l'humiliait et cela n'était pas tolérable : elle signait ainsi son arrêt de mort. Mais avant qu'il ne mette au point un autre stratagème, elle était décédée. La maladie et le chagrin avaient eu raison d'elle. C'était folie de mourir de chagrin alors qu'il était là pour la consoler. Il suffisait d'avoir tant soit peu confiance en lui et de faire ce qu'il attendait d'elle. Si elle avait accepté d'oublier Juste et de renoncer à son orgueil, il eût fait d'elle une femme heureuse. Car il savait au fond de lui qu'il était capable de donner le meilleur de lui-même quand on s'en remettait à lui sans concession.

Après la mort de Clarisse, il lui avait fallu un moyen d'effacer de son esprit cette femme maudite dont le souvenir le hantait. Ce moyen, il le vit dans la possibilité de s'approprier de sa descendance. Encore une fois, la facilité qui se présentait à lui était un signe. Il n'avait pas hésité. Et d'ailleurs que lui restait-il à faire de mieux si ce n'était de continuer le grand ménage qu'il avait entrepris quelque temps auparavant en se débarrassant de ce frère par trop gênant ?

Certes, il avait déploré la mort de Sidonie, cette enfant inconsciente qui vivait dans les nuages, une sorte d'ange qui n'avait rien d'humain. Si elle aussi lui avait fait tant soit peu confiance… Il était prêt à le déclarer sien ce nourrisson : il eût envoyé son épouse chez ses parents le temps de sa soi-disant grossesse, ce qu'il finit par faire en vérité. Il l'eût élevé comme son fils et personne n'en aurait jamais rien su. En échange, il se proposait de faire sa fortune en la donnant pour épouse au riche fils Lescarpe. Ils auraient tous bénéficié de sa nouvelle condition. Mais cette évaporée n'avait dans la tête que la musique. Quelle mère aurait-elle pu être ? Et si obstinée, si orgueilleuse ! Comme sa mère, elle lui avait résisté jusqu'à la fin. Il avait dû se faire violence pour passer outre ses souffrances. Mais il n'avait pas pu les éviter. Après avoir eu raison d'elle, il avait cru que sa mort allait lui permettre d'atteindre ce qu'il se donnait tant de peine à rechercher depuis toujours. Mais la vie, encore une fois, s'en était mêlée.

En effet, certains fous avaient eu la prétention de le contrer et de démolir ce qu'il avait construit avec tant de peine. Si le plus difficile avait été le premier meurtre, celui de son frère qu'il avait vu agoniser sous ses yeux sans lever un petit doigt, les autres n'avaient été qu'un jeu d'enfant. Ce violoniste qui l'avait harcelé pendant des années et qui criait sur les toits qu'il était le père d'Isidore, il n'en avait fait qu'une bouchée. Et Hubert, ce ridicule olibrius qui s'était mis en tête de le faire chanter et de tirer profit de lui, de s'emparer de ce qui lui appartenait maintenant officiellement et que personne n'avait le droit de lui reprendre, le tuer avait été d'une facilité déconcertante. Oui, le Ciel était avec lui, aucun doute !

Néanmoins, il n'oubliait pas que c'était grâce à Clarisse que lui, si seul et abandonné de tous, avait eu quelqu'un à chérir, un enfant à élever, un petit être plein de candeur qu'il avait éveillé à la vie. Bien sûr, il le savait : aujourd'hui plus personne ne comprenait cela, la souffrance et la solitude de toute une vie.

Même pas Isidore qui n'avait pas voulu lui obéir lorsqu'il lui avait demandé de l'aider sur le toit et qui avait trouvé le moyen de se blesser bêtement, précipitant ainsi sa perte. A cause de sa stupidité, aujourd'hui tout le village s'était dressé contre lui et prétendait diriger ses propres affaires. On voulait lui prendre Isidore soi-disant pour le protéger de lui. En réalité, on voulait juger ses actes sans comprendre sa douleur. A nouveau, tout le monde était contre lui comme depuis le jour de sa naissance où la vie s'était acharnée sur lui dès qu'il avait ouvert les yeux. Il s'était tellement battu, cherchant désespérément à retrouver ce qu'on lui avait pris ! Jamais il n'y était parvenu. Et aujourd'hui, il constatait que toutes les vengeances du monde ne suffiraient pas à apaiser sa douleur.

Désormais, tout était perdu pour lui. Depuis que le violoniste lui avait mis sous le nez les papiers de l'état civil d'Isidore ainsi que la preuve de toutes les démarches qu'il avait faites avec l'aide du témoignage du médecin, de la mère Malmaure et de ce demeuré d'Augustin, il était évident que la justice allait s'en mêler. On lui prendrait l'enfant. On l'emmènerait loin de Couraurgues à l'orphelinat. Peut-être désignerait-on un tuteur. Il n'aurait plus le droit de l'approcher cet enfant qu'il avait élevé et qui lui appartenait. Et pourtant, il n'avait qu'à s'en prendre à lui-même : il n'avait pas compris assez tôt qu'ils avaient en main les papiers officiels qui leur autorisaient ces démarches et qu'ils seraient assez obstinés pour aller jusqu'au bout. C'était sa seule erreur mais elle était de taille et elle l'avait mené à sa perte. S'il avait supputé l'existence de ces simples papiers et leur pouvoir, il les aurait tous tués, à commencer par Prudence, cette vieille chouette de malheur. Cela aurait été tellement facile de la pousser d'un doigt négligent dans un ravin quand, seule sur les chemins, elle montait à la bergerie rejoindre Augustin.

Mais cette erreur, il l'avait faite, et le Ciel qui l'avait aidé jusque là, ne la lui avait pas pardonnée. Il était donc vaincu. Maintenant, il devait en finir avant de subir les humiliations des juges et de la prison, car il avait sa dignité. D'ailleurs, il n'avait plus aucune raison de rester sur terre. Mais lorsqu'on lira sa lettre, de là où il sera, dans le paradis des martyrs, il aura la satisfaction de maudire toute la population du village et sa descendance jusqu'à la fin des siècles.

Tel était le contenu approximatif de cette étrange confession à peine lisible où les mots se chevauchaient de manière anarchique. Les deux hommes avaient passé la nuit à mettre en ordre les phrases tortueuses de Nestor et ses élucubrations tordues, pleines de maints détails sordides. Ils découvraient son monde fait de froide, inquiétante et douloureuse solitude, habité de délires et d'obsessions qui ne pouvaient trouver d'apaisement qu'en leur accomplissement. Et ce dernier était inéluctablement inscrit dans les replis de l'histoire de Nestor : sa vérité devait à tout prix s'imposer et détruire impitoyablement celle des autres. Son esprit, emporté par une cruauté inconsciente d'elle-même, avait déployé une somme d'arguments pour la justifier et il lui avait cédé un pouvoir absolu. C'était elle qui avait mené le jeu et l'avait conduit à détruire et à tuer avec un désinvolte détachement et un mépris total de la vie.

Les villageois n'avaient pas pu le comprendre en temps utile. Le désir de destruction qui animait Nestor leur était apparu lorsqu'il était trop tard, le jour de l'accident d'Isidore. Ils en étaient restés pantois. C'est en comprenant le danger que courait l'enfant qu'ils eurent la conscience aiguë de ce qu'il représentait et qu'ils n'avaient pas réussi à protéger par leur silence. Sauver le fils des griffes de Nestor était bien le moins qu'ils devaient à la mémoire de ses parents dont ils ressentaient encore aujourd'hui la cruelle absence.

34

Cette nuit-là, les patrouilles rentrèrent bien évidemment bredouilles. Dans le froid et le brouillard qui montait de la plaine, quelques groupes d'hommes et de femmes étaient restés à les attendre jusqu'au petit matin pour les informer de l'évènement qui avait eu lieu et qui laissait ce goût amer dans la bouche, cette lueur étrange sur les murs du village et ce silence qui n'en finissait pas de s'alourdir et de peser sur les esprits. Personne ne dormit beaucoup la nuit où Nestor Gondrand décida d'en finir avec sa lamentable vie. Ces gens parcimonieux en avaient même oublié d'éteindre les torches au coin des rues, mais peut-être les avait-on laissé brûler pour tenir à distance les idées noires ou les démons. On se resserrait, on se parlait à voix basse, on se désolait comme si le village entier venait de s'écrouler. Ceux qui avaient eu quelque secret commerce avec Nestor parlaient plus fort et plus longtemps que les autres, s'indignant avec véhémence, de peur d'être mis dans le même panier que l'assassin. Désormais la moindre ombre de mystère était suspecte. Ce qui était une bonne chose, clamait Marino : cette expérience prouvait que pour obtenir l'ordre dans le village, il fallait d'abord mettre de l'ordre dans la tête des villageois et dans les secrets de famille.

Le lendemain, le juge commença ses interrogatoires comme il se devait de le faire. Sans doute classerait-il l'affaire sans suite puisque tous les protagonistes étaient morts. Mais il fallait cependant éclaircir quelques zones d'ombre pour pouvoir faire un rapport circonstancié.

On eut le fin mot à propos de la mort du violoniste. Comme le corps de Constant n'avait révélé aucune blessure apparente, le docteur Courbet, on le sait, avait pris sur lui d'envoyer un échantillon de son sang à analyser dans la lointaine officine niçoise d'un pharmacien de sa connaissance. Un piéton s'en était chargé avec la recommandation de n'en parler à personne, passant le col pour atteindre la ville de V par les muletières et les sentiers puisque la patache était hors service à cause de la neige. Toujours sur l'ordre et aux frais du médecin, il avait séjourné à Nice dans l'attente des résultats et les avait ramenés par le même chemin. Il était revenu le lendemain du dernier drame qui avait secoué Couraurgues. Le sang prélevé sur le corps de Constant révélait qu'il avait été empoisonné. Ce dont le médecin fit aussitôt part à Jobelin.

Le juge interrogea longuement Isidore qui leur apprit beaucoup de choses. De ses allégations, on conclut que Constant avait été attiré dans un traquenard par Nestor : Isidore avait entendu frapper à la porte, tard dans la nuit. Une visite étant un événement insolite dans cette maison, il s'était levé pour observer du haut de l'escalier, caché derrière une jarre à grains. Un homme était entré. Il ne l'avait jamais vu de sa vie. Une longue conversation à voix basse s'était engagée entre son père et lui. Ils avaient bu longtemps ensemble et Isidore avait été étonné de voir son père trinquer avec cet inconnu qui semblait être son ami. Plus tard, Isidore avait vu l'homme s'affaler sur le sol. Il avait pensé qu'il s'était endormi d'avoir trop bu de vin comme cela arrivait souvent à son père. Il avait regagné sa chambre dare-dare de peur d'être surpris. Il n'en avait pas appris davantage cette nuit-là.

Le lendemain, il n'y avait plus trace de l'homme dans la maison. Son père n'ayant pas mentionné sa visite, Isidore n'avait pas osé le questionner. La nuit suivante son père était venu l'éveiller. Il lui dit de s'habiller et qu'ils allaient sortir. Une neige épaisse était tombée et amortissait bruits et gestes. Il avait emmené Isidore dans la remise. Le corps du visiteur de la veille gisait à même le sol. Isidore comprit aussitôt qu'il était sans vie. Nestor lui demanda alors de l'aider. L'enfant terrifié avait tenté de refuser, mais Nestor vitupérait avec tant de rage, menaçant de le battre comme il savait si bien le faire, qu'il finit par lui obéir. Ils avaient hissé le corps à l'aide de crochets et d'un palan qu'Isidore avait vu son père mettre en place les jours précédents. A l'aide du même système, ils avaient fait glisser lentement le corps d'un toit à l'autre, sur la neige fraîche. Arrivés en haut de la maison Caserte, ils l'avaient arrimé tant bien que mal derrière la cheminée où le vent avait accumulé un monceau de neige immaculée. Le corps s'y était enfoncé comme dans un linceul. Il faisait froid, les cordes étaient gelées et les doigts gourds. Isidore avait envie de pleurer.

Comme si tout cela ne suffisait pas, son père se mit à parler au mort et il y avait de la méchanceté dans sa voix : « Voilà disait-il regarde-la tant que tu veux ta Sidonie ! Maintenant, tu as l'éternité pour le faire !!!» Puis il avait changé de ton, avait fait un clin d'œil à Isidore et lui avait dit en plaisantant que peut-être, s'il avait un peu de patience, Sidonie viendrait lui jouer un petit air. Puis il avait ri d'un rire glaçant. Ce rire l'enfant l'entendait encore. C'était un rire monstrueux, plein de cruauté malsaine qui avait éclaté dans le silence de la nuit, un rire qui n'avait cure d'éveiller les dormeurs ni les morts.

Or, Isidore savait que Sidonie était sa mère. Prudence le lui avait révélé quelque temps auparavant, ajoutant qu'elle était belle comme le jour et qu'elle enchantait tout le village des sons de son piano. Entendant Nestor parler au mort, l'enfant se mit à trembler. Une question dès lors ne cessa de tourner dans sa tête. Qui était ce mort qui était censé écouter avec dévotion Sidonie jouer du piano ? Il n'osait s'avouer la réponse. De ce jour, il commença à douter de Nestor qui se disait être son père. Et il commença à avoir très peur. Il savait que sur le toit, c'était le rire d'un fou qu'il avait entendu. Il décida de ne plus obéir à Nestor. Il voulut même informer Prudence de ce que son père l'avait obligé à faire, mais, lorsqu'il se décida, il ne trouva personne chez elle. Quand il fut dans son lit, il élabora un plan pour se réfugier en secret chez Monsieur le curé dès le lever du jour, mais il n'en eut pas le temps. Nestor vint encore une fois l'éveiller en pleine nuit. Il hurlait de rage. De son discours confus, Isidore finit par comprendre qu'il ne retrouvait plus les cordes utilisées pour son forfait. Il obligea Isidore à remonter sur le toit, lui ordonnant également de desceller les crochets. Cette nouvelle expédition s'était terminée par la malencontreuse fracture qui avait été le commencement de la fin pour Nestor.

- En tous cas, la chute tombait à point nommé, dit Debrume.

- C'est le cas de le dire ! On peut même se demander si l'enfant ne l'a pas fait exprès. C'était un moyen de donner l'alerte. De s'en remettre aux autres ou tout au moins de leur permettre d'intervenir. On peut comprendre aussi pourquoi, quand le piano s'est mis à sonner, quelques nuits avant cette chute, Nestor a été poussé à tuer encore une fois…

- Peut-être Nestor avait-il fini par croire à ses propres délires : ce n'était plus Hubert qui venait le faire chanter mais Sidonie qui revenait lui reprendre ce qu'il considérait comme son bien, Isidore. Il avait fait de ses terreurs la seule réalité. Retiendrez-vous quelque charge contre Isidore ?

- Bien sûr que non : c'est un enfant et il n'a fait qu'obéir à son père comme on doit le faire quand on est un bon fils. Et d'ailleurs il a déjà été davantage puni que nécessaire, ne pensez-vous pas ?... Et bien injustement d'ailleurs ! Je ne peux pas le considérer complice d'un meurtre, mais plutôt comme la victime du meurtrier qui l'a menacé pour le manipuler. Son rôle a consisté en peu de chose, le mal était déjà fait depuis longtemps de toute façon.

Le juge se tut. Une autre question le tourmentait et dans la pièce close, le feu envoyait une bonne chaleur propice aux réflexions. Après un long silence il reprit enfin :

- En revanche, il y a une autre question à laquelle je ne trouve pas de réponse. Isidore dit que son père avait cru ramener les cordes à la remise après avoir attaché Constant sur le toit. Il ne s'est aperçu que quelques jours plus tard de leur disparition. Il pensa alors les avoir oubliées là-haut cette nuit-là… Et vous me direz ce que vous en pensez, je me demande si quelqu'un, qui aurait vu Nestor, n'aurait pas pu lui faire cette farce en volant les cordes dans la remise pour les déposer sur le toit, afin de le désigner aux enquêteurs sans prendre le risque de se mettre en danger en le dénonçant ouvertement ?

- Pour le moment, nous n'avons aucun indice allant dans ce sens. Et sans doute est-il bien trop tard pour en avoir. Peut-être avait-il simplement l'intention de les utiliser à nouveau ces cordes, et les a-t-il laissées sciemment sur le moment. Ensuite la confusion s'est faite plus dense dans son esprit comme nous en avons eu la preuve par les dire d'Isidore… Vous oubliez qu'il soupçonnait Prudence et ses amis…

- Au point où il en était, il soupçonnait tout le monde. Aurait-il fini par éliminer tous ses administrés ? On ne le saura jamais… Il n'aurait pas eu besoin de se donner beaucoup de mal pour

Prudence, un petit ravin suffisait, - il le dit lui-même dans sa confession - et le long des chemins, il n'en manque pas. Peut-être était-il remonté sur le toit plusieurs fois après son forfait, pour s'assurer que son ennemi était bien terrassé... Ou pour espérer entendre lui aussi à nouveau le piano de Sidonie, et la surveiller, de peur que ce soit elle qui revienne, jusqu'à ce qu'il comprenne que le maître-chanteur c'était Hubert, et qu'il le neutralise...

- Là non plus, je n'aurais pas pu en avoir la preuve. C'est vrai qu'il s'est passé plusieurs jours avant qu'on ne découvre Constant... Et j'ai bien trouvé, avec une massette et d'autres objets, un bout de cordes en effet, derrière la cheminée, mais si court qu'il n'aurait pu servir à hisser le corps d'un toit sur l'autre. Je ne saurais dire si de nouvelles traces avaient été faites dans la neige. Une journée de dégel avait suivi ces chutes abondantes et la neige avait déjà beaucoup fondu lorsque je suis monté la première fois sur le toit. Quelques traces y étaient encore, peu lisibles. Le lendemain elles ont été couvertes par une nouvelle chute... Oui, même la neige s'en est mêlée. Elle aussi a été complice, au lieu de m'aider !

- Même si elles n'avaient pas fondu, les traces dans la neige ne vous auraient rien révélé du tout. Ne m'avez-vous pas dit vous-même que tous les villageois portent les mêmes souliers faits par un cordonnier bon artisan mais sans imagination ? On peut simplement dire ce que l'on sait déjà, c'est que tout le village a été complice. Et en même temps, victime de chantage et de menaces. Le monde entier obéissait au vouloir de Nestor. Cela était si évident pour lui qu'il en a perdu toute mesure...

- Quant aux villageois, ils ont essayé de sauver ce qui pouvait l'être. Ils ont pensé que seul le silence pouvait aider Isidore. Ou peut-être n'ont-ils été victimes que de leur propre naïveté.

- Il en est souvent ainsi. Quand on n'a pas l'esprit au crime… Mais reprenons un peu de ce vin de noix de votre servante Cendrine avant de passer à table !

- Elle a justement cuisiné un lièvre en votre honneur et il ne faudrait pas le laisser refroidir !

- Un lièvre ? Quelqu'un braconnerait-il dans les parages ?

- Sans doute s'en prennent-ils aux bêtes pour ne pas s'en prendre aux gens… Ils me font peur parfois… Cette cruauté passivement admise fait tellement partie de leur vie qu'ils n'y voient aucun mal. Même ce garçon, ce petit Baptiste à qui on donnerait le Bon Dieu sans confession, voyez comment il traite ses proies avant d'en suspendre aux portes les dépouilles sauvagement dépecées… Son discours est inquiétant tant la mort le fascine…

- Marino finira par y mettre bon ordre, vous pouvez lui faire confiance, dit le juge en riant ! Braconniers et voleurs de poules n'ont qu'à bien se tenir !

La nappe blanche, le bon feu, les chandeliers d'argent et le cristal disposés sur la table dispensaient quelque réconfort dans le cœur de ces hommes dont le métier mettait sans arrêt sous les yeux la noirceur de l'âme humaine. Lorsque Cendrine apporta le civet de lièvre longuement mitonné dans sa coquelle de terre-cuite, il leur fut permis d'oublier le sang, les larmes et les drames pour penser aux petits bonheurs de la vie qui, malgré la mort qui rôde, reprend toujours égoïstement le dessus dans ce qu'elle a de plus banal.

35

Le drame qui venait de se dérouler n'avait appris à Debrume que ce qu'il savait déjà : Couraurgues était prêt à tout sacrifier afin que rien ne changeât jamais. Car ce qui comptait, c'était de vaquer aux occupations de chaque jour, les seules à pouvoir assurer une vie sans histoire à l'abri de ces remparts qui avaient protégé tant de fois le village des envahisseurs ou des intrus. Le village lui-même était partie prenante : déployant l'éventail de ses maisons au soleil couchant, ses vieux murs avaient appris à calfeutrer les secrets, ceux qui dérangeaient comme ceux qui donnaient du bonheur, car ils pouvaient être la proie, les uns comme les autres, de quelque malveillance ou de quelque jalouse mainmise. On se resserrait donc autour des coutumes transmises par les générations et on s'y accrochait comme à une planche de salut pour que rien ne vînt entraver les rouages bien huilés de la vie quotidienne. Au grand dam de Marino, l'ordre public imposé par l'état n'était qu'une notion secondaire que l'on acceptait tant qu'il ne dérangeait pas la sacro-sainte égoïste tranquillité tant recherchée ; si besoin était, on n'hésitait pas à s'y montrer récalcitrant. On eût même arrêté le temps si cela avait été possible. Car l'immobilité était un choix de vie, une philosophie. Et ici, on la pratiquait si souvent qu'elle était palpable autour de soi : de simples réparations faites aux maisons risquant de changer quelque chose aux habitudes on s'abstenait de les faire. De même, portes et volets tombaient en morceaux avant que l'on se décidât à les remplacer. C'était comme si tout ce qui venait du temps était sacré : d'où l'impression que le temps ne passait pas à la même vitesse ici qu'ailleurs. Le temps de Couraurgues échappait aux lois du temps.

En conséquence, on avait appris à sélectionner – et ce, quasiment d'un commun accord et sans jamais se concerter - ce qu'il fallait à tout prix effacer des mémoires. On savait donc porter à la perfection l'art de l'oubli autant que l'art de l'immobilité. C'est dire qu'on ne vivait passions et sentiments - les mêmes que partout ailleurs - qu'en leur réservant une place particulière, celle qui s'imposait qu'on le veuille ou non, autrement dit lorsqu'on ne pouvait pas faire autrement. Voilà ce qui donnait ce climat particulier à Couraurgues, pensait Debrume, cette étrange impression que quelque chose planait encore dans les rues après la disparition des protagonistes qui les ont animées. On sentait vibrer les cœurs derrière les vieux murs, mais rien ne venait jamais à jour, rien ne transparaissait jamais. Le mystère régnait. Et il prenait toute la place. C'était pourquoi, la nuit, lorsqu'il déambulait sans fin dans les rues endormies, il espérait toujours voir paraître quelques fantômes qui lui parleraient du passé et lui offriraient ce retour du temps dont on rêve et qui ne se fait jamais.

C'était cet ensemble de choses, cette réalité de Couraurgues, qui avait permis le rétablissement, comme d'un coup de baguette magique, de la tranquillité si chère aux villageois et de l'ordre si cher à Marino, après la mort tragique de Nestor Gondrand. Quand le juge Jobelin avait quitté Couraurgues après des interrogatoires sans fin qui avaient été un supplice pour ces gens taciturnes, la vie d'avant le drame, celle de toujours, avait tout naturellement repris son cours. Certes, la disparition de la neige et le retour de ce bleu étincelant du ciel que savait faire naître un coup de mistral y avait aidé. Le soleil, en reprenant ses droits, avait rendu sa lumière à Couraurgues, son éclairage particulier qui au fil du jour métamorphosait ses murailles et faisait paraître moins étroites les ruelles. Les tas de neige sale qui encombraient les rues avaient enfin disparu. Tout avait été lavé de la grisaille et du froid qui avaient rendu l'enquête si difficile et parfois aidé aux menées de l'assassin.

En même temps et comme par enchantement, les vols de poules avaient cessé. Après le départ du juge Jobelin, aucune ménagère ne trouva plus de cadavre faisandé de bête sauvage ou domestique accroché à sa porte. De son côté, Marino, sur les conseils du juge, s'était attelé à la tâche. Il avait pris Baptiste en main et s'était chargé de le remettre sur le droit chemin. Quelque temps plus tard, Baptiste avait annoncé à son père qu'il voulait renoncer à une vie de maçon pour s'engager dans le corps des gendarmes. Debrume fut ébahi de ce revirement. Il eut beau chercher, il ne comprit pas pourquoi Baptiste s'était rendu si vite aux raisons du brigadier. Il questionna Marino qui ne lui révéla jamais comment il s'y était pris.

Par ailleurs, Isidore, malgré son attelle et ses béquilles était retourné parfaire son éducation auprès de Monsieur le Curé. Les villageois s'occupaient de lui à tour de rôle sans s'être donné le mot. L'enfant habitait tantôt chez l'un, tantôt chez l'autre. Partout il était traité comme un prince. Le docteur Courbet serait bientôt désigné comme son tuteur légal, ce qui rassurait tout le monde, la réputation d'intégrité de cet homme n'étant plus à faire. Et il fallait beaucoup d'intégrité pour gérer la fortune accumulée par des générations de Gondrand ! On se connaissait trop pour faire confiance à un autre qu'au praticien qui les avait vu naître, qui savait tout de leur vie, et qui n'hésitait pas à les morigéner si besoin en était.

Il était temps pour le petit Isidore de tirer un trait sur le drame qu'il avait vécu. Mais pour pouvoir le faire, il voulait à tout prix savoir : avec la plus grande discrétion, il mena sa petite enquête et réussit à apprendre chaque jour quelque chose au sujet de ses parents. Il en avait appris assez pour décider de marcher sur leurs traces. Monsieur le Curé se fit une joie de lui révéler les arcanes du solfège. Debrume ne fut pas étonné de cette décision par laquelle l'enfant tentait de se rapprocher de ses parents défunts. Sans doute avait-il conscience déjà que l'héritage de la musique valait bien plus que tous les biens qu'on lui avait laissés, maisons, forêts, halliers, guérets et pâtures, sans lesquels cependant, il n'eût pu se dédier à elle. « J'aurais fait le même choix que lui si j'avais été dans le même cas. Mais j'ai eu la chance de ne pas être orphelin. Mes parents trimaient dur pour gagner le pain quotidien et pour me donner une éducation et un métier qui m'ont permis de vivre décemment. Ce dont je leur sais gré, se répétait Debrume avec un serrement de cœur. Et de toute manière, je n'avais pas l'oreille musicale... ».

Depuis qu'Isidore avait pris cette décision, chacun attendait en secret le formidable changement qui ne manquerait pas d'avoir lieu bientôt : la musique allait revenir à Couraurgues. On ne doutait pas que dans quelques années on pourrait entendre à nouveau les sons magiques qui avaient enchanté le village autrefois. On surveillait donc sans en avoir l'air, les balbutiements d'Isidore au piano. On guettait la régularité de la moindre gamme, on s'attendrissait du moindre trébuchement de ses petits doigts, on se réjouissait du moindre arpège réussi avec panache. Car on avait appris à écouter et on commentait en connaisseur les difficultés à surmonter. Certes, il y avait encore beaucoup à faire, disait-on en hochant la tête. Mais il ne serait venu à l'idée de personne que les efforts d'Isidore ne puissent aboutir un jour.

Un nouveau maire fut également désigné par la préfecture. On l'accepta tout naturellement et parce qu'on y était obligé. L'homme avait toutefois bonne réputation. On choisit de lui donner sa chance sans toutefois oublier de veiller au grain.

Le printemps s'annonçait. On recommencerait bientôt à aller aux champs et on oublierait vite cet arrêt forcé de toute activité au cœur d'un hiver qui s'était avéré particulièrement cruel. Pour l'heure donc, Couraurgues était à nouveau tel qu'en lui-même, libéré de dangereuses passions, d'une folie qui avait fait naître tant de drames, libéré également de la neige qui l'avait coupé du reste du monde et tenu sous sa coupe pendant tant de semaines.

Cependant Debrume avait la certitude que son mystère resterait intact, impalpable et présent à la fois. Et il n'était pas le seul à le penser. L'aveugle qui venait accorder le piano de Sidonie autrefois, à chaque saison nouvelle, et qui fut rappelé lorsqu'Isidore commença à apprendre la musique, ne s'y trompait pas. Lorsque, même après de si nombreuses années, il mit pied à terre à la Croix où la patache faisait une halte pour signaler d'un coup de trombe son arrivée au village, l'aveugle ressentait violemment la présence de ce mystère et chaque année davantage. Il ne pouvait voir, hélas, l'alignement des maisons le long des remparts, ni la couleur des pierres grises du Couron dont le village était bâti, ni le rose du soleil couchant qui donnait au village tant de douce candeur. Mais il sentait son cœur se serrer comme jamais ailleurs. Une sorte d'étonnement l'assaillait, mêlé d'inquiétude indéfinissable. Il en connaissait la cause et il n'avait aucun doute : ce pays gardait un charme têtu qui persistait à travers le temps et qu'on ne pouvait expliquer. Si sa beauté s'étalait devant lui sans qu'il pût la voir, elle lui ouvrait néanmoins le secret d'un silence unique, vaste et infini qu'il n'avait jamais entendu ailleurs. Il en ressentait les vibrations particulières en même temps qu'il percevait une rude caresse sur sa joue imberbe. C'était celle du vent léger qui montait de la plaine du Can et qui entremêlait des odeurs d'herbe fraîche, de thym, de lavande et de feu de bois aux parfums des sapins de la forêt de Garmagne en un délicieux bouquet de senteurs stimulantes. Et chaque année, il attendait avec impatience ce moment où il pourrait respirer cette brise voluptueusement parfumée qui ne manquait jamais de murmurer à son oreille son humble chant suave pour lui souhaiter la bienvenue.

36

3 avril 1873 - Aujourd'hui j'ai erré du côté de Terpane une fois encore à l'ombre des sentiers qui traversent la forêt. Parfois s'y ouvre quelque clairière dorée d'où l'on peut voir les pentes du Couron et son chaos de roches grises tombant dans la gorge qui sépare et protège Couraurgues et sa plaine du reste du monde. Ces clairières abritent de frais pâturages où je rencontre de timides bergères en train de faire paître leurs moutons et qui se cachent à mon approche. Au retour, je rejoins la route du Col et je suis toujours à la Croix avant la patache. Je l'attends car souvent elle m'apporte quelque colis de livres commandés dans une librairie de Nice. J'aime ce lieu d'où l'on aperçoit le village dans le soleil couchant. C'est un lieu d'arrivées et de départs. On y entre dans le monde de Couraurgues ou l'on en sort. Mais gare à celui qui franchit ce seuil. Il a de fortes chances d'être happé et, pour le reste de ses jours, de rester emprisonné par le charme de l'endroit, et les illusions et les rêves qu'il suscite.

En vérité, je dois cesser de me leurrer. Ne doit-on pas une sincérité absolue à son propre journal ? Les colis de livres ne sont que prétexte. C'est parce que j'espère que la patache m'apporte des nouvelles de Marthe que je reste posté là en sentinelle, devant les promesses incertaines de mon passé. Il y a maintenant presque deux ans que je n'ai plus de ces longs comptes-rendus qu'elle m'envoyait autrefois. Je dois me contenter de billets succincts qui m'arrivent de loin en loin mais ne me renseignent pas beaucoup sur les événements de sa vie. Tout au moins ils me permettent de la savoir toujours vivante. Depuis quelque temps ils se font rares. Aujourd'hui non plus, il n'y avait rien.

4 *avril* - C'est en ce lieu même dont je parlais hier, qui regarde le village, que je les ai vu arriver : trimard ou havresac à l'épaule, faces burinées, barbes de quinze jours, noires comme le poil du Diable, démarche alerte et mesurée des conquérants, de beaux gaillards à la mine fière, des piémontais, ai-je aussitôt compris aux accents de leurs chants. Ils étaient une dizaine. En passant devant moi, ils m'ont salué poliment dans leur langue, car évidemment ils n'en parlent pas d'autre. Puis ils ont recommencé à chanter à tue-tête.

5 *avril* - Il va sans dire que l'arrivée de ces étrangers est un événement qui ne laisse pas les villageois indifférents. Ce soir, j'apprends par ma servante Cendrine, car les bruits vont bon train ici, qu'il s'agit de maçons et qu'ils ne sont pas près de repartir. Ils sont venus construire une maison. Bonin les regarde déjà d'un mauvais œil. Aurons-nous une guerre entre les gens de la profession, une guerre des truelles ? Cela mettrait quelque animation dans le village qui manque cruellement de ragots à rapporter ces derniers temps après le terrible hiver que nous avons vécu et où nous avons eu deux assassinats. Nous en serions tous divertis !

Par ailleurs, toujours rien. Marthe reste muette…

6 avril - On voit aujourd'hui se dresser des tentes sur le domaine de Combeferres, loin de la ruine, plutôt du côté du domaine d'Apreville. Les piémontais ont obtenu l'accord du Maître d'Apreville pour tirer de l'eau au puits de la Font. Il semble même qu'il était averti de leur arrivée et qu'il les attendait. C'est tout au moins ce qu'on dit dans le village.

Aujourd'hui on a vu arriver des chariots pleins d'outils et de matériaux. Ils sont en stationnement, ce soir, non loin de la Croix. Les villageois se sont massés sur les remparts pour observer l'arrivée de la caravane. Et moi je sens quelque chose trembler en mon cœur.

A l'heure de l'angélus, il parait que les piémontais sont montés en masse au village et ont envahi l'auberge. Ils se sont mis à boire et à chanter au grand dam des taciturnes habitués de ces lieux qui, tels que je les connais, se sont sentis assiégés par l'ennemi… Ils ont déjà dû enfermer leurs femmes et leurs filles à double tour chez eux. C'est ce que m'a confirmé Cendrine. Il est vrai que les piémontais ont une solide réputation de séducteurs. Il se pourrait d'ailleurs qu'on les accuse d'autres maux. Qui sait si Marino ne va pas les soupçonner, et immédiatement renforcer sa surveillance des poulaillers ? De nouveaux suspects, ce serait une aubaine pour lui, car je vois bien qu'il s'ennuie ferme, le bougre. Ce sang neuf dans ce village apporte des promesses de nouvelles vicissitudes… En viendra-t-on au meurtre cette fois ?

9 avril - Je le soupçonnais depuis quelques jours, mais aujourd'hui, j'en suis sûr. Je sais pourquoi les maçons sont là. Ils ont parlé, à l'auberge, de la « *Madamin'* ». Ils ont été recrutés pour reconstruire son château détruit autrefois par le feu. Oui, c'est maintenant une certitude : grâce à eux, Combeferres va retrouver son lustre d'autrefois. Mais elle ? Quand reviendra-t-elle ? Peut-être les piémontais l'ont-ils dit à un moment, mais j'ai eu beau tendre l'oreille, je n'ai pas compris le reste de la conversation : le piémontais est une langue absconse. Et quand ils parlent entre eux à toute allure et en avalant la moitié des syllabes, on ne risque pas de décrypter un traître mot !

15 avril - Que faire d'autre qu'attendre ? Mais attendre ne me laisse plus de repos. J'y entretiens une anxiété de collégien dont je ne me croyais plus capable. C'est bien ma seule occupation depuis que j'ai vu arriver ces maçons avec leurs outils.

Les travaux n'ont pas encore commencé. Sans doute à cause des intempéries. En effet, depuis avant-hier, Couraurgues est sous les averses de ce printemps pluvieux qui n'en finit pas…

J'attendrai (que faire d'autre ?) … tous les soirs en faction à la Croix, obstinée sentinelle de mes désirs. Car je ne peux m'empêcher de croire qu'un jour arrivera une lettre qui m'éclairera sur les intentions de Marthe. Elle m'expliquera aussi pourquoi elle a prolongé son absence. Il suffira de peu de mots… peut-être un billet laconique qui me dirait à peu près : « J'ai finalement opté pour *nos* silences. Où mieux qu'à Combeferres les cultiver ? » (…)

Le Colle sur loup Juin 2022

A - *Principaux noms de personnes*

- Charles Debrume, ancien inspecteur, de retour à Couraurgues après 4 ans
- Cendrine est sa servante
- Le juge d'instructions Jobelin, est l'ami de l'inspecteur Debrume.
- Brigadier Marino, en attente d'un poste après la chute de l'empire
- Marthe Regardini amie de Debrume écrit ses lettres dans la tourmente de la guerre de 1870
- Elodie et Adalberto Bonacci da Corsan, patriotes républicains militants
- Yves Utto, patriote milite aux côtés des Corsan
- Rodolfo , criblé de dettes s'engage dans l'armée pour remplacer la conscription d'un ami moyennant finances
- Icare est le petit Mérens noir de Debrume
- Rosalie, mère de Hubert. Elle a été la femme de ménage de la famille de Juste Gondrand et confidente de Clarisse
- Hubert est le fils de Rosalie, de retour après la mort de sa mère.
- Juste Gondrand, frère de Nestor, père de Sidonie époux de Clarisse
- Clarisse Gondrand épouse de Juste
- Sidonie Gondrand, fille de Juste et Clarisse
- Nestor Gondrand, maire du village, est l'oncle de Sidonie et le frère cadet de Juste
- Isidore, fils de Nestor
- Constant, violoniste, amoureux de Sidonie
- Le docteur Courbet, médecin du village
- Marcelle, Yvette, des villageoises
- Prudence Malmaure épouse de Augustin
- Augustin, berger époux de Prudence (leur histoire est dans « Pierres vives »

- Gazaire, villageois
- Baptistine, bergère
- Baptiste Bonin. Chaparde dans les poulaillers et autres petits larcins : découvre le cadavre
- Bonin, artisan maçon
- Mariette, fiancée de Baptiste Bonin

B – Principaux noms de lieux fictifs

- Couraurgues
- Combeferres, domaine appartenant à Marthe Regardini
- Pont du Can enjambe la petite rivière qui traverse la plaine du Can devant Couraurgues
- Forêt de Garmagne
- Le Plat, une place dans le bas du village
- La place de la Combe à l'entrée du village
- Le Vallon Pigouret sur les pentes du Couron
- La passe du Diable, en bas du Couron par laquelle on atteint le domaine de Combeferres
- Le Couron, montagne contre laquelle s'adosse le village de Couraurges
- La maison Caserte